KEDİ BEŞİĞİ

KURT VONNEGUT

Türkçesi: Serkan GÖKTAŞ

APRIL
YAYINCILIK

A P R I L
YAYINCILIK

Yayın No: **085**

1. Baskı: **Şubat, 2012**

ISBN: **978-975-6006-87-0**

Yayın Yönetmeni
K. Egemen İPEK

Editör
Cihat TAŞÇIOĞLU

Son Okuma ve Dizgi
Özlem BAŞPEHLİVAN

Türkçesi
Serkan GÖKTAŞ

Kapak Tasarım
Çağdaş ÇITIR

Baskı
Ayrıntı Basımevi

Yayın
A.P.R.I.L Yayıncılık
Tarık Zafer Tunaya Sokak
21/3 Gümüşsuyu-Beyoğlu-İSTANBUL
Tel: (00 90) 212 252 94 38
Faks: (00 90) 212 252 94 39
www.aprilyayincilik.com
bilgi@aprilyayincilik.com

Kibar ve zevk sahibi insan Kenneth Littauer için.

Bu kitapta yazan hiçbir şey gerçek değildir.

'Sizi cesur ve sağlıklı ve mutlu kılan *foma*[1] ile yaşayın.'
Bokonon'un Kitapları. I:5

[1] Zararsız yalanlar.

İÇİNDEKİLER

1

Dünyanın sona erdiği gün

Bana Jonah deyin. Annemle babam öyle yaptı, ya da ona yakın bir şey. John adını vermişler bana.

Jonah -John- değil de eğer bir Sam olsaydım bile yine de Jonah olurdum ki bunun sebebi herkesin tanıdığı o en meşhur Jonah gibi başkalarına uğursuzluk getirmem değil, birinin ya da bir şeyin beni belirli zamanlarda belirli yerlerde olmaya zorlamış olmasıdır. Hem tuhaf hem de alışageldik tüm araçlar ve sebepler tedarik edilmiştir. Ve bu plana göre, tayin edilmiş tüm zamanlarda ve tüm yerlerde bu Jonah hazır bulunmuştur.

Dinleyin:

Ben daha genç bir adamken; iki karı önce, 250.000 sigara önce, 3000 litre içki önce...

Çok daha genç bir adamken, adına *Dünyanın Sona Erdiği Gün* denecek bir kitap için malzeme toplamaya başlamıştım.

Kitap, gerçeklere dayalı olacaktı.

Kitap, ilk atom bombasının Japonya'daki Hiroşima'ya atıldığı gün, önde gelen Amerikalı şahsiyetlerin neler yaptığının bir anlatımı olacaktı.

Bir Hıristiyan kitabı olacaktı. O zamanlar Hıristiyan'dım.

Şimdiyse Bokononcu'yum.

Bokonon'un buruk tatlılıktaki yalanlarını bana öğretecek biri olsaydı, daha o zamandan Bokononcu olurdum. Fakat Bokononculuk, Karayip Denizi'ndeki San Lorenzo Cumhuriyeti isimli küçük adayı çevreleyen çakıl taşlı plajların ve keskin mercan kayalıklarının ötesinde henüz bilinmiyordu.

Biz Bokononcular, insanlığın takımlardan oluştuğuna inanırız; ne yaptıklarının farkına varmadan Tanrı'nın İradesi'ni yerine getiren takımlardan. Bokonon, bu takımlara *karass* adını verir ve beni kendi *karass*'ıma getiren araç, yani *kan-kan*, adına *Dünyanın Sona Erdiği Gün* denilecek ve hiçbir zaman bitirmediğim kitap olmuştu.

2

Güzel, güzel, çok güzel

'Hiçbir mantıklı sebep olmaksızın hayatınızın başka birinin hayatıyla karıştığını görecek olursanız,' diye yazar Bokonon, 'o kişi sizin *karass*'ınızın bir mensubu olabilir.'

Bokonon'un Kitapları'nın başka bir bölümünde Bokonon bize şöyle der: 'İnsanoğlu dama tahtasını yarattı; Tanrı *karass*'ı yarattı.' Bununla kastettiği, bir *karass*'ın milli, kurumsal, mesleki, ailevi ve sınıfsal sınırları tanımadığıdır.

Bir amip gibi biçimsizdir *karass*.

'Elli Üçüncü Kalipso'sunda Bokonon bizi kendisiyle beraber şu şarkıyı söylemeye davet eder:

İşte size bir ayyaş
Sızmış kalmış Central Park'ta,
Ve bir aslan avcısı

Karanlık ormanda,
Ve bir Çinli dişçi,
Ve bir İngiliz kraliçe...
Hepsi ne de yaraşmış
Doluşmuş aynı makineye.
Güzel, güzel, çok güzel;
Güzel, güzel, çok güzel;
Güzel, güzel, çok güzel...
Bir sürü değişik insan
Doluşmuş aynı düzeneğe.

3
Ahmaklık

Bokonon kişinin *karass*'ının sınırlarını keşfetmesine ve Yüce Tanrı'nın ona yaptırdıklarının özünün ne olduğunu araştırmasına dair hiçbir yerde herhangi bir uyarıda bulunmaz. Bokonon sadece bu tür arayışların eksik kalmaya mahkum olduğu yönünde bir gözlemde bulunur.

Bokonon'un Kitapları'nın kendi yaşam öyküsünü anlattığı bölümde Bokonon, keşfetmiş gibi, anlamış gibi yapmanın nasıl bir ahmaklık olduğu hakkında ufak bir hikâyeye yer verir:

Bir zamanlar Newport, Rhode Island'daki Episkopal cemaatine mensup bir hanım tanımıştım. Kendisi benden Danua cinsi köpeği için bir kulübe tasarlamamı ve yapmamı istemişti. Hanımefendi, Tanrı'yı ve onun İşlerini Yapış Şeklini kusursuz anladığını iddia ediyordu. Bir insanın bugüne dek olanlar ya da bundan sonra olacaklar karşısında şaşkınlığa düşmesine anlam veremiyordu.

Buna karşın, kendisine yapmayı önerdiğim kulübenin detaylı bir planını gösterdiğimde, "Kusuruma bakmayın ama ben bunları hiç okuyamam," dedi.

"Siz en iyisi bunu Tanrı'ya iletmeleri için kocanıza ya da rahibinize verin," dedim "Tanrı, boş bir an bulduğunda eminim ki size bu köpek kulübesi çizimini *sizin* bile anlayabileceğiniz şekilde açıklayacaktır."

Kadın işi vermedi bana. Onu hiç unutmayacağım. Tanrı'nın yelkenli teknelere binen insanları motorlu teknelere binenlerden daha fazla sevdiğine inanıyordu. Bir solucana bakmaya tahammül edemezdi. Solucan gördüğü anda çığlığı basardı.

Ahmağın tekiydi ve ben de öyleydim ve Tanrı'nın İşleri'ni anladığını düşünen herkes de ahmaktır [diye yazar Bokonon].

4
Uzantıların ufak ufak birbirine dolanması

Her şeye rağmen, bu kitapta *karass*'ıma mensup mümkün olduğunca fazla sayıda insana yer vermeyi amaçlıyorum ve bu dünyada topluca neler yaptığımıza yönelik tüm sağlam ipuçlarını incelemek niyetindeyim.

Bu kitabı Bokononculuk risalesine dönüştürmek gibi bir gayem yok. Yine de kitapla ilgili olarak Bokononcu bir uyarıda bulunmak isterim. *Bokonon'un Kitapları*'nın ilk cümlesi şöyledir:

'Birazdan size anlatacağım gerçeklerin hepsi utanmadan söylenmiş yalanlardır.'

Benim Bokononcu uyarımsa şu şekilde:

Faydalı bir dinin yalanlar üzerine inşa edilebileceğini idrak edemeyen bir kimse, bu kitabı da anlayamaz.

Hadi bakalım.

Şimdi gelelim k*arass*'ıma.

İlk atom bombasının sözümona 'Babalarından' biri olarak anılan Dr. Felix Hoenikker'in üç çocuğunun *karass*'ıma mensup olduğu kesindir. Dr. Hoenikker'in kendisi de şüphesiz benim *karass*'ımın üyelerinden biriydi, ancak benim *sinooka*'larım, yani hayatımın uzantıları onun çocuklarınınkilerle karışmaya başlamadan önce ölmüştü.

Doktorun *sinooka*'larımın dokunduğu varislerinden ilki, üç çocuğunun ve iki oğlanın en küçüğü olan Newton Hoenikker idi. Üniversitede üyesi olduğum kardeşlik cemiyetinin süreli yayını *The Delta Upsilon Quarterly*'den Nobel ödüllü fizikçi Felix Hoenikker'in oğlu olan Newton Hoenikker'in de tıpkı benim gibi cemiyetin Cornell Üniversitesi şubesinden olduğunu öğrendim.

Böylece oturup Newt'a şu mektubu yazdım:

Aziz Bay Hoenikker:

Yoksa Sevgili Hoenikker *Birader* mi demeliyim?

Ben, hayatını serbest yazar olarak kazanan eski bir Cornell Delta Upsilon mensubuyum. İlk atom bombasıyla ilgili bir kitap için malzeme topluyorum. Kitabın içeriği, 6 Ağustos 1945'te, yani bombanın Hiroşima'ya atıldığı gün yaşanan olaylarla sınırlı tutulacak.

Rahmetli babanız genel olarak bombanın yaratıcı amirlerinden biri kabul edildiğinden, bombanın atıldığı gün babanızın evinde yaşantının nasıl olduğuna dair anlatabileceğiniz her ayrıntı için size minnet duyacağım.

Saygıdeğer aileniz hakkında gereken ölçüde bilgiye sahip olmadığımı üzüntüyle bildiriyorum ve bu nedenle kardeşleriniz olup olmadığını da bilemiyorum. Eğer kardeşleriniz varsa, benzer isteklerde bulunabilmem için adreslerini almak isterim.

Bomba atıldığında çok küçük yaşta olduğunuzu biliyorum ki bana sorarsanız bu yararınıza olmuş. Kitabım bombanın *teknik* yanından ziyade *insani* yanını vurgulayan bir çalışma olacağından, o güne dair hatıraların - ifademi bağışlarsanız- bir 'bebeğin' gözünden anlatılması konuya gerçekten son derece uygun düşecektir.

Yazım tarzı ve biçim konusunu dert edinmeniz gerekmez. Hepsini bana bırakın. Yalnızca hikâyenizin ana hatlarını aktarın, yeter.

Elbette ki yayınlanmadan önce yazdıklarımın son halini onayınıza sunacağım.

Biraderce muhabbetle…

5
Bir hazırlık öğrencisinden mektup

Buna Newt'ın cevabı:

Mektubunuza cevap vermekte bu kadar geciktiğim için özür dilerim. Üzerinde çalıştığınız kitap kulağa çok ilginç geliyor. Fakat bomba atıldığında ben o kadar küçüktüm ki size pek faydam olacağını sanmıyorum. İkisi de yaşça büyüğüm olan erkek ve kız kardeşime sorsanız daha iyi edersiniz. Ablamın ismi Bayan Harrison C. Conners ve adresi North Meridian Caddesi, 4918 numara, Indianapolis, Indiana. Burası artık benim de ev adresim. Tahminimce kendisi size yardımcı olmaktan memnuniyet duyacaktır. Ağabeyim Frank'in nerede olduğundansa kimsenin haberi yok. İki yıl önce babamın cenazesinden hemen sonra ortadan kayboldu ve o günden beri kimse ondan haber alamadı. Bir ihtimal ölmüş dahi olabilir.

Hiroşima'ya atom bombasını attıklarında ben daha altı yaşındaydım; bu nedenle o güne dair hatırladıklarım başka insanların hatırlamama yardımcı olduğu şeylerdir.

New York'un Ilium kentinde bulunan evimizde, babamın ofisinin oturma odasına açılan kapısının önündeki halının üstünde oynadığımı hatırlıyorum. Kapı aralıktı ve babamı görebiliyordum. Üstünde pijamaları ve bornozu vardı. Puro içiyordu. İki ucu birbirine bağlı bir iple oynuyordu. Babam o gün laboratuvara gitmemiş, tüm günü pijamalarıyla evde geçirmişti. Ne zaman istese evde kalabilirdi.

Babam, muhtemelen malumunuz olduğu üzere, neredeyse tüm mesleki kariyerini Ilium'daki Umum Dövme Demir ve Döküm Şirketi'nin araştırma laboratuvarında geçirmişti. Manhattan Projesi, yani bomba konusu ortaya atıldığında, bu çalışmada yer almak için Ilium'dan ayrılmayı reddetti. Nerede isterse orada çalışmasına izin vermedikleri müddetçe projede kesinlikle yer almayacağını söyledi. Bu da çoğunlukla evde çalışacağı anlamına geliyordu. Ilium dışında gitmeyi sevdiği tek yer Cape Cod'daki evimizdi. Orada öldü zaten. Bir Noel gecesi. Bunu muhtemelen siz de biliyorsunuzdur.

Her neyse, bombanın atıldığı gün Baba'nın çalışma odasının önündeki halının üstünde oynuyordum. Ablam Angela, saatler boyunca 'burton, burton, burton' diye motor sesleri çıkararak oyuncak kamyonlarla oynadığımı anlatır. Sanırım bombanın atıldığı gün de 'burton, burton, burton' halindeydim ve Baba da çalışma odasında elindeki iple oynuyordu.

İlginçtir, oynadığı ipin nereden geldiğini biliyorum. Belki bunu kitabınızın bir yerinde kullanabilirsiniz. Babam ipi, bir mahkumun kendisine gönderdiği roman müsveddesinden sökmüştü. Romanın konusu 2000 yılında dünyanın sonunun gelmesiydi ve adı da *M.S. 2000* idi. Çılgın bilim adamlarının tüm dünyayı yok eden korkunç bir bomba yapışını anlatıyordu. Dünyanın sonunun geleceği herkes tarafından öğrenildiğinde dev bir grup seks partisi düzenleniyor ve bomba patlamadan on saniye önce de İsa Mesih zat-ı muhterem ortaya çıkıyordu. Yazarın ismi Marvin Sharpe Holderness'tı ve babama yazdığı mektupta kardeşini öldürmek suçundan hapis yattığını belirtmişti. Müsveddeleri babama göndermesinin sebebi, bombanın içine ne tür patlayıcılar konulabileceği hakkında bir fikrinin olmamasıymış. Baba'nın kendisine önerilerde bulunabileceğini düşünmüş.

Altı yaşımdayken oturup kitabı okuduğumu söyleyecek değilim elbette. Yıllarca evde durdu o kitap. Ağabeyim Frank, müstehcen kısımları nedeniyle onu özel eşyası ilan etmişti. Odasında, 'duvar kasası' dediği bir yerde saklıyordu. Aslında bu kasa filan değil, teneke kapaklı eski bir fırındı. Frank ve ben çocukken kitaptaki grup seks kısmını bin kere okumuşuzdur herhalde. Yıllarca sakladık onu ama sonra ablam Angela buldu. Okudu ve pislikle dolu bir rezillikten başka bir şey olmadığını söyledi. Kitabı ve sayfaları bir arada tutan ipi yaktı. Ablamız, Frank ve bana annelik yapardı, çünkü annemiz beni doğururken ölmüştü.

Babamın kitabı okumadığından eminim. Ömrü boyunca, en azından çocukluktan sonra bir roman, hatta kısa öykü bile okuduğunu sanmam. Ne gelen mektupları okurdu, ne gazeteleri, ne de dergileri. Sanırım bir sürü teknik dergi yayın okumuştu ama gerçeği söylemek gerekirse, onun bir şey okuduğunu ben hatırlamıyorum.

Dediğim gibi, müsveddeden almak istediği tek şey ipti. Böyle bir adamdı. İlgisini az sonra neyin çekeceğini kimse tahmin edemezdi. Bombanın atıldığı gün o şey ipti.

Nobel Ödülü'nü aldığı gün yaptığı konuşmayı okudunuz mu? Tüm konuşma şu kadardı: 'Hanımlar ve Beyler. Şu an karşınızda olmamın sebebi, bahar sabahı okula giden sekiz yaşındaki çocuk gibi aylaklık etmekten hiçbir zaman vazgeçmemiş olmamdır. Herhangi bir şey benim durmamı ve bakmamı ve meraklanmamı ve bazen de öğrenmemi sağlayabilir. Ben çok mutlu bir adamım. Teşekkür ederim.'

Her neyse, babam bir süre ipe baktı ve sonra parmakları onunla oynamaya başladı. Ellerinde bir anda 'kedi beşiği' denen figür belirdi. Baba'nın bunu yapmayı nereden öğrendiğini bilmiyorum. *Kendi* babasından belki. Babası terziydi malumunuz; o yüzden çocukluğunda

Baba'nın etrafında bir sürü ip ve makara olmuştur herhalde.

O kedi beşiğini yaptığı an, babamın insanların oyun dediği şeye yakın bir işle meşgul olduğunu gördüğüm en yakın andı. Başkalarının bulduğu numaralara, oyunlara ve kurallara hiç meyli yoktu. Eskiden ablam Angela'nın bir albümü vardı ve içinde *Time* dergisinden kesilmiş, kafasını dağıtmak için hangi oyunları oynadığı sorulduğunda babamın, 'Etrafta gerçek oyunlar sürüyle devam edip giderken, uydurulmuş olanlara neden tenezzül edeyim ki?' dediğini anlatan bir kupür vardı.

Elindeki iple kedi beşiği yapınca kendini de şaşırtmıştı ve belki bu ona çocukluğunu hatırlatmıştı. Sonra ansızın çalışma odasından çıktı ve daha önce hiç yapmadığı bir şey yaptı. Benimle oynamaya çalıştı. Daha önce oynamak bir yana benimle neredeyse hiç konuşmamıştı bile.

Yanıma diz çöktü ve dişlerini boydan boya göstererek elindeki ipi gözümün önünde salladı. 'Gördün mü? Gördün mü? Gördün mü?' diyordu. 'Kedi beşiği. Kedi beşiğini gördün mü? Minik kedicik nerede uyuyormuş, gördün mü? Miyav. Miyav.'

Cildindeki gözenekler Ay yüzeyindeki kraterler kadar kocaman görünüyordu. Kulakları ve burun delikleri kıl doluydu. Puro dumanı cehennemin ağzı gibi kokmasına neden olmuştu. O mesafeden babam, hayatımda gördüğüm en çirkin şeydi. Hâlâ rüyalarıma girer.

Sonra şarkı söylemeye başladı. 'Sallan bakalım kedicik, ağacın tepesinde. Rüzgâr eser, beşik sallanır. Dal kırılır, beşik düşer. Düşer beşik ve kedicik ve hep şey.'

Gözyaşlarına boğuldum. Fırladım ve olabildiğince hızla koşarak evden kaçtım.

Burada mektubuma ara vermem gerekiyor. Saat sabahın ikisi oldu. Oda arkadaşım az önce uyanıp daktilomun sesinden şikâyet etti.

6
Böcek dövüşleri

Newt, ertesi sabah kaldığı yerden devam etmiş. Şöyle yazıyor:

Ertesi sabah. Sekiz saatlik uykunun ardından bir papatya kadar taze ve canlı halde devam ediyorum. Biraderlik yurdu şimdi gayet ıssız. Benden başka herkes derse gitti. Çok imtiyazlı biriyim. Artık derslere girmek zorunda değilim. Geçen hafta okuldan atıldım. Tıp fakültesi hazırlık okuluna gidiyordum. Beni atmakta haklılar. Berbat bir doktor olurdum.

Bu mektubu tamamladıktan sonra herhalde sinemaya giderim. Ya da güneş çıkarsa belki dağ koyaklarında yürüyüşe giderim. Dağ koyakları güzeldir, değil mi? Bu sene iki kız el ele tutuşup birinden atladı. İstedikleri öğrenci birliğine girememişler. Tri-Delt'i istiyorlarmış.

Ama artık 6 Ağustos 1945'e dönelim. Ablam Angela, o gün kedi beşiğini beğenmeyerek ve yanında kalıp halının üstünde şarkı söylemesini dinlemeyerek babamı çok kırdığımı kim bilir kaç defa söylemiştir. Belki onu gerçekten kırmışımdır ama pek de fazla kırmış olabileceğimi sanmıyorum. Gelmiş geçmiş en iyi korunan insanlardan biriydi o. İnsanlar ona etki edemezdi, çünkü insanlarla ilgilenmezdi. Bir defasında, ölümünden bir yıl kadar önce, annemi anlatmasını sağlamaya çalışmıştım. Hakkında hiçbir şey anımsamıyordu.

Annemle babamın Nobel Ödülü'nü almak üzere İsveç'e yola çıkacakları günün sabahındaki kahvaltıyla ilgili meşhur hikâyeyi duydunuz mu hiç? *The Saturday Evening Post* gazetesinde bile yayınlanmıştı. Annem o sabah mükellef bir kahvaltı hazırlamış. Sonra masayı toplarken Baba'nın kahve fincanın yanında bir çeyreklik, bir on sent ve üç peni bulmuş. Bahşiş bırakmış.

Babamı öylesine korkunç şekilde yaralamamın ardından -yani yaptıysam öyle bir şey- koşarak bahçeye çıktım. Ağabeyim Frank'ı koca bir keçisakalı çalısının altında bulana dek nereye gittiğimi bilmiyordum. Frank o zamanlar on iki yaşındaydı ve onu orada bulmama şaşırmamıştım. Sıcak günlerde o çalının altında bolca vakit geçirirdi. Kökleri saran serin toprakta kendine tıpkı bir köpek gibi çukur açardı. O çalının altındayken Frank'in yanında neler olabileceğiniyse asla tahmin edemezdiniz. Bir seferinde müstehcen bir kitap vardı. Başka zaman bir şişe ucuz şarap. Bombanın atıldığı günse Frank'in elinde bir yemek kaşığıyla bir kavanoz vardı. Farklı türlerde böcekleri kaşıkla alıp kavanoza koyuyor ve dövüştürüyordu.

Böcek dövüşü o kadar ilgi çekiciydi ki ağlamayı hemen kestim, ihtiyarı tamamen unuttum. O gün Frank'in kavanozda hangi türleri dövüştürdüğünü hatırlayamıyorum ama daha sonraki böcek dövüşlerimiz aklımda: yüz kızıl karıncaya karşı bir makaslıböcek, üç örümceğe karşı bir kırkayak, kızıl karıncalara karşı siyah karıncalar. Kavanozu sallamazsanız dövüşmüyorlardı. Frank da bunu yapıyordu zaten; kavanozu sallıyor, sallıyor, sallıyordu.

Bir süre sonra Angela beni buldu. Çalının bir tarafını kaldırdı ve 'Demek buradasın!' dedi. Frank'a ne yaptığını zannettiğini sordu ve o da, 'Deney yapıyorum,' diye cevap verdi. İnsanlar ne yaptığını zannettiğini sorduklarında Frank hep öyle derdi. Her zaman, 'Deney yapıyorum,' diye cevap verirdi.

Angela o sıralarda yirmi iki yaşındaydı. On altı yaşından beri, annem öldüğünden beri, ben doğduğumdan beri evin asıl reisi o olmuştu. Hep üç çocuğu olduğundan bahsederdi: ben, Frank ve Baba. Abartmıyordu da. Soğuk kış sabahlarında Frank'in, Baba'nın ve benim girişteki koridorda tek sıra olduğumuzu, Angela'nın hepimize aynı şekilde muamele ederek bizi giydirdiğini, sarıp sarmaladığını hatırlıyorum. Tek farkımız benim anaokuluna, Frank'in ortaokula, Baba'nın ise atom bombası yapmaya gitmesiydi. Yine öyle bir sabah kaloriferin bozulduğunu, boruların donduğunu ve arabanın çalışmadığını hatırlıyorum. Hepimiz arabaya doluşmuştuk ve Angela akü tamamen boşalana kadar marşa basıp durdu. Sonra babam konuştu. Ne dedi biliyor musunuz? 'Kaplumbağaları merak ediyorum.' Angela dönüp, 'Kaplumbağalarla ilgili neyi merak ediyorsun?' diye sordu. 'Kafalarını içeri çektiklerinde,' dedi babam, 'omurilikleri bükülüyor mu yoksa büzülüyor mu?'

Angela, atom bombasının adı anılmayan tesadüfi kahramanlarından biriydi ve bu hikâyeyi kimsenin bildiğini sanmıyorum. Belki siz kitabınızda kullanabilirsiniz. O sabahtan sonra Baba kaplumbağalara öylesine merak sardı ki atom bombası üzerinde çalışmayı bıraktı. Sonunda Manhattan Projesi'nin yetkilileri eve gelip Angela'ya ne yapmaları gerektiğini sordu. Angela onlara kaplumbağalarını Baba'dan almalarını söyledi. Bunun üzerine bir gece laboratuvarına girdiler ve kaplumbağalarla akvaryumu çaldılar. Baba, kaplumbağaların yok olmasıyla ilgili tek kelime etmedi. Ertesi gün gayet normal şekilde işe gitti ve oynayacağı, üzerinde düşüneceği bir şeyler aramaya başladı ki orada oynayacağı ve üzerinde düşüneceği her şey atom bombasıyla ilgiliydi.

Beni çalının altından çekip çıkardığında Angela, Baba ile aramızda ne yaşandığını sordu. Onun ne kadar çirkin olduğunu ve ondan ne kadar nefret ettiğimi söyleyip duruyordum. Böylece Angela bana bir tokat patlattı. 'Ne cüretle baban hakkında böyle şeyler söylersin?' dedi. 'O gelmiş geçmiş en yüce insanlardan biridir! Bugün savaşı kazandı o! Bunu anlıyor musun? Savaşı kazandı!' Bir tokat daha attı.

Beni tokatladığı için Angela'yı suçlamıyorum. Babam onun her şeyiydi. Erkek arkadaşı filan yoktu. Hatta hiç arkadaşı yoktu. Tek bir uğraşısı vardı. Klarnet çalardı.

Ona babamdan ne kadar nefret ettiğimi bir kez daha söyledim; yine tokatladı ve bunun üzerine Frank çalının altından çıktı ve Angela'nın karnına bir yumruk indirdi. Ablamın canı çok yandı. Yere düştü ve yuvarlandı. Soluğunu toparlayınca ağlamaya başladı ve sesinin çıktığınca Baba'ya seslendi.

'Gelmez ki,' dedi Frank ve ona bakıp kahkahayla güldü. Haklıydı. Baba başını pencereden çıkardı, bağıra çağıra yerde yuvarlanan Angela ile bana ve başımızda dikilerek kahkahalarla gülen Frank'e baktı. Bizim ihtiyar başını içeri soktu ve sonrasında o tantananın sebebini sormadı bile. İnsanlar onun uzmanlık alanı değildi.

Bu kadarı işinizi görür mü? Kitabınıza bir faydası olur mu? Aslında sadece bombanın atıldığı günü sorarak elimi kolumu bağladınız. Diğer zamanlarda bomba ve Baba ile ilgili bir sürü güzel anekdot var. Mesela babamın Alamogordo'da ilk kez bombayı test ettikleri günkü hikâyesini bilir misiniz? Bomba patladıktan sonra, yani Amerika'nın tek bir bombayla koca bir şehri haritadan silebileceği kesinleşince, bir bilim adamı Baba'ya dönmüş ve 'İşte şimdi bilim günahla tanıştı,' demiş. Ve Baba'nın ne cevap verdiğini bilir misiniz? 'Günah ne demek?' demiş.

"En iyi dileklerimle,
"Newton Hoenikker"

7
Saygıdeğer Hoenikkerler

Newt, mektubuna şu üç hamişi eklemiş:

Hamiş: Ben mektubu 'biraderiniz' diye imzalayarak bitiremiyorum, çünkü notlarım yüzünden biraderiniz olmama izin vermiyorlar. Sadece bir çömezdim ve şimdi bu payeyi bile alacaklar.

Hamişe hamiş: Ailemizi 'saygıdeğer' olarak nitelendirmişsiniz ve kitabınızda da bu nitelemeyi kullanırsanız hata yapacağınızı düşünüyorum. Örneğin ben bir cüceyim; boyum bir metre yirmi santim. Ağabeyim Frank ise, kendisinden son haber aldığımızda, savaş artığı çıkartma gemileriyle Küba'ya çalıntı otomobil kaçırma suçuyla Florida Polisi, F.B.I. ve Hazine Bakanlığı tarafından aranıyordu. Anlayacağınız, seçmeniz gereken sözcüğün 'saygıdeğer' olmadığından ziyadesiyle eminim. 'Şaşaalı' muhtemelen gerçeğe daha yakın olacaktır.

Hamişin hamişine hamiş: Yirmi dört saat sonra. Mektubu tekrar okudum ve insanların benim hiçbir şey yapmadan öylece oturduğum, hüzünlü şeyler hatırlayıp kendime acıdığım izlenimine kapılabileceğini gördüm. Aslında çok şanslı bir insanım ve bunun bilincindeyim. Muhteşem bir minik kızla evlenmek üzereyim. Bu dünyada herkese yetecek kadar sevgi var; yeter ki insanlar aramayı bilsin. Ben bunun kanıtıyım."

8

Newt'ın Zinka olayı

Newt bana kız arkadaşının kim olduğunu söylememişti. Ama mektubunu alışımdan iki hafta kadar sonra ülkedeki herkes kızın adının Zinka olduğunu öğrendi. Sadece Zinka. Anlaşılan soyadı yoktu.

Zinka, Ukraynalı bir cüce, Borzoi Dans Kumpanyası'nın bir dansçısıydı. Newt her nasılsa, Cornell'e gitmeden önce Indianapolis'te kumpanyanın bir gösterisini izlemiş. Sonra kumpanya Cornell'de sahne almış. Oradaki gösterinin bitiminde minik Newt, elinde bir düzine uzun saplı kırmızı gülle kulis çıkışında bekliyormuş.

Minik Zinka Amerika Birleşik Devletleri'nden siyasi sığınma talebinde bulununca gazeteler hikâyeyi konu etti ve o da minik Newt ile birlikte ortadan kayboldu.

Minik Zinka bir hafta sonra Rus Büyükelçiliği'nde ortaya çıktı. Amerikalıların çok maddiyatçı olduğunu söyledi. Eve dönmek istediğini ifade etti.

Newt de ablasının Indianapolis'teki evine sığındı. Basına kısa bir açıklamada bulundu: "Özel bir meseleydi. Bir gönül meselesi. Pişman değilim. Yaşananlar Zinka ve benim dışımda kimseyi ilgilendirmez."

Moskova'daki acar bir Amerikalı muhabir, Zinka hakkında oradaki dansçılar arasında yaptığı araştırma sonucunda Zinka'nın iddia ettiği gibi yirmi üç yaşında olmadığı yönündeki nahoş gerçeği bulup çıkardı.

Aslında kırk iki yaşındaydı; neredeyse Newt'ın annesi yaşında yani.

9
Volkanlardan Sorumlu Başkan Yardımcısı

Bombanın atıldığı günle ilgili kitabı bir süre boşladım.

Yaklaşık bir sene sonra, Noel'den iki gün önce başka bir hikâye beni Ilium, New York'a, Dr. Felix Hoenikker'in çalışmalarının büyük bölümünü yürüttüğü, minik Newt, Frank ve Angela'nın büyüme çağını geçirdiği yere götürdü.

Ne göreceğimi merak ederek Ilium'da mola verdim.

Ilium'da yaşayan Hoenikker kalmamıştı ama yaşlı adamla üç garip çocuğunu iyi tanıdığını iddia eden bir sürü insan vardı.

Umum Dövme Demir ve Döküm Şirketi'nin araştırma laboratuvarından sorumlu Başkan Yardımcısı Dr. Asa Breed'den randevu aldım. Neredeyse görür görmez benden hoşlanmamasına rağmen sanırım Dr. Breed de *karass*'ımın üyelerinden biriydi.

'Hoşlanma ve hoşlanmamanın meseleyle ilgisi yoktur,' der Bokonon ki bu da unutması kolay bir uyarıdır.

"Anladığım kadarıyla, meslek hayatının büyük bölümünde Dr. Hoenikker'in amiriymişsiniz," dedim telefonda Dr. Breed'e.

"Kâğıt üstünde," dedi.

"Anlayamadım," dedim.

"Felix'e gerçekten amirlik yapmış olsaydım," dedi, "bugün volkanların, gelgitlerin ve kuşlarla kemirgenlerin göçlerine hakim olmaya hazır haldeydim. Adam hiçbir faninin kontrol edemeyeceği bir doğa olayıydı."

10
Gizli ajan X-9

Dr. Breed, bana ertesi sabahın erken saati için randevu verdi. İşe giderken beni otelimden alacağını söyledi; böylece sıkı korunan araştırma laboratuvarına girişimi kolaylaştırmış olacaktı.

Yani Ilium'da geçirecek bir gecem vardı. Del Prado Otel'de olduğuma göre, zaten Ilium'un gece hayatının başlangıcı ve sonundaydım. Cape Cod Bar, orospuların uğrak mekânıydı.

Nasıl olduysa -Bokonon'a göre 'tesadüf değil, yazgı öyle belirlendiği için'- barda yanıma oturan orospu ile servis yapan barmen, liseyi böcek işkencecisi ortanca çocuk, kayıp oğul Franklin Hoenikker ile birlikte okumuştu.

İsminin Sandra olduğunu söyleyen orospu, bana Pigalle ve Port Said dışında hiçbir yerde bulunamayacak keyifler yaşatmayı teklif etti. İlgilenmediğimi söyledim ve kadın kendisinin de pek ilgilenmediğini söyleyecek kadar zeki çıktı. Sonradan anlaşıldı ki ikimiz de ilgisizliğimizi -makul ölçüde- abartmışız.

Ancak tutkularımızın boyutlarını karşılıklı ölçmeden evvel Frank Hoenikker hakkında konuştuk, ihtiyar hakkında konuştuk ve biraz Asa Breed hakkında konuştuk ve Umum Dövme Demir ve Döküm Şirketi hakkında konuştuk ve Papa ile doğum kontrolü hakkında konuştuk, Hitler ile Yahudiler hakkında konuştuk. Sahtelikler hakkında konuştuk. Gerçek hakkında konuştuk. Gangsterler hakkında konuştuk; iş hakkında konuştuk. Elektrikli sandalyeye giden iyi ve fakir insanlar hakkında konuştuk ve gitmeyen zengin piçler hakkında konuştuk. Sapkınlıkları olan dindarlar hakkında konuştuk. Bir sürü şey hakkında konuştuk.

Sarhoş olduk.

Barmen Sandra'ya karşı çok nazikti. Ondan hoşlanıyordu. Ona saygı duyuyordu. Bana Sandra'nın Ilium Lisesi'nde Sınıf Renkleri Komitesi'nin başkanı olduğunu anlattı. Dediğine göre her sınıf liseye başlarken kendi özel renklerini seçmek ve sonra onları gururla üstünde taşımak zorundaymış. Renkleri.

"Hangi renkleri seçmiştin?" diye sordum.

"Turuncu ve siyah."

"Güzel renkler."

"Ben de öyle düşünmüştüm."

"Franklin Hoenikker de Sınıf Renkleri Komitesi'nde miydi?"

"O hiçbir şeye katılmazdı," dedi Sandra küçümseyerek. "Ne bir komiteye girerdi, ne oyun oynardı, ne de kızlarla çıkardı. Bir kızla konuştuğunu bile sanmıyorum. Biz ona Gizli Ajan X-9 derdik."

"X-9 mu?"

"Anla işte... Sürekli bir gizli yerden diğerine yere gider gibi davranırdı; kimseyle konuşamazdı."

"Belki gerçekten çok hareketli bir gizli hayatı *vardı,*" diye görüş belirttim.

"I-ıh."

"I-ıh." diye dudak büktü barmen. "Tüm vaktini model uçak yaparak ve otuz bir çekerek geçiren çocuklardan biriydi sadece."

11
Protein

"Güya mezuniyet konuşmamızı o yapacaktı," dedi Sandra.

"Kim?" diye sordum.

"Dr. Hoenikker. İhtiyar."

"Ne söyledi?"

"Gelmedi ki."

"Mezuniyet konuşmanız yapılamadı mı yani?"

"Yok, yapıldı. Dr. Breed, yani yarın görüşeceğin şu adam nefes nefese çıkageldi ve bir şeyler söyledi."

"Ne dedi?"

"Dedi ki, birçoğumuzun bilim alanında kariyer sahibi

olmasını umuyormuş." Sandra bunda komik bir yan görmüyordu. Etkilendiği bir dersi anımsamaya çalışır gibiydi. Bir görevi yerine getirir gibi körü körüne tekrarlıyordu lafları. "Dedi ki, dünyanın sorunu şeymiş..."

Durup biraz düşünmek zorunda kaldı.

"Dünyanın sorunu," diye lafına devam etti yine duraksayarak, "insanların bilime inanmak yerine hâlâ batıl inanışlara sahip olmasıymış. Daha fazla sayıda insan bilim alanında çalışacak olursa, şu an yaşanan bütün sorunların hiçbiri olmazmış."

"Bilimin bir gün hayatın temel sırrını keşfedeceğini söyledi," diye ekledi barmen. Kafasını kaşıdı ve kaşlarını çattı. "Hatta geçen gün bunun ne olduğunu nihayet bulduklarını okumamış mıydım gazetede?"

"Ben atlamışım," diye mırıldandım.

"Ben de gördüm," dedi Sandra. "İki gün önceydi galiba."

"Doğru," dedi barmen.

"*Neymiş* hayatın sırrı?" diye sordum.

"Unuttum," dedi Sandra.

"Protein," diye açıkladı barmen. "Proteinle ilgili bir şey bulmuşlar."

"Tamam," dedi Sandra, "öyleydi."

12

Dünyanın sonu kokteyli

Del Prado Oteli'ndeki Cape Cod Bar'da sürdürdüğümüz sohbete daha yaşlı bir barmen de katıldı. Bombanın atıldığı günle ilgili bir kitap yazdığımı öğrenince o günü nasıl geçirdiğini, oturmakta olduğumuz barda günün nasıl olduğunu anlatmaya başladı bana. W.C. Fields gibi konuşuyordu ve burnu koca bir çileğe benziyordu.

"O zamanlar buranın adı Cape Cod Bar değildi," dedi. "Her tarafta şu zigtimin ağları ve deniz kabukları yoktu. O günlerde buraya Navajo Çadırı deniyordu. Duvarlarda Kızılderili battaniyeleri ve sığır kafatasları asılıydı. Masalarda ufak tamtamlar vardı. İnsanlar garsonu çağırmak için o tamtamlara vuracaktı hesapta. Bana tüylü bir savaş başlığı taktırmaya kalktılar ama reddettim. Günün birinde gerçek bir Navajo Kızılderilisi geldi ve bana Navajoların çadırda yaşamadığını söyledi. 'Ha'zigtir, yazık be,' dedim. Ondan önce de adı Pompei Bar'dı buranın; her tarafta kırılmış, çatlamış alçı heykeller vardı. Barın ismi ne olursa olsun bi'tek şu zigtimin lambalarını değiştirmiyorlar. Buraya gelen zigtimin insanlarını ya da dışarıdaki zigtimin şehrini hayatta değiştirmiyorlar. Japonların üstüne Hoenikker'in zigtimin bombasını attıkları gün serserinin teki geldi ve beleş içki istedi. Dünyanın sonu gelmesi hasebiyle kendisine bir içki vermemi istedi. Ben de ona bir 'Dünyanın Sonu Kokteyli' hazırladım. İçi boşaltılmış bir ananas kabuğuna çeyrek litre nane likörü koyup üstüne kremşanti ekledim ve tepesine de bir kiraz kondurdum. 'Al bakalım, seni sefil piç,' dedim, 'hiç iyiliğimin dokunmadığını söylemezsin artık.' Sonra başka bir adam daha gelip araştırma laboratuvarındaki işini bırakacağını söyledi; bir bilim adamının üzerinde çalıştığı şey ne olursa olsun, şu ya da bu biçimde silaha dönüşmesi kaçınılmaz oluyormuş dediğine göre. Politikacılara artık zigtirici savaşlarında yardım etmek istemediğini söyledi. Adamın ismi Breed'di. Zigtimin araştırma laboratuvarının patronuyla bir alakası olup olmadığını sordum. Varmış. Araştırma laboratuvarının zigtimin patronunun oğluymuş meğer."

13
Başlangıç noktası

Ah Tanrım, ne çirkin şehir şu Ilium!

'Ah Tanrım,' der Bokonon, 'ne çirkin şehirdir tüm şehirler!'

Kıpırtısız bir sisle karışık duman battaniyesinin içinden sulusepken iniyordu. Sabahın erken saatleriydi. Dr. Asa Breed'in Lincoln'ünde gidiyorduk. Hasta gibiydim, dün geceki sarhoşluğu tam atamamıştım. Otomobili Dr. Breed kullanıyordu. Tekerlekler, uzun zamandır kullanılmayan tramvay raylarının üstünden geçip duruyordu.

Breed pembe tenli bir ihtiyardı; gayet zengin ve iyi giyimliydi. Hali tavrı medeni, iyimser, becerikli ve sakindi. Bense tam tersine huysuz, hastalıklı, kinik bir ruh halindeydim. Geceyi Sandra ile geçirmiştim.

Ruhum, bir kedinin yanmış kürkünden yükselen dumanlar kadar pis geliyordu bana.

Herkes hakkında olabilecek en kötü şeyleri düşünüyordum ve Sandra'nın anlattıkları sayesinde Dr. Asa Breed hakkında da rezil şeyler biliyordum.

Sandra'nın dediğine göre, Ilium'daki herkes Dr. Breed'in Felix Hoenikker'ın karısına âşık olduğunu biliyordu. Hatta çoğu insanın Breed'in Hoenikker'in üç çocuğunun da babası olduğunu düşündüğünü söyledi.

"Ilium'u bilir misiniz?" diye sordu birden Dr. Breed.

"Bu ilk gelişim."

"Burası bir aile şehridir."

"Nasıl yani?"

"Gece hayatı pek yoktur. Herkesin hayatı ailesiyle evi etrafında geçer."

"Doğrusu pek erdemli bir anlayış."

"Öyle. Gençlerimiz arasında suç oranı çok düşüktür."

"Ne güzel."

"Ilium'un çok ilginç bir tarihi vardır, bilir misiniz?"

"Çok ilginçmiş."

"Eskiden burası sıçrama noktasıymış."

"Efendim?"

"Batı'ya göç zamanlarında."

"Haaa."

"İnsanlar donanımı buradan temin edermiş."

"Gerçekten çok ilginç."

"Bugün araştırma laboratuvarının olduğu yerde eskiden cezaevi vardı. Tüm bölgenin idamları orada halka açık şekilde infaz edilirmiş."

"O zamanlar da tıpkı bugünkü gibi işlenen suç kimsenin yanına kâr kalmıyormuş demek."

"1782'de yirmi altı kişinin katili olan bir adamı asmışlar burada. Birilerinin onun hakkında bir kitap yazması gerektiğini düşünmüşümdür hep. George Minor Moakely. Darağacında bir şarkı söylemiş. İdamı vesilesiyle bestelediği şarkıyı."

"Ne hakkındaymış şarkı?"

"Gerçekten ilgileniyorsanız sözlerini Tarih Derneği'nde bulabilirsiniz."

"Genel temayı merak etmiştim sadece."

"Hiçbir şeyden pişman değilmiş."

"Bazı insanlar öyledir."

"Düşünsenize!" dedi Dr. Breed, "yirmi altı kişinin yükünü taşıyordu vicdanında!"

"İnsanın aklı almıyor," dedim.

14

Otomobillerde kristal vazoların olduğu günlerde

Tutulmuş boynum zonklayan başımı taşıyamıyordu. Dr. Breed'in gıcır gıcır Lincoln'ü bir kez daha tramvay raylarına yakalandı.

Dr. Breed'e Umum Dövme Demir ve Döküm Şirketi'ne saat sekizden önce kaç kişinin ulaşmaya çalıştığını sordum ve otuz bin olduğunu söyledi.

Her kavşakta beyaz eldivenli elleriyle trafik ışıklarına muhalefet eden sarı yağmurluklu trafik polisleri vardı.

Sulusepken altında cafcaflı hayaletleri andıran trafik ışıkları, mevzunun tamamen dışında kalan saçma sapan yanıp sönüşlerini tekrarlayarak otomobillerden oluşan bir buzula ne yapmaları gerektiğini işaret ediyordu. Yeşil, geç demekti. Kırmızı, dur demekti. Turuncu, hazırlan ve dikkatli ol demekti.

Dr. Breed, bana Dr. Hoenikker'in gençliğinde bir sabah otomobilini Ilium trafiğinin ortasında öylece terk edip gittiğini anlattı.

"Trafik tıkanıklığının sebebini araştıran polisler, Felix'in otomobilini motoru çalışır, kül tablasında bir puro yanar halde bulmuş ve vazolarda da taze çiçekler varmış..."

"Vazolar mı?"

"Otomobil neredeyse manevra lokomotifi boyutunda bir Marmon'du. Kapı direklerinde minik kristal vazolar vardı ve Felix'in karısı her sabah vazolara taze çiçekler koyardı. Trafiğin ortasındaki işte o otomobildi."

"Tıpkı hayalet gemi *Marie Celeste* gibi," dedim.

"Polis arabayı çekmiş. Kime ait olduğunu biliyorlarmış ve Felix'i arayıp otomobilini nereden alabileceğini kibarca bildirmişler. Felix otomobilin kendilerinde kalabileceğini, artık onu istemediğini söylemiş."

"Öyle mi oldu?"

"Hayır. Karısını aradılar ve o da gelip Marmon'u aldı."

"Karısının ismi neydi bu arada?"

"Emily." Dr. Breed dudaklarını yaladı ve bakışları uzaklara daldı gitti. Sonra yıllar önce ölmüş kadının adını tekrarladı. "Emily."

"Şu Marmon hikâyesini kitabımda kullanmama karşı çıkan olur mu, ne dersiniz?" diye sordum.

"Sonunu anlatmazsanız olmaz."

"Ne oldu ki *sonunda*?"

"Emily, Marmon'u sürmeye alışık değildi. Eve dönüş yolunda çok kötü bir kaza yaptı. Kazada kalça kemiğine bir şey oldu..." O arada trafik durmuştu. Dr. Breed gözlerini kapadı ve elleri direksiyonu daha sıkı kavradı.

"Minik Newt'ın doğumunda ölmesinin nedeni buydu."

15
Mutlu Noeller

Umum Dövme Demir ve Döküm Şirketi'nin araştırma laboratuvarı şirketin Ilium tesislerinin ana kapısının yakınında, Dr. Breed'in otomobilini çektiği yönetici otoparkından bir kent adası kadar ötedeydi.

Dr. Breed'e araştırma laboratuvarı için kaç kişinin çalıştığını sordum. "Yedi yüz," dedi, "ama bilfiil araştırma yapanlar yüz kişiden az. Diğer altı yüz kişi öyle ya da böyle bir nevi hizmetçilik yapıyor ve ben de baş hizmetçiyim."

Şirket binasına doğru akan insan seline katıldığımızda, arkamızdan gelen bir kadın Dr. Breed'e mutlu Noeller diledi. Dr. Breed müşfik bir edayla dönüp soluk yüzler deryasına baktı ve kendisine selam verenin Bayan Francine Pefko diye biri olduğunu gördü. Bayan Pefko yirmi yaşında, bön bakışlı, güzel ve sağlıklı bir kadındı; normal sıradanlıkta bir tip.

Dr. Breed, Noel'e özgü sevgi ve birlik havasının hatırına Bayan Pefko'yu bize katılmaya davet etti. Kadın kendisini bana Dr. Nilsak Horvath'ın sekreteri olarak tanıştırdı. Sonra da Horvath'ın kim olduğunu anlattı. "Ünlü yüzey kimyacımız," dedi, "hani şu ince katmanlar konusundaki muhteşem çalışmalara imza atan kişi."

"Yüzey kimyasında yeni ne var ne yok?" diye sordum Bayan Pefko'ya.

"Tanrım," dedi, "bana hiç sormayın. Sadece söylediklerini daktilo ediyorum." Sonra 'Tanrım' diye tepki verdiği için özür diledi.

"Bence siz dışarıya belli ettiğinizden fazlasını anlıyorsunuzdur," dedi Dr. Breed.

"Yok canım." Bayan Pefko, Dr. Breed kadar önemli biriyle sohbet etmeye alışık değildi ve utanmıştı. Yürüyüşü değişmiş, tavuklarınki gibi sert ve ani adımlar atmaya başlamıştı. Gülümsemesi donuktu ve söyleyecek bir şeyler bulmak için kafasının içini köşe bucak araştırıyor ama kullanılmış kâğıt mendil ve taklit mücevherler dışında bir şey aklına gelmiyordu.

"Eee?" diye sordu Dr. Breed dostane bir tavırla, "bizi nasıl değerlendiriyorsun burada olduğun süre... Ne kadar o süre? Bir yıl falan mı oldu?"

"Siz bilim adamları çok *düşünüyorsunuz*," deyiverdi Bayan Pefko. Sonra aptal aptal güldü. Dr. Breed'in dostane yaklaşımı sinir sistemindeki her sigortanın atmasına neden olmuştu. "*Hepiniz* çok düşünüyorsunuz."

Soluk soluğa kalmış, bezgin görünüşlü, şişman bir kadın pis tulumu içinde yanımız sıra ölgün adımlarla yürürken Bayan Pefko'nun söylediklerini dinliyordu. Dönüp Dr. Breed'i çaresiz bir sitem yansıtan gözlerle inceledi. Çok düşünen insanlardan nefret ettiği belliydi. Kadın o anda gözüme neredeyse tüm insanoğlunun ideal bir temsilcisi gibi göründü.

Şişman kadının yüzündeki ifade, birileri azıcık daha düşünecek olursa oracıkta delireceği izlenimi uyandırıyordu.

"Bence," dedi Dr. Breed, "herkesin aşağı yukarı aynı oranda düşündüğünü farkedebilirsiniz. Tek fark, bilim adamları bir konuyu belirli bir açıdan düşünürken, diğer insanlar aynı konuyu farklı açılardan düşünür."

"Iyy," diye guruldadı Bayan Pefko anlamsız bir tavırla. "Dr. Horvath dikte ederken sanki yabancı bir dilde konuşuyormuş gibi geliyor. Üniversiteye gitmiş olsam da anlayacağımı sanmıyorum. Kim bilir, belki tüm dünyayı alt üst edecek, içini dışına çevirecek türden, atom bombası falan gibi şeylere dairdir söyledikleri."

"Eskiden okuldan eve döndüğümde, Anne bana o gün neler olduğunu sorardı ve ben de anlatırdım," dedi Bayan Pefko. "Ama şimdi işten eve döndüğümde aynı soruyu soruyor ve tek söyleyebildiğim..." Bayan Pefko başını iki yana salladı ve kırmızı dudaklarını büktü. "Ne biliim, ne biliim, ne biliim."

"Anlamadığınız bir şey olduğunda," diye diretti Dr. Breed, "Dr. Horvath'dan açıklamasını isteyin. Kendisi açıklama yapma konusunda çok iyidir." Sonra bana döndü. "Dr. Hoenikker derdi ki, yaptığı işi sekiz yaşındaki bir çocuğun anlayabileceği şekilde açıklayamayan bilim adamı, şarlatanın tekidir."

"Öyleyse ben sekiz yaşındaki bir çocuktan bile daha aptalım," diye mırıldandı Bayan Pefko. "Şarlatanın ne demek olduğunu bile bilmiyorum."

16

Anaokuluna dönüş

Araştırma laboratuvarının girişindeki dört granit basamağı tırmandık. Bina altı katlı, tuğla bir yapıydı. Girişteki tam teçhizatlı iki güvenlik görevlisinin yanından geçtik.

Bayan Pefko soldaki görevliye sol göğsüne takılı pembe '*Gizli*' rozetini gösterdi.

Dr. Breed de sağ yanımızdaki görevliye ceketinin yumuşak yakasına takılı siyah, '*Çok gizli*' rozetini gösterdi.

Kolunu törensel bir edayla ve fakat bana temas etmeksizin etrafıma dolayarak görevlilere kendisinin yüce koruması ve denetimi altında olduğumu ifade etti.

Adamlardan birine gülümsedim. Karşılık alamadım. Ulusal güvenliğin gülünecek bir yanı yoktu; hem de hiç.

Dr. Breed, Bayan Pefko ve ben, laboratuvarın girişinden asansörlere doğru düşünceli adımlarla yürüdük.

"Bir ara Dr. Horvath'tan size bir şeyi açıklamasını isteyin," dedi Dr. Breed, Bayan Pefko'ya. "Ne kadar basit, ne kadar anlaşılır bir karşılık alacağınızı göreceksiniz."

"Birinci sınıf düzeyinden başlaması gerekecek; hatta belki anaokulundan," dedi Bayan Pefko. "Arada çok şey kaçırdım."

"*Hepimiz* çok şey kaçırdık," diye ona hak verdi Dr. Breed. "En baştan, tercihen anaokulundan başlasak hepimizin yararına olurdu aslında."

Laboratuvarın kabul görevlilerinden birinin lobinin duvarlarını süsleyen çok sayıda eğitsel panoyu sergilemeye açışını izledik. Uzun boylu, sıska bir kızdı; buz gibi ve solgun yüzlüydü. Onun alışkın dokunuşlarıyla ışıklar parıldamaya, çarklar dönmeye, tüpler fokurdamaya, ziller çalmaya başladı.

"Büyü bu," deyiverdi Bayan Pefko.

"Laboratuvarımız ailesinin bir ferdinden bu sevimsiz, ortaçağdan kalma kelimeyi duymak üzücü," dedi Dr. Breed. "Bu gösterimlerin her biri kendi kendini gayet iyi açıklıyor. Gizemli görünmeyecek şekilde tasarlanmışlardır. Büyünün tam anlamıyla antitezidir bunlar."

"Büyünün nesi?"

"Tersi."

"Hayatta inanmam."

Dr. Breed biraz sinirlenmiş gibiydi. "En azından gizemli hale sokmak *istemiyoruz*," dedi. "Hiç değilse bu yönden hakkımızı teslim edin."

17
Kızlar Bölümü

Dr. Breed'in sekreteri, ofisin girişindeki masasının üstüne çıkmış, akordeon gibi yaylanan bir Noel çanını tavandaki kancaya bağlamaya çalışıyordu.

"Aman Naomi," diye bağırdı Dr. Breed, "altı aydır burada ölümlü kaza olmadı! Masadan düşüp gidişatı bozma!"

Bayan Naomi Faust neşeli, kurumuş hissi veren yaşlı bir hanımdı. Sanırım ikisinin hayatı boyunca da Dr. Breed'in yanında çalışmıştı. Güldü. "Sağlamımdır ben. Düşsem bile Noel melekleri beni havada yakalar."

"Kimi zaman ıskaladıkları biliniyor."

Çanın tokmağından aşağı yine akordeon gibi yaylanan iki şerit sarkıyordu. Bayan Faust bir tanesini çekti. Şerit uzayıp üstünde mesaj yazılı bir flamaya dönüştü. "Şunu tutun," dedi Bayan Faust, flamanın ucunu Dr. Breed'e uzatarak. "Sonuna kadar çekin ve ucunu duyuru panosuna raptiyeleyin."

Dr. Breed denileni yaptı ve mesajı okumak için bir adım geriledi. "Dünyada Barış!" diye yüksek sesle ve hevesle okudu.

Bayan Faust elinde tuttuğu diğer şeritle masadan aşağı inip onu da çekti. "Tüm İnsanlara İyi Niyet!" yazıyordu üstünde.

"Vallahi öyle," diyerek kıkırdadı Dr. Breed, "Noel'i kurutup gereğinde suda eritilir hale koymuşlar! Burası bayram yerine dönmüş, tam bir festival mekânı."

"Kızlar Bölümü'nün çikolatalarını da unutmadım," dedi Bayan Faust. "Gurur duyuyorsunuz benimle, değil mi?"

Dr. Breed unutkanlığına inanamayarak alnına vurdu. "Tanrı'ya şükür ki hatırlamışsınız! Aklımdan çıkıp gitmiş."

"Bunu kesinlikle unutmamalıyız," dedi Bayan Faust. "Artık bir gelenek haline geldi. Dr. Breed'in Kızlar Bölümü'ne Noel hediyesi olan çikolatalar." Bana Kızlar Bölümü'nün laboratuvarın bodrum katındaki daktilo bürosu olduğunu açıkladı. "Kızlar diktafonu olan herkesin işini görür."

Bayan Faust'un anlattığına göre, kızlar yıl boyunca yüzlerini görmedikleri bilim adamlarının diktafon plaklarındaki seslerini dinleyip söylediklerini yazarmış, plakları da teslimatçı kızlar getirirmiş. Yılda bir gün bu kızlar beton manastırlarından çıkıp Noel şarkısı söyleyerek Dr. Asa Breed'in hediye çikolatalarını almaya gidermiş.

"Bilime de hizmet ediyorlar," diye doğruladı Dr. Breed, "söylenenlerin tek kelimesini anlamasalar bile. Tanrı hepsinden razı olsun!"

18

Dünyadaki en değerli mal

Dr. Breed'in iç kısımdaki ofisine geçtiğimizde, düzgün bir söyleşi yapabilmek için düşüncelerimi düzenlemeye çalıştım. Kafamı hâlâ pek toparlayamadığımı gördüm. Dr. Breed'e bombanın atıldığı günle ilgili sorular sormaya başladığımdaysa beynimin halkla ilişkiler merkezinin içkiye ve yanık kedi tüyüne boğulduğunu anladım. Sorduğum her soru, atom bombasının yaratıcılarının en korkunç yanlışın suç aletleri olduğunu ima eder nitelikteydi.

Dr. Breed ilk başta hayret içindeydi ama sonra sinirlendi. Mesafeyi biraz açıp, "Bilim adamlarından pek hoşlanmıyorsunuz galiba," diye homurdandı.

"Öyle olduğu söylenemez, efendim."

"Lakin tüm sorularınız bana bilim adamlarının insan ırkının geri kalanının kaderini umursamayan, hatta belki insan ırkının mensubu bile sayılamayacak kalpsiz, vicdansız, sığ görüşlü birer ahmak olduğunu kabul ettirme amacındaymış gibi görünüyor."

"Biraz ağır ifade ettiniz durumu."

"Kitabınızda anlatacağınızı tahmin ettiklerimden daha ağır değil anlaşıldığı kadarıyla. Ben sizin Felix Hoenikker hakkında adil, objektif bir biyografi hazırlama amacında olduğunuzu düşünmüştüm ki içinde bulunduğumuz dönemde genç bir yazar için son derece anlamlı bir vazife bu. Fakat hayır, siz buraya çılgın bilim adamları hakkında bir takım ön yargılarla gelmişsiniz. Nereden edindiniz bu fikirleri? Çizgi romanlardan mı?"

"Kaynaklarımdan birinin adını vermek gerekirse, Dr. Hoenikker'in oğludur."

"Hangi oğlu bu?"

"Newton," dedim. Yanımda minik Newt'ın mektubunu da getirmiştim ve bunu ona gösterdim. "Konu açılmışken sorayım. Newt ne kadar küçük?"

"Bir şemsiyelikten daha uzun değil," dedi Dr. Breed, kaşlarını çatarak Newt'ın mektubunu okurken.

"Diğer iki çocuk normal mi?"

"Tabii ki! Sizi hayal kırıklığına uğrattığım için üzgünüm ama bilim adamlarının çocukları da herkesinki gibidir."

Dr. Breed'i sakinleştirmek, onu gerçekten Dr. Hoenikker'in doğru bir portresini edinmekle ilgilendiğime ikna etmek için elimden geleni yaptım. "Buraya Dr. Hoenikker hakkında bana anlatacaklarınızı olduğu gibi aktarmaktan başka bir amaçla gelmediğime emin olabilirsiniz. Newt'ın mektubu yalnızca bir başlangıçtı ve sizin bana söyleyeceklerinizi de terazinin diğer kefesine koyarak dengeyi sağlayacağım."

"Bir bilim adamının kim olduğunu, ne yaptığını yanlış anlayan insanlardan usandım."

"Bu yanlış anlamayı ortadan kaldırmak için elimden geleni yapacağım."

"Bu ülkede çoğu insan, safi araştırmanın ne olduğunu anlamıyor."

"Bunun ne olduğunu bana açıklarsanız müteşekkir olurum."

"Safi araştırma, daha iyi bir sigara filtresi ya da daha yumuşak bir kâğıt mendil türü ya da daha uzun ömürlü cephe boyası bulma arayışı değildir. Herkes araştırmadan söz ediyor ama bu ülkede kimsenin bunu pratikte uyguladığı yok. Biz, insanlara salt araştırma yapmaları için para ödeyen ender şirketlerden biriyiz. Araştırmalarıyla böbürlenen çoğu şirket, beyaz önlükler giyen, işini tarifnamelere bakarak yapan ve sonraki yılın Oldsmobile'inde daha geliştirilmiş bir silecek olacağı hayali kuran zavallı teknisyenlerden bahsediyor aslında."

"Ama burada..."

"Burada ve bu ülkedeki utanılacak kadar az sayıda diğer yerde, insanlara bilgiyi çoğaltmaları ve bundan öte amaç uğruna çalışmamaları için para ödeniyor."

"Doğrusu Umum Dövme Demir ve Döküm Şirketi pek verecenmiş."

"Bunun verecenlikle, cömertlikle ilgisi yok. Yeni bilgi, dünyadaki paraya çevrilebilir en değerli maldır. Çalışırken yararlanabileceğimiz doğrular ne kadar fazla olursa, o kadar zenginleşiriz."

O zamanlar bir Bokononcu olsam, bu cümle karşısında vereceğim tepki ulumak olurdu.

19
Çamura son

"Yani," dedim Dr. Breed'e "bu laboratuvardaki kimseye ne üzerinde çalışması gerektiği söylenmiyor mu? Kimse hangi işin üzerinde çalışabileceği konusunda *öneride* bile bulunmuyor mu insanlara?"

"Sürekli öneri getirilir ama başkalarının önerilerine kulak asmak bir safi araştırmacının karakterinde yoktur. Onun zihni zaten kendi projeleriyle doludur ve biz de bunun böyle olmasını isteriz."

"Dr. Hoenikker'e proje önermeye çalışan birileri oldu mu hiç?"

"Elbette oldu. Özellikle de amiraller ve generaller. Onu tek el hareketiyle Amerika'yı yenilmez kılabilecek bir sihirbaz gibi görüyorlardı. Her türlü kaçık planla kapımıza dayanıp duruyorlardı ve hâlâ da dayanırlar. Bu planlarla ilgili tek sorun, bugünkü bilgi birikimimiz dahilinde gerçekleştirilmelerine imkân olmamasıdır. Dr. Hoenikker gibi bilim adamlarından bazı ufak boşlukları doldurmaları beklenir. Mesela Deniz Piyadeleri'nden bir generalin ölümünden kısa süre önce çamurla ilgili bir şey yapması için Felix'in peşinde dolandığını hatırlıyorum."

"Çamur mu?"

"İki yüz yıla yakın zamandır batıp çıktıkları çamurdan Deniz Piyadeleri'ne gına gelmiş," dedi Dr. Breed. "General de ilerlemenin gereklerinden birinin, Deniz Piyadeleri'nin çamurla boğuşmak zorunda kalmaması olduğuna inanmış."

"Ne varmış bu generalin aklında?"

"Çamurun ortadan kaldırılması. Çamur bitti."

"Zannımca bunun için dağlar kadar kimyasal ya da tonlar ağırlığında makine donanımı gerekir..." diye fikir yürüttüm.

"Generalin aklında minik bir hap ya da el aparatı türünden bir şey vardı. Deniz Piyadeleri sadece çamurdan değil, hantal şeyler taşımaktan da bıkmıştı. *Ufak* bir şeyin hayatlarını değiştirmesini istiyorlardı."

"Dr. Hoenikker ne dedi bu isteğe?"

"O şakacı üslubuyla -ki *her zaman* şakacı bir adamdı- minicik bir parçacık sayesinde, hatta mikroskobik boyutta bir tanecikle dağlar kadar çamurun, balçığın, bataklığın, derenin, göletin bu masa kadar katı hale gelebileceğini söyledi."

Dr. Breed derisi benek benek olmuş yaşlı yumruğunu masaya indirdi. Şekli böbreği andıran, deniz yeşiline boyanmış çelik bir masaydı bu. "Tek bir Deniz Piyadesi bu maddenin Florida bataklıklarında saplanıp kalmış koca bir zırhlı tugayı kurtarmaya yetecek de artacak kadarını tırnağının altında taşıyabilirdi."

"Bu imkânsız."

"Size göre öyle, bana göre de öyle; aslına bakarsanız kime sorsanız öyle. Ancak muzip Felix'e göre gayet mümkündü. Felix'in mucizesi -ki umuyorum buna kitabınızın bir bölümünde yer verirsiniz- eski yapbozlara yepyenilermiş gibi yaklaşmasındaydı."

"Kendimi şu an Francine Pefko gibi hissettim," dedim, "ve Kızlar Bölümü'ndeki tüm kızlar gibi. Dr. Hoenikker, tırnak altına sığabilecek büyüklükte bir şeyle koca bataklığı masanız kadar katı hale nasıl getirebileceğini bana asla açıklayamazdı."

"Size Felix'in ne kadar iyi bir açıklamacı olduğunu söylemiştim..."

"Öyle bile olsa..."

"Bana açıklamayı başarmıştı," dedi Dr. Breed, "ve eminim ben de size açıklayabilirim. Mesele şu: Deniz Piyadeleri'ni çamurdan nasıl çıkarırız? Doğru mu?"

"Doğru."

"Tamam öyleyse," dedi Dr. Breed, "dikkatle dinleyin. Başlıyoruz."

20
Buz-dokuz

"Bunun birçok yolu var," dedi Dr. Breed. "Bazı sıvılar birkaç farklı biçimde kristalleşir -donar- yani atomları birkaç farklı biçimde birleşip kilitlenir ve katı hal alır."

Benekli elleri olan yaşlı adam, beni bir hükümet binasının bahçesine yerleştirilmiş antika top güllerinin kaç farklı biçimde dizilebileceğini, portakalların bir sandığa kaç farklı biçimde sıralanabileceğini düşünmeye davet etti.

"Kristallerdeki atomlar için de durum böyledir; ayrıca aynı maddenin iki farklı kristalinin birbirinden çok farklı fiziksel özellikleri olabilir."

Kocaman etilen diamin tartrat kristalleri üreten bir fabrikadan bahsetti bana. Dediğine göre, bu kristaller kimi imalat süreçlerinde kullanılıyormuş. Fakat bir gün üretici, kristallerin artık istenen özellikleri taşımadığını görmüş. Atomlar farklı şekilde sıralanıp kilitlenmeye -donmaya- başlamış. Kristalleşen sıvı aynıymış ama oluşturduğu kristaller endüstriyel uygulamalar bakımından beş para etmiyormuş.

Bunun nasıl olduğu muammaymış. Ancak kâğıt üzerinde suçlu, Dr. Breed'in 'tohum' dediği bir şeymiş. İstenmeyen kristal dokusunun minik bir taneciğini kastediyordu. Tanrı bilir nereden çıkıp gelen bu tohum, atomlara yeni bir dizilme, kilitlenme, kristalleşme -donma- biçimi öğretiyormuş.

"Şimdi bir kez daha hükümet binasının bahçesindeki top güllelerini veya sandıktaki portakalları düşünün," dedi doktor. Sonra bana en alttaki güllelerin ya da portakalların diziliş biçiminin onların üstündeki sıranın nasıl dizilip kilitleneceğini belirleyişini anlamama yardım etti. "En alt sıra, üste koyulacak her top güllesinin ya da portakalın nasıl davranacağını belirleyen tohumdur; üsttekiler sonsuz sayıda olsa bile."

"Şimdi farz edelim," diye kıkırdadı Dr. Breed, anlattıklarından pek eğlenerek, "suyun birçok kristalleşme, yani donma biçimi vardır. Diyelim ki üstünde paten kaydığımız ve içeceklere koyduğumuz türden -*buz-bir* diyeceğimiz- bir buz var ki bu da birkaç farklı buz tipinden biri. Su, dünyada her zaman *buz-bir* şeklinde donuyor, çünkü ona *buz-iki, buz-üç, buz-dört* şeklinde nasıl donacağını öğretecek bir tohum hiç var olmadı. Ve yine diyelim ki..." Benekli eliyle tekrar masasına vurdu. "Başka bir biçim daha var ve buna *buz-dokuz* diyoruz ve -bu masa kadar sert kristalinerime noktası mesela otuz sekiz derece ya da daha da iyisi, elli beş derece."

"Tamam, buraya kadar anlamadığım bir şey yok," dedim.

Dr. Breed'in sözleri ofisin dışından gelen fısıldaşmalarla kesildi. Yüksek perdeden, bir şeylerin alameti olacak türden fısıltılardı bunlar. Kızlar Bölümü'ndekilerin sesleriydi.

Kızlar ofisin önünde Noel şarkısı söylemeye hazırlanıyordu.

Dr. Breed ve ben kapının önüne çıkınca başladılar. Sayıları yüze yaklaşan kızların her biri, beyaz dosya kâğıdından yapılmış yakaları gömleğine ataşla tutturarak kendini kilise korosu şarkıcısına benzetmişti. Çok güzel söylüyorlardı.

Şaşırmış ve anlamsız bir duygusallığa yenik düşmüştüm. Çoğu kızın ilahi söylerken ortaya serdiği o tatlılık, nadiren kullanılan o hazine, beni hep derinden etkilemiştir.

Kızlar 'Ey Küçük Beytüllahim Kasabası'nı söyledi. Özellikle şu dizeyi yorumlayışlarını kolay kolay unutamam herhalde:

"Tüm yılların umutları ve korkuları bu gece bizimle birlikte."

21
Deniz piyadeleri, marş marş

Bayan Faust'un yardımıyla Noel çikolatalarını kızlara dağıtan yaşlı Dr. Breed'in ofisine döndük.

"Nerede kalmıştık?" dedi. "Haa, tamam!"

Sonra o yaşlı adam benden Amerikan Deniz Piyadeleri'ni kuş uçmaz kervan geçmez bir bataklıkta hayal etmemi istedi.

"Kamyonları, tankları ve havan topları saplanıp kalmış," diye sızlandı. "Leş kokulu ve zehirli çamura gömüldükçe gömülüyorlar."

Bir parmağını havaya kaldırarak göz kırptı. "Ama diyelim ki genç adam, askerlerden birinin elindeki minik kapsülde *buz-dokuz* tohumu var; su atomlarının başka biçimde dizilip kilitlenmesini -donmasını- sağlayacak bir *tohum*. Bu deniz piyadesi o tohumu en yakın su birikintisine atarsa..."

"Birikinti donar mı?" diye tahminde bulundum.

"Ve birikintinin etrafındaki tüm çamur yığınları."

"Onlar da mı donar?"

"Ve donmuş çamurun içindeki tüm su birikintileri."

"Onlar da mı donar?"

"Ve donmuş çamur yığını arasındaki dereler ve sular?"

"Onlar da mı donar?"

"Ne sandın!" diye bağırdı. "Ve Amerikan Deniz Piyadeleri bataklığın içinden çıkıp yoluna devam eder!"

22
Sarı basının bir mensubu

"*Böyle* bir madde var mı?" diye sordum.

"Hayır, hayır, hayır," dedi Dr. Breed, bir kez daha bana olan sabrını yitirerek. "Bütün bunları size Felix'in eski bir soruna sıradışı yeniliklerle nasıl yaklaşabildiğine dair fikriniz olsun diye anlattım. Az önce size aktardıklarım, Felix'in peşinde dolanıp duran generale çamurla ilgili olarak söyledikleridir. Felix yemekhanede tek başına yerdi yemeğini. Kimsenin masasına oturmaması, onun düşünce zincirini kırmaması bir kuraldı. Fakat deniz piyadesi generali paldır küldür içeri dalmış, bir sandalye çekip masaya oturmuş ve çamur hakkında konuşmaya başlamıştı. Benim size az evvel anlattıklarım Felix'in ona ayaküstü verdiği cevaptı."

"Yani… Yani gerçekte öyle bir şey *yok* mu?"

"Az önce olmadığını söyledim ya!" diye bağırdı Dr. Breed öfkeyle. "Felix bu olaydan kısa süre sonra öldü! Size safi araştırmacılar hakkında anlatmaya çalıştıklarıma kulak vermiş olsanız böyle bir soru sormazdınız! Safi araştırmacılar başkalarınınkini değil, kendi ilgilerini cezbeden şeyler üzerinde çalışır."

"Şu bataklık meselesine kafam takıldı..."

"O konuyu *kapatın* artık! Bataklıkla ilgili gerekeni söyledim ve bitti."

"O bataklığın içinden geçen dereler *buz-dokuz* olup donarsa, onlarla beslenen nehirlere ve göllere ne olur?"

"Donarlar. Fakat *buz-dokuz* diye bir şey yok."

"Peki, nehirlerin döküldüğü okyanuslar?"

"Onlar da donar elbette," diye tersledi beni doktor. "Şimdi koşa koşa gidip *buz-dokuz* ile ilgili sansasyonel bir haber yaparsınız. Tekrar söylüyorum. Öyle bir şey yok!"

"Peki ya donmuş gölleri ve nehirleri besleyen kaynaklar ile bunları besleyen tüm yeraltı suları?"

"Hepsi donar, Tanrı'nın cezası!" diye parladı adam. "Velakin ben sizin sarı basının bir mensubu olduğunuzu bilseydim," dedi azametle ayağa kalkarak, "tek dakikamı bile harcamazdım sizinle!"

"Peki yağmur?"

"Yere düştüğü anda her damlası *buz-dokuz* çivisine dönüşüp kalır… Ve dünyanın sonu gelir! Tıpkı bu görüşmenin sonunun geldiği gibi! Güle güle!"

23
Son şaka

Dr. Breed en azından bir konuda yanılıyordu. *Buz-dokuz* diye bir şey gerçekten vardı.

Ve *buz-dokuz* dünya yüzünde mevcuttu.

Buz-dokuz, Felix Hoenikker'in hak ettiği yere gitmeden evvel insanoğlu için yarattığı son hediyeydi.

Bunu kimse ne yaptığını anlamadan yapmıştı. Yaptığı şeyi ardında hiçbir kayıt bırakmadan yapmıştı.

Doğru, üretim sürecinde gelişmiş cihazlara ihtiyaç vardı ama bunlar Araştırma Laboratuvarı'nda mevcuttu. Dr. Hoenikker'in tek yapması gereken, laboratuvar komşularına başvurmak -yani şunu bunu ödünç alarak sağa sola tatlı bela olmaktı- ve bunu, hani bildik deyişle son kurabiyeleri pişirene kadar sürdürmekti.

Küçük bir parça *buz-dokuz* yaptı. Mavi-beyaz renkliydi. Erime noktası 45.7 dereceydi.

Felix Hoenikker parçayı minik bir şişenin içine koyup cebine atmıştı. Sonra da Noel'i kutlamak için üç çocuğuyla beraber Cape Cod'daki yazlık evine gitmişti.

Angela o sıralar otuz dört yaşındaydı. Frank yirmi dört ve minik Newt da on sekizindeydi.

Yaşlı adam Noel Arifesi'nde öldü. *Buz-dokuz*'dan sadece çocuklarına söz etmişti.

Çocukları, *buz-dokuz*'u paylaştı.

24
Wampeter nedir?

Bu da beni Bokononcu *wampeter* kavramına getiriyor.

Wampeter, *karass*'ın düşey eksenidir. '*Wampeter*'i olmayan *karass* yoktur,' der Bokonon. Tıpkı dingilsiz teker olamayacağı gibi.

Wampeter herhangi bir şey olabilir: bir ağaç, bir taş, bir hayvan, bir düşünce, bir kitap, bir melodi, Kutsal Kâse. *Wampeter* her ne ise, onun *karass*'ının üyeleri de etrafında sarmal bir nebulanın majestik kaosu halinde döner. Bir *karass*'ın üyelerinin ortak *wampeter*'leri etrafındaki yörüngeleri, doğal olarak ruhani yörüngelerdir. Onun etrafında dönenler bedenleri değil, ruhlarıdır. Tıpkı Bokonon'un bizi eşlik etmeye çağırdığı şarkıdaki gibi:

Döner, döner, döner dururuz,

Kurşundan ayaklar ve tenekeden kanatlar ile...

Wampeter'ler gelir, *wampeter*'ler geçer der bize Bokonon.

Aslında bir *karass'ın* her zaman iki *wampeter*'i vardır ve birinin önemi artarken, diğerininki azalır.

Şundan neredeyse eminim ki, ben Ilium'da Dr. Breed'le konuşurken *karass*'ımın yeni yeni filizlenen *wampeter*'i suyun o kristal hali, o mavi-beyaz cevher, *buz-dokuz* denen o kıyamet tohumuydu.

Ben Ilium'da Dr. Breed'le konuşurken Angela, Franklin ve Newton Hoenikker *buz-dokuz* tohumlarına sahipti; eskilerin deyişiyle, babalarının tohumundan gelişmiş tohumlara.

O üç *buz-dokuz* parçasının kaderinin benim *karass*'ımı yakından ilgilendirdiğine eminim.

25
Dr. Hoenikker'e dair asıl mevzu...

Karass'ımın *wampeter*'i konusunda bu kadarı şimdilik kâfi.

Umum Dövme Demir ve Döküm Şirketi araştırma laboratuvarında Dr. Breed'le yaptığım nahoş görüşmeden sonra Bayan Faust'un ellerine teslim edilmiştim. Kendisine bana kapıyı göstermesi talimatı verilmişti. Ancak ben onu önce müteveffa Dr. Hoenikker'in laboratuvarını göstermeye razı ettim.

Oraya giderken kendisine Dr. Hoenikker'i ne kadar tanıdığını sordum. Bana samimi ve ilginç bir cevap verdi ki merak uyandırıcı gülümsemesi de cabasıydı. "Tanınabilir biri olduğunu sanmıyorum. Demek istediğim, çoğu kişi birini az ya da çok tanıdığından söz ederken, aslında onlara söylenen ya da söylenmeyen sırları kast eder. Yani özel işler, ailevi durumlar, gönül ilişkileri falan." Böyle dedi o tatlı, yaşlı hanım ve ekledi. "Dr. Hoenikker'in hayatında bunların hepsi vardı; her insanınkinde olması gerektiği gibi yani ama onu asıl ilgilendiren bunlar değildi."

"Neydi onu ilgilendirenler?" diye sordum.

"Dr. Breed bana sürekli Dr. Hoenikker'i asıl ilgilendiren şeyin gerçek olduğunu söyler."

"Siz bu düşünceye katılır gibi görünmüyorsunuz."

"Katılıp katılmadığımı bilmiyorum. Ben sadece gerçeğin bir insan için tek başına nasıl yeterli olabileceğini anlamakta zorlanıyorum."

Bayan Faust, Bokononcu olmak için yeterince olgunlaşmıştı.

26
Tanrı nedir?

"Dr. Hoenikker ile konuşur muydunuz?" diye sordum Bayan Faust'a.

"Aaa, tabii ki. Onunla pek sık konuşurdum."

"Aklınızda kalan herhangi bir sohbetiniz var mı?"

"Bir defasında kendisine kesinlikle doğru olan bir şey söyleyemeyeceğime dair benimle bahse girmişti. Ben de ona, 'Tanrı sevgidir' dedim."

"O ne dedi?"

"Şöyle: 'Tanrı nedir? Sevgi nedir?'"

"Hımm."

"Fakat Tanrı gerçekten sevgidir, bilirsiniz," dedi Bayan Faust, "Dr. Hoenikker ne derse desin öyledir."

27
Marslılar

Zamanında Dr. Felix Hoenikker'in laboratuvarı olan oda, binanın altıncı katındaydı.

Kapının önüne mor bir kordon çekilmişti ve duvardaki pirinç plaket odanın kutsal önemini açıklıyordu:

NOBEL FİZİK ÖDÜLÜ SAHİBİ DR. FELIX HOENIKKER, HAYATININ SON YİRMİ SEKİZ YILINI BU ODADA GEÇİRMİŞTİR.

"O HER NEREDEYSE, BİLGİNİN SINIRLARI DA ORADAYDI."

ONUN İNSANLIK TARİHİNDEKİ ÖNEMİ ÖLÇÜLEMEZ.

Bayan Faust içeri girmem ve oradaki hayaletlerle daha özel temas kurabilmem için mor kordonu açmayı önerdi.

Kabul ettim.

"Burası tıpkı onun bıraktığı gibi," dedi. "Yalnız tezgâhlardan birinin üstü paket lastiğiyle doluydu."

"Paket lastiği mi?"

"Hiç sormayın sebebini. Bunların hiçbirinin sebebini sormayın bana."

Yaşlı adam laboratuvarı darmadağın halde bırakmıştı. İlk dikkatimi çeken, etrafa saçılmış ucuz oyuncakların sayısıydı. Çıtası kırılmış, kâğıttan bir uçurtma vardı. İpi sarılı, dönmeye ve dengesini bulmaya hazır bir topaç vardı. Bir fırıldak vardı. Sabun köpüğü çıkarmaya yarayan bir çubuk vardı. İçinde bir kale maketiyle iki kaplumbağa olan bir akvaryum vardı.

"Her şeyin on sente satıldığı dükkânlara bayılırdı," dedi Bayan Faust.

"Belli."

"En ünlü deneylerinden bazıları bir dolardan ucuza mal edilmiş malzemelerle gerçekleştirilmiştir."

"Tasarruf edilen her kuruş kazanılmış bir kuruştur."

Çok sayıda geleneksel laboratuvar aleti de vardı etrafta, ancak ucuz, eğlencelik oyuncakların yanında ruhsuz aksesuarlar gibi duruyorlardı.

Dr. Hoenikker'in masası yazışmalarla doluydu.

"Hiçbir mektuba cevap yazdığını sanmıyorum," dedi Bayan Faust. "Kişi cevap bekliyorsa, ya ona telefonla ulaşmalı ya da şahsen gelmeliydi."

Masanın üstünde çerçeveli bir fotoğraf vardı. Arkası bana dönük olduğundan fotoğrafın kime ait olabileceğine dair tahminde bulundum. "Karısı mı?"

"Hayır."

"Çocuklarından biri mi?"

"Hayır."

"Kendisi mi?"

"Hayır."

Bunun üzerine çerçeveyi alıp resme baktım. Fotoğrafta bir kasabanın hükümet binası önüne yapılmış mütevazı savaş anıtı vardı. Anıtın bir kısmı savaşlarda ölen kasaba hemşerilerinin isimlerinin yazıldığı bir tabeladan oluşuyordu ve fotoğrafın orada bulunma sebebinin o tabela olduğunu düşündüm. İsimler okunabiliyordu ve ben de aralarında Hoenikker ismini bulmayı bekliyordum sanki. Yoktu.

"Hobilerinden biriydi," dedi Bayan Faust.

"Neydi o hobi?"

"Top güllelerinin değişik hükümet binalarının bahçelerinde nasıl sıralandığını fotoğraflamak. O fotoğraftaki sıralanma biçimi çok değişik."

"Anlıyorum."

"Sıradışı bir adamdı o."

"Katılıyorum."

"Belki bir milyon yıl sonra herkes onun kadar zeki olur ve olaylara onun gibi bakar. Fakat günümüzün ortalama insanıyla kıyaslandığında, o bir Marslı kadar farklıydı."

"Belki *gerçekten* Marslıydı," dedim.

"O birbirinden tuhaf üç çocuğunun nasıl olduğu sorusunun yanıtlanmasında epey yol alınırdı böylece."

28
Mayonez

Bizi zemin kata götürecek asansörü beklerken, Bayan Faust gelecek asansörün beş numara olmamasını diledi. Ben ona neden öyle söylediğini soramadan beş numara geldi.

Asansörün görevlisi, Lyman Enders Knowles adında ufak tefek, yaşlı bir zenciydi. Knowles delinin tekiydi, adım gibi eminim; zararsız olduğu da söylenemezdi, zira ne zaman akıllıca bir laf ettiğini düşünse, kendi kıçını avuçlayıp, "Evet, evet!" diye bağırıyordu.

"Merhaba kardeş antropoitler ve nilüferler ve pervaneler," dedi Bayan Faust ile bana. "Evet, evet!"

"Zemin kat lütfen," dedi Bayan Faust soğuk bir tonla.

Kapıyı kapatıp bizi zemin kata ulaştırmak için Knowles'un tek yapması gereken bir düğmeye basmaktı ama o bunu yapmaya henüz niyetli değildi. Belki yıllarca da yapmayacaktı.

"Adamın dediğine göre," diye lafa başladı, "bu asansörler Maya yapımıymış. Bugüne dek bunu bilmiyordum. Ben de ona dedimkine, 'Ben ne oluyorum bu durumda, mayonez mi?' Evet, evet! Kendini toparlamasına fırsat vermeden şöyle doğrulup daha derin düşünmeye başlamasına neden olacak bir soru daha patlattım. Evet, evet!"

"Aşağı inebilir miyiz lütfen, Bay Knowles?" diye yalvardı Bayan Faust.

"Ona dedim ki," diye devam etti Knowles, "'burası bir araştırma laboratuvarı. Ara-ştırma ne demek, *aramak* demek, değil mi? Yani zamanında bir şeyler bulmuşlar ama her nasılsa kaybolmuş ve şimdi onu tekrar arayıp duruyorlar? Nasıl oluyor da mayonezli asansörleri olan böyle bir bina inşa edip içini her türden deliyle dolduruyorlar? Yeniden bulmaya çalıştıkları ne? Kim neyi kaybetmiş yine?' Evet, evet!"

"Çok ilginçmiş hakikaten," diye iç geçirdi Bayan Faust. "Şimdi aşağı inebilir miyiz?"

"Zaten ancak aşağı inebiliriz," diye cırladı Knowles. "En üst kattayız. Bana yukarı çıkalım deseniz, elim kolu bağlı kalır. Evet, evet!"

"Öyleyse biz de aşağı inelim," dedi Bayan Faust.

"Az sonra. Bu beyefendi Dr. Hoenikker'e saygılarını sunmaya mı gelmiş?"

"Evet," dedim. "Onu tanır mıydınız?"

"Özellikle yakındık," dedi. "Öldüğünde ne demiştim biliyor musunuz?"

"Ne demiştiniz?"

"Dedim ki, 'Dr. Hoenikker; o ölmedi.' Aynen."

"Öyle mi?"

"Başka bir boyuta geçti sadece, hepsi bu. Evet, evet!"

Sonra bir düğmeye bastı ve aşağıya indik.

"Hoenikker'in çocuklarını tanır mıydınız?" diye sordum adama.

"Kuduruk kuzucuklar," dedi. "Evet, evet!"

29
Aramızdan ayrıldı ama kalbimizde yaşıyor

Ilium'da yapmak istediğim bir şey daha vardı. İhtiyarın mezarının fotoğrafını çekmek istiyordum. Otele döndüm. Sandra gitmişti. Fotoğraf makinemi aldım ve bir taksiye atladım.

Sulusepken hâlâ devam ediyordu; keskin ve gri. İhtiyarın mezar taşı o havada çok güzel bir fotoğraf oluşturacaktı, hatta *Dünyanın Sona Erdiği Gün*'ün kapağına bile iyi gidebilirdi.

Mezarlık girişindeki bekçi bana Hoenikkerler'in gömüldüğü yeri tarif etti. "Bulamamanız mümkün değil," dedi. "Buradaki en büyük mezar taşı onlarınki."

Yalan değildi. Mezar taşı beyaz mermerden yapılmış, altı metre yüksekliğinde ve bir metre eninde bir fallustu. Üstü cıvık karla kaplıydı.

"Yüce Tanrım," diye bir nida çıktı ağzımdan elimde fotoğraf makinemle taksiden inerken. "Atom bombasının babasına da böylesi bir anıt yakışmaz mıydı?" Güldüm.

Resmin anıtın boyutlarına ilişkin fikir vermesi için sürücüden dikilitaşın yanında dikilmesini istedim. Ondan rahmetlinin ismini kaplayan karları temizlemesini rica ettim.

Dediğimi yaptı.

Sütunda -Tanrı esirgesin- on beşer santimlik harflerle yazılmış tek bir sözcük vardı:

ANNE

30
Uyuyorsun yalnızca

"Anne mi?" diye sordu sürücü kuşkuyla.

Karları biraz daha temizledim ve şu şiir ortaya çıktı:

Anneciğim, her gün dua ederim ruhuna
Kol kanat ger diye çocuklarına.
ANGELA HOENIKKER

Bunun altındaysa başka bir şiir vardı:

Sen aslında ölmedin,
Uyuyorsun yalnızca.
Kesmeliyiz artık ağlamayı,
Gülümsemeliyiz ardınca.
FRANKLIN HOENIKKER

Hepsinin altında da taşın gövdesine gömülmüş kare şeklindeki beton plaketin ortasında bir bebeğin el izi vardı. Altında şu sözler yazıyordu:

Newt Bebek.

"Anneleri buysa," dedi sürücü, "babalarına ne dikmişlerdir kim bilir?" Babaya uygun mezar taşının ne şekilde olabileceğine dair müstehcen bir tahminde bulundu.

Babanın mezarını hemen yakında bulduk. Onun anıtı da -daha sonra vasiyeti uyarınca yapıldığını öğreneceğim üzere- her bir kenarı kırk santim olan mermer bir küptü.

Üstünde 'BABA' yazıyordu.

31
Bir Breed daha

Mezarlıktan ayrılırken taksi şoförü kendi annesinin mezarının ne durumda olduğu kaygısına kapıldı. Yolumuzdan biraz sapıp göz atmanın mahsuru olup olmayacağını sordu bana.

Annesinin mezarında acınacak derecede ufak bir taş dikiliydi; olsa da olurdu olmasa da kabilinden.

Şoför bir kez daha yolumuzdan sapıp mezarlığın karşısındaki mezar taşı satıcısına uğrayıp uğrayamayacağımızı sordu.

O zamanlar bir Bokononcu değildim ve bu nedenle biraz somurtarak razı oldum. Bir Bokononcu olarak herhangi birinin önerdiği herhangi bir yere güle oynaya giderdim elbette. Bokonon'un dediği gibi, 'Tuhaf yolculuk önerileri, Tanrı'nın gönderdiği dans dersleridir.'

Mezar taşı atölyesinin tabelasında Avram Breed ve Mahdumları yazıyordu. Şoför satıcıyla konuşurken ben de anıtların arasında dolaştım. Boştu anıtlar, henüz birilerinin anısına dikilmemişlerdi.

Sergileme alanındaki bir meslek şakası dikkatimi çekti. Taş bir meleğin üzerine Noel zamanı altında öpüşmenin adet olduğu ökseotu asılmıştı. Kaidenin etrafına sedir dalları yığılmış ve meleğin mermer boynuna Noel ağacı lambalarından oluşan bir kolye dolanmıştı.

"Kaça bu?" diye sordum satıcıya.

"Satılık değil. Yüz yıllık bir parçadır. Büyükbabamın babası Avram Breed yontmuş."

"İşletme o kadar eski mi?"

"Öyle."

"Siz de Breedlerden misiniz?"

"Dükkânı işleten dördüncü kuşağım."

"Araştırma laboratuvarının direktörü Dr. Asa Breed ile akrabalığınız var mı?"

"Kardeşiyim." Adı Marvin Breed idi.

"Dünya küçük," dedim.

"Tutup bir mezarlığa koyarsan öyledir." Marvin Breed, düzgün ve kaba, zeki ve duygusal bir adamdı.

32
Dinamit parası

"Az önce kardeşinizin ofisindeydim," dedim Marvin Breed'e. "Yazarım. Onunla Dr. Hoenikker hakkında bir görüşme yaptım,"

"Cins herifin tekiydi şerefsiz. Kardeşimden bahsetmiyorum tabii, Hoenikker'i kastettim."

"Karısının mezar taşını ona siz mi satmıştınız?"

"Çocuklarına satmıştım. Adamın hiç ilgisi yoktu olayla. Karısının mezarına en ufak bir işaret bile koymamıştır o. Kadın öldükten yaklaşık bir yıl sonra Hoenikker'in üç çocuğu buraya geldi; uzun boylu büyük kız, ortanca oğlan ve küçük bebek. Paranın satın alabileceği en büyük taşı istediler ve iki büyük çocuk annelerine şiir yazmıştı. Bu şiirlerin taşa oyulmasını istediler.

"Dilerseniz o taşla dalga geçebilirsiniz," dedi Marvin

Breed. "Ama o çocuklar parayla alınabilecek herhangi bir şeyden daha fazla teselli buldular onunla. Kim bilir yılda kaç kez gelip ona baktılar ve dibine çiçekler bıraktılar."

"Pahalıya patlamış olmalı."

"Nobel Ödülü parasıyla aldılar. O parayla iki şey alındı. Cape Cod'da bir yazlık ve bir de şu taş."

"Dinamit parası," dedim hayretle, dinamitin çağrıştırdığı şiddete karşılık bir mezar taşıyla bir yazlık evin verdiği mutlak huzuru düşünerek.

"Ne?"

"Dinamiti Nobel icat etmişti."

"Eh, dünya böyle bir yer..."

O zamanlar bir Bokononcu olsaydım, dinamit parasını o mezar taşı dükkanına kadar getiren mucizevi düzeyde karmaşık olaylar dizisi karşısında kendi kendime, "Vızır, vızır, vızır," diye fısıldardım herhalde.

Biz Bokononcular hayat mekanizmasının bazen ne kadar karmaşık ve öngörülemez olduğunu düşündüğümüzde kendi kendimize *vızır, vızır, vızır* diye fısıldarız.

Ancak o zamanlar bir Hıristiyan olarak en fazla, "Hayat bazen sahiden komik," diyebildim.

"Bazen de değil," dedi Marvin Breed.

33
Nankör bir adam

Marvin Breed'e Felix'in karısı ve Angela, Frank ve Newt'ın anneleri olan şimdi o heyula taşın altında yatan Emily Hoenikker'i tanıyıp tanımadığını sordum.

"Tanımak mı?" Adamın sesi trajik bir tona büründü. "Onu *tanıyor* muyum, beyefendi? Elbette tanırdım. Tanırdım onu. Ilium Lisesi'nde birlikte okumuştuk. Sınıf Renkleri Komitesi'ne eşbaşkanlık etmiştik. Babası Ilium Müzik Aletleri Mağazası'nın sahibiydi. Emily orada satılan her enstrümanı çalabilirdi. Ona öylesine tutulmuştum ki futbolu bırakıp kemana başladım. Sonra M.I.T.'de okuyan ağabeyim Asa tatilde eve geldi ve ben de onu en sevgili kızla tanıştırma gafletine düştüm." Marvin Breed parmağını şıklattı. "İşte böyle kapıverdi onu elimden. Yetmiş beş dolarlık kemanımı yatağımın pirinç ayakucuna vurarak parçaladım ve sonra aşağıya inip çiçekçiden aldığım kutuya parçalanmış kemanı koyarak Western Union'un kuryesi olan çocukla ona gönderdim."

"Güzel miydi?"

"Güzel miydi?" diye tekrarladı. "Beyefendi, Tanrı nasip eder bir gün bir melek görürsem, ağzımın açık kalmasının sebebi meleğin yüzü değil, kanatları olacaktır. Zira ben olabilecek en güzel yüzü çoktan görmüş biriyim. Şu koca Ilium şehrinde ona gizliden gizliye ya da alenen aşık olmayan tek bir adam tanımıyorum. Emily istediği her erkeği elde edebilirdi." Dükkânının döşemesine tükürdü. "O ise gidip göttenbacaklı Hollandalı pezevenkle evlendi! İlk önce ağabeyimle nişanlıydı ama sonra o sinsi piç çıkageldi." Marvin Breed bir kez daha parmaklarını şıklattı. "Aynen bu şekilde onu ağabeyimin elinden aldı.

"Felix Hoenikker kadar tanınmış bir ölüden pezevenk diye bahsetmek büyük hainlik ve nankörlük ve cahillik ve geri kafalılık ve aydın düşmanlığı olarak nitelenebilir. Onun ne kadar zararsız, nazik ve dalgın bir adam olduğunu, karıncayı bile incitmeyeceğini, paraya ve güce ve şık giysilere ve otomobillere ve varlığa metelik vermediğini, bizlerden ne kadar farklı olduğunu, ne kadar üstün olduğunu, İsa Mesih'in kendisi kabul edilecek derecede masum olduğunu iyi biliyorum; Tanrı'nın Oğlu kısmı hariç elbette ama..."

Marvin Breed görüşlerini aktarmayı tamamlama gereği duymadı. Bunu yapması için onu teşvik etmek zorunda kaldım.

"Ama?" dedi. "Ama?" Mezarlığın girişine bakan bir pencereye doğru gitti. "Ama ne?" diye mırıldandı mezarlık kapısına, yağan kara ve hayal meyal seçilebilen Hoenikker taşına bakarken.

"Ama," dedi, "atom bombası gibi bir şeyin yapımına yardım etmiş bir adam nasıl masum olabilir? Üstelik dünyanın en iyi kalpli, en güzel kadını olan eşi sevgisizlikten ve anlayışsızlıktan ölürken kılını bile kıpırdatma zahmetine girmeyen bir adamın üstün bir kafaya sahip olduğunu nasıl söyleyebiliyorsunuz..."

Ürperdi. "Bazen merak ederim, adam ölü mü doğmuştu acaba diye. Hayatımda yaşamla o kadar az ilgili birini daha görmedim. Kimi zaman dünyanın asıl sorununun bu olduğunu düşünürüm. Yüksek mevkilerdeki insanların birçoğunun ölü kadar soğuk tipler olması."

34
Vin-dit

İlk *vin-dit*'imi o mezar taşı dükkânında yaşamıştım. *Vin-dit*, Bokononcu bir tabir olup, Bokononculuğa doğru, Yüce Tanrı'nın hakkımda her şeyden haberdar olduğu, benim için incelikli planları olduğu düşüncesine doğru ani ve son derece kişisel bir yönelme anlamına gelir.

Bahsettiğim *vin-dit*, ökseotunun altındaki melek heykeliyle alakalıydı. Taksi şoförü bedeli ne olursa olsun meleği annesinin mezarı için almayı kafasına koymuştu. Gözünde yaşlarla heykelin önünde dikiliyordu.

Marvin Breed ise Felix Hoenikker hakkındaki sözlerini bitirmiş, hâlâ camdan dışarıya, mezarlığın giriş kapısına bakıyordu. "O bacaksız Hollandalı orospu çocuğu bir modern zaman ermişi olabilir," diye ekledi, "ama hayatında bir kerecik istemediği bir şeyi yaptıysa ne olayım, her istediğini elde etmediyse ne olayım."

"Müzik," dedi sonra da.

"Anlayamadım?" dedim.

"Emily onunla bu yüzden evlendi. Dediğine göre adamın aklı evrenin en yüce müziğine, yıldızların müziğine ayarlıymış." Başını iki yana salladı. "Bok."

Sonra bakmakta olduğu mezarlık kapısı ona maket yapımcısı, kavanozdaki böceklerin işkencecisi Frank Hoenikker'i en son görüşünü hatırlattı. "Frank," dedi.

"Ne olmuş ona?"

"O zavallı tuhaf çocuğu en son mezarlığın kapısından çıkarken görmüştüm. Babasının cenaze töreni hâlâ devam ediyordu. İhtiyar daha gömülmeden Frank şu kapıdan dışarıya çıktı. İlk gelen otomobile başparmağını kaldırarak işaret etti. Florida plakalı gıcır gıcır bir Pontiac idi. Durdu. Frank arabaya bindi ve Ilium'da kimse onu bir daha görmedi."

"Polis tarafından arandığını duydum."

"Kazaydı, olacak iş değildi. Frank suç işleyecek bir tip değildi. Onda o yürek ne gezer. Elinden gelen tek iş maket yapmaktı. Tutabildiği tek işse Jack'in Hobi Dükkânı'nda insanlara maket satmak, maket yapmak, bununla ilgili tavsiyelerde bulunmak olmuştur. Basıp Florida'ya gittiğinde de Sarasota'daki bir maket dükkânında iş bulmuş. Sonradan anlaşıldığına göre dükkan, çalıntı Cadillac'ları eski çıkartma gemileriyle Küba'ya kaçıran bir şebekeyi gizlemek için paravan vazifesi görüyormuş. Frank'in işe bulaşması böyle olmuş. Bana kalırsa, polisin onu bulamamasının sebebi ölmüş olması. Maket tutkalıyla *Missouri*'nin toplarını yapıştırırken fazla şey işitmiş olmalı."

"Newt'ın şimdilerde nerelerde olduğunu biliyor musunuz?"

"Galiba Indianapolis'te, ablasının yanında. En son duyduğumda şu Rus cüceyle başı belaya girmiş ve Cornell'den atılmıştı. Doktor olmaya çalışan bir cüce düşünebiliyor musunuz? Üstelik aynı sefil aileden bir metre doksan santimlik insan azmanı, çirkin bir kız çıkmış. Pek akıllı biri olarak nam salan o adam, evde kendisine bakacak bir kadın olsun diye kızı lisenin ikinci sınıfında okuldan aldı. Kızcağızın tek avunduğu şey Ilium Lisesi'nin bandosu Marching Hundred'de klarnet çalmaktı."

"Okulu bıraktıktan sonra," diye devam etti Breed, "kimse ona çıkma bile teklif etmedi. Tek bir arkadaşı yoktu ve bir yerlere gitsin diye ona biraz para vermek ihtiyarın aklının ucundan bile geçmiyordu. Evde bazen ne yapardı biliyor musunuz?"

"Ne?"

"Sık sık odasına kapanır ve dinlediği plaklara klarnetiyle eşlik ederdi. Bence o kadının kendine koca bulabilmiş olması çağımızın mucizelerindendir."

"Bu melek için kaç para istiyorsunuz?" diye sordu taksi şoförü.

"Size söyledim, o satılık değil."

"Artık böyle güzel taş işçiliği yapan ustalar kalmamıştır herhalde," dedim.

"Benim yeğenim var," dedi Breed. "Asa'nın oğlu. Büyük bir araştırmacı olmaya hazırlanıyordu çocuk ama sonra Hiroşima'ya atom bombası atılınca vazgeçti, körkütük sarhoş olup yanıma geldi ve taş ustası olmak istediğini söyledi."

"Şimdi burada mı çalışıyor?"

"Roma'da. Heykeltıraş oldu."

"Biri çıkıp yeteri kadar para verse satardınız ama değil mi?" dedi taksici.

"Olabilir. Ama çok büyük bir para olması lazım."

"Böyle bir şeyin neresine isim yazılır?" diye sordu taksici.

"Üzerinde zaten bir isim var; kaidesinde." Kaidenin etrafındaki dallar nedeniyle ismi göremiyorduk.

"Sahibi almaya gelmedi mi?" diye sordum.

"Parasını ödemedi. Hikâyesi şöyledir: Alman bir göçmen karısıyla batıya gidiyormuş ve kadın burada, Ilium'da çiçek hastalığından ölmüş. Adam da mezarına dikilmek üzere bu meleği sipariş etmiş ve büyük dedeme parası olduğunu söylemiş. Ama sonra parayı kaptırmış. Birileri onu son kuruşuna kadar soymuş. Bu dünyadaki tek malvarlığı Indiana'da satın aldığı ve henüz görmediği bir arazi parçasıymış. Adam giderken meleğin parasını ödemek üzere geleceğini söylemiş."

"Ama gelmemiş, öyle mi?" diye sordum.

"I-ıh." Marvin Breed kaidedeki kabartma harfleri görebilmemiz için ayağının ucuyla bazı dalları çekti. Bir soyadı yazılıydı. "Al sana başka bir acayip isim," dedi. "O göçmenin torunları filan olmuşsa, şimdiye çoktan Amerikanlaştırmışlardır bu soyadını. Muhtemelen Jones ya da Black ya da Thompson filan olmuştur."

"İşte orada yanılıyorsunuz," diye mırıldandım.

Bulunduğumuz oda sanki altüst olmuş ve duvarları, tavanı, zemini bir anda sayısız tünelin ağzına dönüşmüştü; zamanın içinde her yöne uzanan tüneller. İşte o anda, geçmişten bugüne zamanın her saniyesinde, tüm gezgin ademoğullarının, tüm gezgin havvakızlarının ve onların tüm gezgin çocuklarının birliğini gösteren Bokononcu vizyon belirdi gözümün önünde.

"İşte orada yanılıyorsunuz," dedim vizyon gidince.

"Bu soyadını taşıyan birilerini mi tanıyorsunuz?"

"Evet."

O soyadı benim de soyadımdı.

35
Hobi dükkânı

Otele dönerken Franklin Hoenikker'in çalıştığı Jack'in Hobi Dükkânı takıldı gözüme. Taksiciye durup beklemesini söyledim.

İçeri girdim ve Jack'i minicik itfaiye arabalarının, trenlerin, uçakların, gemilerin, evlerin, sokak lambalarının, ağaçların, tankların, roketlerin, otomobillerin, hamalların, kondüktörlerin, polislerin, itfaiyecilerin, annelerin, babaların, kedilerin, köpeklerin, tavukların, askerlerin, ördeklerin ve ineklerin başında buldum. Kadavrayı andıran bir adamdı, ciddi bir adamdı, pis bir adamdı ve durmadan öksürüyordu.

"Franklin Hoenikker nasıl bir çocuktu?" diye sorumu tekrarladı ve öksürdü de öksürdü. Başını iki yana sallayarak Frank'i hiç kimseyi sevmediği kadar çok sevdiğini gösterdi. "Bu, kelimelerle cevap verebileceğim türden bir soru değil. Size Franklin Hoenikker'in nasıl bir çocuk olduğunu ancak *gösterebilirim.*" Öksürdü. "Bakar ve kararı kendiniz verirsiniz," dedi.

Beni dükkânın bodrumuna indirdi. Orada yaşıyordu. Aşağıda çift kişilik bir yatak, bir şifonyer ve bir elektrik ocağı vardı.

Jack, dağınık yataktan ötürü özür diledi. "Karım geçen hafta beni terk etti." Öksürdü. "Hâlâ kendimi toparlamaya çalışıyorum."

Sonra bir elektrik düğmesini çevirdi ve bodrumun karşı köşesi insanın gözlerini kör eden bir ışıkla aydınlandı.

Işığa doğru ilerledik ve bunun kontrplak üzerine kurulu bir ülkenin, Kansas'taki bir kasaba gibi kusursuz dikdörtgen biçimine sahip bir adanın güneşi olduğunu gördüm. O yeşil sınırların ötesinde nelerin yattığını merak eden işkilli bir adam, o dünyanın kıyısından aşağı düşüp giderdi mutlaka.

Detaylar ölçeğine öylesine kusursuzca uygundu, öyle ustalıkla şekillendirilmişti ki bu yurdun -tepelerin, göllerin, nehirlerin, ormanların, kasabaların ve dört bir yanındaki iyi yurttaşların dört elle sarıldığı diğer her şeyin- gerçek olduğuna inanmak için gözlerimi kısarak bakmama gerek dahi yoktu.

Ve demiryolları her tarafını spagetti yumağı gibi sarmıştı.

"Evlerin kapılarına bakın," dedi Jack saygıyla.

"İncelikli. Harika."

"Kapıların kulpları gerçek ve tokmakları da vurulabiliyor."

"Tanrım!"

"Franklin Hoenikker'in nasıl bir çocuk olduğunu sormuştunuz; bunu o inşa etti." Jack'in boğazı düğümlendi.

"Tek başına mı?"

"Yani ben de biraz yardım ettim ama ne yaptıysam onun planları doğrultusundaydı. O çocuk bir dahiydi."

"Buna insan nasıl itiraz eder?"

"Ufak kardeşi bir cüceydi, biliyorsunuzdur."

"Biliyorum."

"Alt kısımlardaki bazı lehim işlerini de o yaptı."

"Tıpkı gerçek gibi."

"Kolay değildi ve bir gecede yapılmadı."

"Eh, Roma da bir günde inşa edilmedi."

"O çocuğun evinde bir hayatı yoktu, biliyorsunuzdur."

"Evet, duydum."

"Onun asıl evi burasıydı. Bunun başında binlerce saatini harcadı. Bazen trenleri çalıştırmazdı bile; sadece oturup seyrederdi, tıpkı şu an bizim yaptığımız gibi."

"Seyredilecek çok şey var. O kadar çok şey var ki yakından bakınca insan Avrupa'ya gezmeye gitmiş gibi oluyor."

"Sizin ve benim gözlerimizin görmediği şeyleri görürdü o. Birdenbire o güne dek karşınıza çıkanların hepsi kadar gerçek duran bir tepeyi yıkıverirdi ve haklı da çıkardı. Tepenin yerine bir göl yapıverir, üzerinden bir demiryolu köprüsü geçirir ve önceki halinden on kat güzel olurdu."

"Herkese nasip olmaz bu yetenek."

"Haklısınız!" dedi Jack tutkuyla. Bu heyecan ona yeni bir öksürük nöbetine mal oldu. Nöbet bittiğinde gözleri alabildiğine sulanmıştı. "Dinleyin. Çocuğa üniversiteye gidip mühendislik falan okumasını, böylelikle American Flyer ya da benzeri büyük bir şirkete girebileceğini söyledim; kafasındaki tüm fikirlere arka çıkabilecek çapta büyük bir şirkete yani."

"Anladığım kadarıyla siz ona epey arka çıkmışsınız."

"Keşke öyle olsaydı, keşke yapabilseydim," diye sızlandı Jack. "Sermayem yoktu. Mümkün olduğunca malzeme verdim ama burada kullandığı şeylerin çoğunu üst katta çalışarak kazandıklarıyla kendi aldı. Başka hiçbir şeye tek kuruş harcamazdı; içkisi yoktu, sigarası yoktu, sinemaya gitmezdi, kızlarla takılmazdı, otomobillere meraklı değildi."

"Keşke bu ülkede onun gibi birkaç kişi daha olsaydı."

Jack omuz silkti. "Eh... Şu Floridalı gangsterler onu harcadı belli ki. Konuşmasından korktular."

"Herhalde öyle oldu."

Jack birdenbire çözülüp ağlamaya başladı. "O şerefsiz orospu çocukları neyi öldürdüklerinin farkında mı acaba?"

36
Miyav

Ilium'a ve ötesindeki yerlere yaptığım, Noel'i de kapsayan iki haftalık gezi sırasında Sherman Krebbs adında meteliksiz bir şairin New York City'deki dairemde kalmasına izin vermiştim. İkinci eşim, bir iyimserin birlikte yaşayamayacağı kadar kötümser biri olduğum gerekçesiyle beni terk etmişti.

Krebbs sakallı bir adamdı, bir finonunkileri andıran gözlere sahip sarışın bir İsa figürü gibiydi. Yakın dostum falan değildi. Onunla bir partide tanıştık ve kendisini bana Acil Nükleer Savaştan Yana Olan Şairler ve Ressamlar Derneği Ulusal Başkanı olarak tanıttı. Kalacak yer arıyordu, bomba sığınağı olması şart değildi ve işe bakın ki benim uygun bir yerim vardı.

Ilium'daki sahipsiz melek heykelinin karmaşık ruhani sonuçlarını düşünmekten allak bullak olmuş bir kafayla eve döndüğümde, dairemi nihilist bir sefahatin yıkımına uğramış halde buldum. Krebbs gitmişti, ancak gitmeden evvel üç yüz dolarlık şehirlerarası telefon görüşmesi yapmış, kanepemi beş yerinden yakmış, kedimi ve avokado ağacımı öldürmüş ve ecza dolabımın kapağını kırmıştı.

Mutfağımın sarı muşamba kaplı döşemesine daha sonra dışkı olduğu anlaşılan bir maddeyle şu şiiri yazmıştı:

Bir mutfağım var.
Ama eksiksiz bir mutfak değil.
Tam mutlu olamam asla
Edinene kadar
Bir çöp öğütücü.

Yatağımın başucunda, duvar kâğıdında rujla yazılmış, kadın elinden çıkma bir mesaj daha vardı: "Hayır, hayır, hayır dedi minik Tavukçuk."

Kedimin boynunaysa bir yafta takılmıştı. "Miyav," yazıyordu üstünde.

Krebbs'i bir daha hiç görmedim. Ne var ki onun *karass*'ımın bir parçası olduğunu hissediyordum. Eğer öyleyse, *karass*'ımın *wrang-wrang*'ı vazifesi görmüştü. Bokonon'a göre bir *wrang-wrang*, insanı belirli bir düşünce çizgisinden, o çizgiyi kendi hayatının teşkil ettiği örnekle absürtlük düzeyine indirgeyerek uzaklaştıran kişidir.

Melek heykelini anlamsız bularak umursamamaya ve oradan da her şeyin anlamsızlığına varmaya hafif meyilliydim. Fakat Krebbs'in yaptıklarını, özellikle de tatlı kediciğime yaptıklarını gördükten sonra nihilizmin bana göre olmadığını anladım.

Birisi ya da bir şey benim nihilist olmamı istemiyordu. Krebbs'in görevi de -bilinçli ya da bilinçsiz- beni bu felseden soğutmaktı. Aferin Bay Krebbs, gayet iyi.

37
Modern bir tümgeneral

Sonra günün birinde, bir pazar günü, kanun kaçağı, maketçi, kavanozlara hapsedilmiş böceklerin Yüce Tanrısı ve Şeytanı Franklin Hoenikker'in nerede olduğunu öğrendim.

Yaşıyordu!

Haberi *New York Time* gazetesinin pazar sayısıyla birlikte verilen eklerden birinde görmüştüm. Eki muz cumhuriyetlerinden biri sipariş etmişti. Kapağında görmeyi umabileceğim en yürek parçalayıcı güzellikteki kızın profilden çekilmiş bir fotoğrafı vardı.

Kızın arkasında buldozerler palmiye ağaçlarını devirerek geniş bir cadde açıyordu. Caddenin sonunda üç yeni binanın çelik iskeleti görünüyordu.

"San Lorenzo Cumhuriyeti harekete geçti!" yazıyordu gazete ekinin kapağında. "Sağlıklı, mutlu, ilerici, özgürlüğüne düşkün ve güzel bir ulus, kendisini Amerikalı yatırımcılar ve turistler için bir cazibe merkezi haline getiriyor."

Haberin ayrıntılarını okumak için acelem yoktu. Kapaktaki kız bana yetiyor da artıyordu bile, zira ona bir görüşte aşık olmuştum. Çok genç ve çok mahzundu; aynı zamanda göz kamaştıracak kadar şefkatli ve akıllıydı.

Teni çikolata rengindeydi. Saçları altından bir yeleydi.

Kapakta yazdığına göre adı Mona Aamons Monzano'ydu. Adanın diktatörünün evlatlık kızıydı.

Bu olağanüstü kırma Madonna'nın başka fotoğraflarını bulma umuduyla sayfaları karıştırdım.

Onun yerine seksenine merdiven dayamış gorilin teki olan diktatör Miguel 'Baba' Monzano'nun bir resmini buldum.

'Baba'nın portresinin yanında da dar omuzlu, tilki suratlı, toy bir delikanlının fotoğrafı vardı. Üstünde kar beyazı bir askeri üniforma ve üniformanın göğsünde de mücevher işlemeli bir güneş vardı. Gözleri birbirine yakındı; altlarında bitkinlik halkaları vardı. Görüldüğü kadarıyla hayatı boyunca berberlere saçını yanlardan ve arkadan kısa kesip tepeye dokunmamalarını söylemişti. Geriye doğru taranmış, fırçayı andıran kabarık saçları, kıldan oluşma bir küp gibi inanılmaz yüksekliğe ulaşıyordu.

Bu itici çocuk, *San Lorenzo Cumhuriyeti Bilim ve Kalkınma Bakanı* Tümgeneral Franklin Hoenikker olarak tanıtılmıştı. Yirmi altı yaşındaydı.

38
Dünyanın barakuda başkenti

New York *Sunday Times*'den öğrendiğime göre, San Lorenzo seksen kilometre uzunluğunda ve otuz iki kilometre enindeymiş. Nüfusu dört yüz elli bin 'tamamı Özgür Dünya'nın ideallerine yürekten bağlı' vatandaştan oluşuyormuş.

En yüksek noktası olan McCabe Dağı deniz seviyesinden üç bin üç yüz metre irtifadaymış. Başkenti Bolivar '...tüm Birleşik Devletler Donanması'nı barındırabilecek kadar geniş bir limana sahip son derece modern bir şehir' imiş. Başlıca ihraç maddeleri şeker, kahve, muz, çivit otu ve el sanatları ürünleriymiş.

'Balıkçılıkla spor olarak ilgilenenler San Lorenzo'yu tartışmasız dünyanın barakuda başkenti olarak tanır.'

Lise mezunu bile olmayan Franklin Hoenikker'in öyle afili bir işi nasıl bulduğunu merak etmiştim. San Lorenzo hakkındaki 'Baba' Monzano imzalı yazıda soruma kısmen cevap buldum.

'Baba'nın dediğine göre Frank, yeni yolları, kırsal alanlara elektrik götürülmesini, kanalizasyon arıtma tesislerini, otelleri, hastaneleri, klinikleri, demiryollarını, yani tüm bayındırlık çalışmalarını kapsayan San Lorenzo Büyük Planı'nın baş mimarıydı. Söz konusu yazı, kısa ve sıkı sıkıya gözden geçirilmiş olmasına rağmen 'Baba', Frank'i beş kez şu şekilde anmıştı: 'Dr. Felix Hoenikker'in *kendi kanından, öz oğlu.*'

Yamyamlık kokan bir ifadeydi bu.

'Baba' açıkça Frank'i ihtiyarın büyülü etinin koca bir parçası olarak görüyordu.

39
Fata Morgana

Gazetenin ekindeki başka bir yazı, 'San Lorenzo'nun Bir Amerikalı İçin Anlamı' başlığını taşıyan tumturaklı makale, sorularıma biraz olsun ışık tutmuştu. Bir hayalet yazarın kaleminden çıktığı neredeyse kesindi. Altındaysa Tümgeneral Franklin Hoenikker'in imzası vardı.

Yazıda Frank, Karayip Denizi'nin ortasında batmak üzere olan yirmi metrelik bir yatta yalnız olduğundan bahsediyordu. Orada ne işi olduğunu ya da niye yalnız olduğunu açıklamamıştı. Ancak yola Küba'dan çıktığını belirtmişti.

'Lüks sefa gemisi batıyordu ve benim anlamsız hayatım da içindeydi,' diye yazmıştı. 'Dört gündür boğazımdan yalnızca iki peksimetle bir martı geçmişti. İnsanı tek lokmada yutan köpekbalıklarının yüzgeçleri etrafımdaki ılık suları yararak geziniyor, barakudalar iğne gibi dişleriyle suyun içinde kıvıl kıvıl kaynaşıyordu.

Gözlerimi Yaradanıma çevirmiş, vereceği kararı boynum bükük halde bekliyordum. Birden gözlerim yüce bir dağın bulutların üzerine ulaşan zirvesine takıldı. Yoksa bu Fata Morgana mıydı; bir serabın zalim aldatmacası mıydı?'

Bu noktada okumaya ara verip Fata Morgana'nın anlamına baktım; ismini bir gölün dibinde yaşayan peri olan Morgan le Fay'den alan bir serap türü olduğunu öğrendim. Calabria ile Sicilya arasındaki Messina Boğazı'nda görülmesiyle nam salmış. Kısacası Fata Morgana şairane zırvalıktan başka bir şey değildi.

Frank'in batmakta olan eğlence teknesinden gördüğü şey acımasız Fata Morgana değil, McCabe Dağı'nın zirvesiydi. Sonrasında nazik denizler, Frank'in sefahat teknesini, sanki Tanrı oraya gitmesini istiyormuş gibi San Lorenzo'nun kayalık sahillerine taşıyıvermişti.

Frank kupkuru bir halde kıyıya çıkmış ve nerede olduğunu sormuş. Yazıda bunun bahsi geçmiyordu ama orospu çocuğunun yanındaki termosun içinde bir parça *buzdokuz* varmış.

Frank, pasaportu olmadığı için başkent Bolivar'da hapse atılmış. Orada kendisini ziyaret eden 'Baba' Monzano, Frank'in ölümsüz Dr. Felix Hoenikker ile kan bağı olma ihtimalini merak etmiş.

"Kan bağımız olduğunu kabul ettim," diyordu Frank makalede. "O andan sonra da San Lorenzo'da bütün fırsat kapıları önümde ardına kadar açıldı."

40
Umut ve merhamet yuvası

Tesadüf eseri -ya da Bokonon'un yaklaşımıyla öyle olması *gerektiği* için- bir dergi bana San Lorenzo'da makale yazma işi verdi. Yazı ne 'Baba' Monzano hakkında olacaktı, ne de Frank hakkında. Makalenin konusu, Amerikalı bir şeker milyoneriyken kırk yaşında Dr. Albert Schweitzer'in örneğini takip ederek ormanın ortasında ücretsiz bir hastane kuran ve hayatını başka bir ırkın zavallı halkına adayan Julian Castle idi.

Castle'ın hastanesi Ormandaki Umut ve Merhamet Yuvası adını taşıyordu. Bu orman San Lorenzo'da, McCabe Dağı'nın kuzey eteklerindeki yabani kahve ağaçlarının ötesindeydi.

Ben San Lorenzo'ya gittiğimde Julian Castle altmış yaşındaydı.

Yirmi yıl boyunca bencillikten tamamen uzak bir hayat sürmüştü.

Bencillik günlerinde, magazin basınının takipçileri için Tommy Manville, Adolf Hitler, Benito Mussolini ve Barbara Hutton kadar bildik bir simaydı. Şöhretini zamparalığa, ayyaşlığa, pervasızca otomobil kullanmaya ve asker kaçağı olmasına borçluydu. İnsanlığa hüsrandan başka şey katmadan milyonlar harcama konusunda göz kamaştırıcı bir yeteneği vardı.

Beş kez evlenmiş, bir oğul sahibi olmuştu.

Bu tek oğul olan Philip Castle, kalmayı planladığım otelin müdürü ve sahibiydi. Otelin adı Casa Mona'ydı ve ismini Mona Aamons Monzano'dan, yani gazetenin ekinin kapağında gördüğüm sarışın zenci kızdan almıştı. Casa Mona yepyeni bir oteldi; ilavenin kapağında, Mona'nın portresinin arka planında görülen üç yeni binadan biriydi.

Bir amaca hizmet eden denizlerin beni San Lorenzo'ya

sürüklediğini hissettiğimi söyleyemesem de, aynı işi aşkın yaptığını hissedebiliyordum. Fata Morgana, yani Mona Aamons Monzano tarafından sevilmenin nasıl bir şey olacağı yönündeki serap, anlamsız hayatımda muazzam bir itici güdü haline gelmişti. Onun beni o güne kadar hiçbir kadının başaramadığı ölçüde mutlu edebileceğini hayal ediyordum.

41
İki kişilik bir *karass*

Miami'den San Lorenzo'ya giden bir uçaktaki koltuk numaram otuz üçtü. Tesadüf eseri -ya da Bokonon'un yaklaşımıyla öyle olması gerektiği için- yanımda oturanlar, Amerika'nın yeni San Lorenzo Büyükelçisi Horlick Minton ile karısı Claire'di. Ak saçlı, kibar ve incecik insanlardı.

Minton bana meslekten hariciyeci olduğunu, ilk kez büyükelçi olarak atandığını anlattı. Karısıyla birlikte daha önce Bolivya, Şili, Japonya, Fransa, Yugoslavya, Mısır, Güney Afrika Birliği, Liberya ve Pakistan'da bulunmuşlardı.

Muhabbetkuşu gibiydiler. Minik hediyelerle sürekli birbirlerini eğlendiriyorlardı; uçak penceresinden görülmeye değer manzaralar, okudukları şeylerden keyifli ya da eğitici parçalar, eski günlerden rastgele anılar. Sanırım Bokonon'un *duprass* adını verdiği şeyin, yani sadece iki kişiden müteşekkil bir *karass*'ın kusursuz örneğiydiler.

'Hakiki bir *duprass* kimse tarafından işgal edilemez,' der Bokonon, 'bu birlikten doğan çocuklar tarafından bile.'

Bu nedenle Mintonları kendi *karass*'ımdan, Frank'in *karass*'ından, Newt'ın *karass*'ından, Asa Breed'in *karass*'ından, Angela'nın *karass*'ından, Lyman Enders Knowles'un *karass*'ından, Sherman Krebbs'in *karass*'ından ayrı tutuyorum. Mintonların *karass*'ı sadece iki kişiden oluşan, ufak ve düzenli bir *karass*'tı.

"Çok mutlusunuzdur herhalde," dedim Minton'a.

"Neden mutlu olacakmışım?"

"Büyükelçilik payesine erişmekten."

Minton ile karısının birbirlerine acır gözlerle bakmasından aptalca bir söz ettiğimi anladım. Ancak beni bozmadılar. "Evet," diye yüzünü ekşitti Minton, "çok mutluyum." Belli belirsiz gülümsedi. "*Büyük* onur duydum."

Hangi konudan söz açtıysam aynı şey oldu. Mintonları hiçbir konuda heyecanlandıramadım.

Mesela, "Birçok dil biliyor olmalısınız," dedim.

"Eh işte, altı yedi tane," dedi Minton.

"Çok tatmin edici bir şey herhalde."

"Nasıl yani?"

"Onca değişik milletten insanla konuşabilmek."

"Çok tatmin edici," dedi Minton boş boş.

"Çok tatmin edici," dedi karısı.

Sonra da aralarındaki kolçağın üstüne yerleştirilmiş daktiloyla yazılmış kalın kâğıt tomarını okumaya döndüler.

"Söylesenize," dedim aradan biraz zaman geçince, "gezdiğiniz yerlerde insanların yüreklerinin hep aynı olduğunu mu gördünüz?"

"Ha?" dedi Minton.

"Gittiğiniz yerlerde diyorum, insanların yüreğinin aynı olduğunu mu gözlemlediniz?"

Minton dönüp karısına baktı, soruyu onun da işittiğinden emin olduktan sonra tekrar bana döndü. "Aşağı yukarı her yerde aynıydı."

"Hmm," dedim.

Bokonon, *duprass*'ın mensuplarından biri ölünce diğerinin de bir hafta içinde öleceğini söyler. Zamanı geldiğinde Mintonlar aynı saniye içinde öldü.

42
Afganistan'a bisiklet

Uçağın arka tarafında küçük bir salon vardı ve ben de bir kadeh yuvarlamak üzere oraya gittim. Bir diğer Amerikalı olan Evanston, Illinois'li H. Lowe Crosby ve eşi Hazel ile orada tanıştım.

Ellili yaşlarında, kodaman tiplerdi. Genizden konuşuyorlardı. Crosby bana Chicago'da bir bisiklet fabrikası olduğunu ve çalışanlarından nankörlükten başka şey görmediğini anlattı. İşini nankörlüğün olmadığı San Lorenzo'ya taşıyacakmış.

"San Lorenzo'yu iyi bilir misiniz?" diye sordum.

"İlk defa göreceğim ama hakkında duyduğum her şey hoşuma gitti," dedi H. Lowe Crosby. "Disiplinli insanlar. Daima güvenebileceğiniz özellikleri var. Ahaliyi daha önce görülmemiş, duyulmamış, orijinal lavuklar olmaya teşvik eden bir hükümetleri yok."

"Efendim?"

"İsa aşkına. Chicago'da bisiklet falan yapmıyoruz artık. Varsa yoksa insan ilişkileri. Yumurtakafalar bütün gün oturup herkesin birden mutlu olabileceği yeni yollar bulmaya çalışıyor. Ne sebeple olursa olsun kimseyi işten kovamıyorsun; biri kazara bir bisiklet yapacak olsa, sendika bizi zalimce ve insanlık dışı uygulamalarla suçluyor, hükümet de vergi borcu bahanesiyle bisiklete el koyup Afganistan'daki kör bir adama gönderiyor."

"Siz de San Lorenzo'da işlerin daha iyi yürüyeceğine inanıyorsunuz."

"Daha iyi olacağına adım gibi eminim. Buranın halkı sağduyu sahibi olmaya yetecek derece fakir, korkak ve cahil!"

Crosby bana adımı ve ne iş yaptığımı sordu. Sorularına cevap verdim ve karısı ismimin Indiana kökenli olduğunu farketti. O da Indianalı imiş.

"Tanrım," dedi, "siz *Hoosier* misiniz?"

Öyle olduğumu söyledim.

"Ben de Hoosier'im," diye sevinçle bağırdı. "Kimse Hoosier olduğu için utanmamalı."

"Utanmıyorum zaten," dedim. "Utananı da duymadım."

"Hoosierler işlerini düzgün yapar. Lowe ve ben dünyayı iki kez dolaştık ve gittiğimiz her yerde Hoosierlerin ipleri ellerinde tuttuğunu gördük."

"Bunu duymak insanın yüreğine su serpiyor."

"İstanbul'da yeni açılan otelin müdürünü tanıyor musunuz?"

"Hayır."

"Bir Hoosier. Tokyo'daki şu askeri bilmemne de..."

"Ataşe," dedi kocası.

"O da Hoosier," dedi Hazel. "Yeni atanan Yugoslavya büyükelçisi de..."

"Hoosier mi?" diye sordum.

"Sadece o değil, *Life* dergisinin Hollywood editörü de öyle. Ayrıca Şili'deki şu adam..."

"Hoosier, öyle mi?"

"Hoosierlerin damgasını vurmadığı tek bir yer bile göremezsiniz," dedi.

"*Ben Hur*'u yazan adam da Hoosier idi."

"James Whitcomb Riley de."

"Siz de Indiana doğumlu musunuz?" diye sordum kocasına.

"Hayır. Ben Çayırlar Eyaleti Illinois kökenliyim. 'Lincoln'ün Memleketi' de derler."

"Aslına bakarsan," dedi Hazel muzafferane bir edayla, "Lincoln de Hoosier idi. Spencer County'de büyüdü."

"Doğru," dedim.

"Şu Hoosierlerin hikmeti nedir bilmiyorum ama," dedi Hazel, "bir farklılıkları olduğu kesin. Biri oturup listelerini çıkarsa, milletin ağzı açık kalır."

"Doğru," dedim.

Hazel koluma sıkıca yapıştı. "Biz Hoosierler birbirimize arka çıkmalıyız."

"Doğru."

"Bana 'Anne' de."

"Ne?"

"Ne zaman genç bir Hoosier ile tanışsam, ondan bana '*Anne*' demesini isterim."

"Hı hı."

"Haydi, şimdi söyle de duyayım," diye ısrar etti.

"Anne?"

Gülümsedi ve kolumu bıraktı. Bir çevrim tamamlanmıştı. Benim Hazel'a 'Anne' dememle birlikte süreç sonlanmış ve Hazel da tanışacağı bir sonraki Hoosier için düzeneği yeniden kurmaya koyulmuştu.

Hazel'ın dünyanın dört bir tarafındaki Hoosierler konusundaki saplantısı, Bokonon'un *granfalon* adını verdiği sahte bir *karass*'ın,yani Tanrı'nın iş görme biçimleri açısından bakıldığında hiçbir anlam ifade etmeyen nafile bir takımın ders kitaplarına yaraşacak bir örneğiydi. Diğer *granfalon* örnekleri arasında Komünist Parti, Amerikan Devriminin Kızları Derneği, General Electric Şirketi, Uluslararası Tuhaf Adamlar Birliği ve herhangi bir zamandaki, herhangi bir yerdeki herhangi bir ulus sayılabilir.

Tıpkı Bokonon'un bizi kendisine eşlik etmeye davet ettiği şu şarkıda söylediği gibi:

Öğrenmek istersen bir *granfalon*'u,
Derisinden sıyır bir oyuncak balonu.

43
İbret-i âlem

H. Lowe Crosby, diktatörlüklerin genellikle çok iyi şeyler olduğuna inanıyordu. Aslında korkunç bir insan değildi, ahmak da değildi. Dünyaya belirli bir köylü şaklabanlığı penceresinden bakmak işine geliyordu, ancak disiplinsiz insanoğlu hakkında ettiği sözlerin çoğu yalnızca komik değil, aynı zamanda doğruydu da.

İnsanların Dünya'da geçirdikleri zamanı nasıl değerlendirmesi gerektiği sorusu karşısındaysa mantığını ve mizahi bakışını açıkça kaybediyordu.

İnsanların kendisi için bisiklet yapması gerektiğine inanıyordu körü körüne.

"Umarım San Lorenzo her yönüyle kulağınıza geldiği kadar iyidir," dedim.

"Öyle olup olmadığını anlamak için sadece tek bir kişiyle konuşmam yeterli," dedi. "Şu 'Baba' Monzano o minik adadaki herhangi bir şeyle ilgili şeref sözü verdiğinde olay bitmiştir. Böyledir bu ve böyle gider."

"Benim hoşuma giden, ada halkının tamamının İngilizce konuşması ve Hıristiyan olması," dedi Hazel. "Bu, işleri daha da kolaylaştırıyor."

"Orada suçla nasıl başa çıktıklarını biliyor musunuz?" diye sordu bana Crosby.

"Hayır."

"Suç filan işlendiği yok ki. 'Baba' Monzano suçu insanlar için çekici olmaktan öyle bir çıkarmış ki kimse midesi bulanmadan suç kavramını aklından bile geçiremiyor. Duyduğuma göre cüzdanını kaldırımın ortasına bırak git, bir hafta sonra geri geldiğinde bıraktığın yerde bulurmuşsun."

"Demek öyle."

"Hırsızlığın cezası neymiş biliyor musunuz?"

"Hayır bilmiyorum."

"Kanca," dedi. "Para cezası, tutuklanma, bir ay hapis filan değil. Kanca. Hırsızlığın, cinayetin, kundakçılığın, vatana ihanetin, tecavüzün, röntgenciliğin cezası kanca. Bir kanunu çiğne -hangi kanun olursa olsun- sonun kanca. Herkesin aklı yatıyor buna. San Lorenzo dünyanın en düzgün davranılan ülkesi."

"Kanca nedir?"

"Bir darağacı kuruluyor, tamam mı? İki direğin arasına bir kiriş yerleştiriyorlar. Sonra kocaman demir bir kancayı alıp kirişe asıyorlar. Kanunları çiğneyecek kadar salak biri olursa yakalayıp getiriyor, kancayı karnının bir tarafından batırıp öte yandan çıkarıyorlar; yasayı ihlal eden bir zavallı olarak öylece sallanıp kalıyor orada."

"Aman Tanrım!"

"Bunun iyi bir şey olduğunu savunmuyorum," dedi Crosby, "ama kötü olduğunu da söyleyemem. Bazen bu tür bir cezanın gençler arasındaki suç oranını sıfıra indireceğini düşünmüyor değilim. Bir demokraside kanca belki biraz aşırı kaçabilir. İbret için topluma açık idam olabilir. Birkaç genç otomobil hırsızını evlerinin önündeki sokak lambasında sallandırıp boyunlarına, 'Annesi, gör bakalım oğlunu' diyen yaftayı asacaksın. Bak bakalım ondan sonra arabasının kapısını kilitleyen kalır mı."

"Biz o şeyi Londra'daki balmumu müzesinin bodrum katında görmüştük," dedi Hazel.

"Hangi nesneyi?" diye sordum.

"Kancayı. Bodrumdaki Korku Odası'ndaydı; balmumundan yapılma bir insan bedenini kancanın ucunda sallandırmışlardı. O kadar gerçek görünüyordu ki midem kalktı."

"Harry Truman'ın heykeli de hiç Harry Truman gibi değildi," dedi Crosby.

"Anlayamadım."

"Balmumu müzesinde," dedi Crosby. "Truman'ın heykeli ona benzemiyordu."

"Çoğu heykel benziyordu ama," dedi Hazel.

"Kancanın ucunda asılı olan kişi belli biri miydi?" diye sordum.

"Sanmıyorum. Sıradan bir adamdı işte."

"Yalnızca bir model öyle mi?"

"Evet. Önüne siyah kadifeden bir perde çekilmişti ve görebilmek için perdeyi aralamak zorundaydınız. Ayrıca perdenin üzerine çocukların bakmaması gerektiğini belirten bir de not iliştirilmişti."

"Ama çocuklar bakıyordu," dedi Crosby. "Etrafta bir sürü çocuk vardı ve hepsi bakıyordu."

"O tür bir uyarı çocukları daha çok azdırır," dedi Hazel.

"Çocuklar kancanın ucunda asılı adamı görünce nasıl tepki veriyordu?" diye sordum.

"Eh işte," dedi Hazel, "yetişkinlerden bir farkları yoktu. Şöyle bir bakıp bir şey söylemeden sonraki nesneye ilerliyorlardı."

"Sonraki nesne neydi?"

"Bir adamı canlı canlı kızarttıkları demir sandalye," dedi Crosby. "Oğlunu öldürmek suçundan kızartılıyordu adam."

"Yalnız adamı tamamen kızarttıktan sonra," diye ekledi Hazel sakin bir edayla, "oğlunu onun öldürmediğini anlamışlar."

44
Komünist sempatizanları

Claire ve Horlick Minton *duprass*'ının yanındaki yerime tekrar oturduğumda onlarla ilgili yeni bilgiler edinmiştim. Crosbyler vermişti bilgiyi.

Crosbyler, Minton'ı tanımıyordu ama namını duymuşlardı. Büyükelçi olarak atanmasına öfkeliydiler. Bana Minton'ın zamanında komünizme karşı gösterdiği yumuşak tutumdan dolayı Dışişleri'nden kovulduğunu ama komünist uşaklarının onun göreve iadesini sağladığını anlattılar.

"Arkada çok hoş, ufak bir bar varmış," dedim Minton'a yerime otururken.

"Hı?" Minton ve karısı hâlâ aralarına yerleştirdikleri şeyi okuyordu.

"Arkada güzel bir bar varmış."

"İyi. Memnun oldum."

Metni okumaya devam ettiler; benimle sohbet etmek gibi bir niyetlerinin olmadığı belliydi. Sonra birden Minton yüzünde acı bir gülümsemeyle bana döndü. "Kimdi o?" diye sordu.

"Kim, kimdi?"

"Barda konuştuğunuz adam. Bir şeyler içmek için oraya gittik ve tam kapının önüne geldiğimizde sizin bir adamla konuştuğunuzu işittik. Adam çok bağırarak konuşuyordu. Benim bir komünist sempatizanı olduğumu söyledi."

"H. Lowe Crosby adında bir bisiklet imalatçısı," dedim. Kıpkırmızı olduğumu hissediyordum.

"Ben kötümser olmam nedeniyle kovulmuştum. Komünizmin bununla ilgisi yoktu."

"Kovulmasına ben sebep oldum," dedi karısı. "Ellerindeki tek somut delil, Pakistan'dan *New York Times*'a yazdığım bir mektuptu."

"Ne vardı mektupta?"

"Bir sürü şey," dedi. "Çünkü Amerikalıların başka biri olmayı, başka biri olup da bundan gurur duymayı anlayamamasına çok içerliyordum."

"Anlıyorum."

"Sorgulamada sürekli takıldıkları bir cümle vardı," derken iç geçirdi Minton. "Amerikalılar," diye başladı karısının *Times*'a yazdığı cümleyi alıntılayarak, "sevgiyi asla olamayacağı biçimlerde, asla olamayacağı yerlerde arar hep. Ortadan kalkan sınırla alakalı bir şey olsa gerek."

45
Amerikalılardan neden nefret edilir?

Claire Minton'ın *Times*'a yazdığı mektup, Senatör McCarthy döneminin en kötü zamanında yayınlanmış ve kocası da mektubun gazetede çıkmasından on iki saat sonra kovulmuştu.

"Mektupta o kadar korkunç ne vardı ki?" diye sordum.

"En büyük vatan hainliği, Amerikalıların nereye giderlerse gitsinler, ne yaparlarsa yapsınlar sevilmediğini söylemektir," dedi Minton. "Claire de Amerikan dış politikasının hayali bir sevgi peşinde koşmak yerine bu nefreti kabullenmesi gerektiğini söylemeye çalışmıştı."

"Birçok yerde Amerikalılardan nefret ediliyor sanırım."

"Birçok yerde *insanlardan* nefret ediliyor. Claire mektubunda maruz kalınan nefretin aslında insan olmanın normal cezası olduğunu, fakat Amerikalıların bir şekilde bu cezadan muaf tutulacaklarını düşünmek gibi bir aptallığa düştüğünü işaret ediyordu. Kurul bunu hiç dikkate almadı. Tek bildikleri, Claire ile benim Amerikalıların sevilmediğini düşünüyor olmamızdı."

"Eh, hikâyenin mutlu sonla bitmesine sevindim."

"Hmm..." dedi Minton.

"Sonu gayet güzel bitmiş işte," dedim. "Büyükelçilik yapmak üzere yoldasınız."

Minton ve karısı o acıma dolu *duprass* bakışmalarından birini daha sergiledi. Sonra Minton bana dönüp, "Evet," dedi. "Gökkuşağının ötesindeki bir küp altın bizimdir."

46
Sezar'ın hakkı meselesinin Bokononcu çözümü

'Baba' Monzano hükümetinin ağır toplarından biri olmakla kalmayıp, aynı zamanda Birleşik Devletler adaletinden kaçan bir suçlu olan Franklin Hoenikker'in yasal statüsünü sordum Mintonlara.

"O hikâye kapandı," dedi Minton. "Frank artık Amerika Birleşik Devletleri vatandaşı değil ve yaşadığı yerde iyi işlere imza atıyor. Bu kadar."

"Vatandaşlıktan kendisi mi çıktı?"

"Yabancı bir devlete bağlılık yemini eden ya da ordusunda veya hükümetinde görev alan herkes vatandaşlığını kaybeder. Pasaportunuzda yazanları okuyun. Frank'in yaşadığı uluslararası tuhaf gerçeküstü romantizmin ardından Sam Amca'nın kanatları altına sığınmayı bekleyemezsiniz."

"San Lorenzo'da seviliyor mu?"

Minton, karısıyla birlikte okumakta oldukları kâğıt tomarını kaldırıp şöyle bir tarttı. "Henüz bilemiyorum. Bu kitap sevilmediğini söylüyor."

"Nedir o kitap?"

"Bugüne dek San Lorenzo hakkında yazılmış yegane akademik kitap."

"Akademik *sayılır*," dedi Claire.

"Akademik sayılır," diye tekrarladı Minton. "Henüz basılmış değil. Bu elimizdeki, beş nüshasından biri." Kitabı uzatıp istediğim kadar okuyabileceğimi söyledi.

İlk sayfayı açtım ve başlığın *San Lorenzo: Toprakları, Tarihi, Halkı* olduğunu gördüm. Yazarıysa Philip Castle, yani görüşmeye gittiğim büyük fedakâr Julian Castle'ın otelci oğluydu.

Rastgele bir sayfa açtım. Tesadüfen karşıma adanın yasaklı din adamı Bokonon'la ilgili bölüm çıktı.

Önümdeki sayfada *Bokonon'un Kitapları*'ndan bir alıntı vardı. Okuduğum sözcükler sayfadan fırlayıp zihnime girdi ve orada iyi karşılandı.

Bokonon, İsa'nın 'Sezar'ın hakkını Sezar'a verin' önermesini kendine göre yorumluyordu.

Bokonon şöyle diyordu:

'Sezar'ı boş verin. Onun *gerçekten* ne olup bittiğine dair en ufak fikri yok.'

47
Dinamik gerilim

Philip Castle'ın kitabına öyle dalmıştım ki Puerto Rico'nun San Juan kentine on dakikalığına indiğimizde bile kitaptan kafamı kaldırmadım. Arkamdaki koltuklarda oturan birisi heyecanla uçağa bir cücenin bindiğini fısıldadığında dahi bakmadım.

Biraz sonra söz konusu cüceyi arandım ama göremedim. Ancak Hazel ve H. Lowe Crosby'nin tam önünde uçağa yeni binmiş, altın sarısı saçlı, at suratlı bir kadının oturduğunu farkettim. Yanındaki koltuk boş görünüyordu ama orada başının tepesini bile görmemin mümkün olmadığı bir cüce oturuyor da olabilirdi.

Ancak o sırada beni asıl ilgilendiren San Lorenzo -toprakları, tarihi, halkı- idi. Bu yüzden cüceyi o kadar ısrarla aramadım.

Neticede cüceler aylaklık ya da sükûnet zamanlarının eğlencesi olabilirdi, oysa ben Bokonon'un 'Dinamik Gerilim' adını verdiği, iyi ile kötü arasındaki muazzam dengeyi kendi bakışıyla anlattığı kuram karşısında ciddi şekilde heyecanlanmıştım.

Philip Castle'ın kitabında 'Dinamik Gerilim' terimini ilk gördüğümde, üstünlük taslayan tını yansıttığını düşündüğüm bir kahkaha patlattım. Genç Castle'ın kitabına bakılırsa, bu terim Bokonon'un en sevdiklerinden biriymiş ve ben de o an Bokonon'un bilmediği bir şeyi bildiğimi zannetmiştim: Söz konusu terim, postayla sipariş yoluyla insanlara vücut geliştirme öğreten Charles Atlas tarafından ayağa düşürülmüş bir kavramdı.

Sonrasında okumaya devam ettiğimde, Bokonon'un Charles Atlas'ı gayet iyi tanıdığını öğrendim. Hatta Bokonon onun vücut geliştirme okulunda öğrenciymiş.

Charles Atlas, kasların ağırlık kaldırmadan da geliştirilebileceğine inanıyordu. Onun fikrince bir kas grubunu başka bir kas grubuyla dengeleyerek geliştirmek mümkündü.

Bokonon'a göre, iyi toplumlar ancak iyinin karşısına kötüyü koyarak ve ikisinin arasındaki gerilimi sürekli yüksek tutarak kurulabilirdi.

Castle'ın kitabında ilk Bokononcu şiirimi ya da diğer adıyla 'Kalipso'mu okudum. Şöyleydi:

'Baba' Monzano, ah ne kötüdür,
Fakat 'Baba' kötü olmasa Bokonon üzülür;
Çünkü 'Baba'nın' kötülüğü olmasa,
Söyleyin bana,
Kötü kalpli, yaşlı Bokonon
İyi görünür müydü insanlara?

48
Tıpkı Aziz Augustine gibi

Castle'ın kitabından öğrendiğime göre Bokonon, 1891'de doğmuş. Bir zenci olan Bokonon, Tobago adasında Britanya vatandaşı ve Episkopal Kilisesi mensubu olarak dünyaya gelmiş.

Lionel Boyd Johnson ismiyle vaftiz edilmiş.

Varlıklı bir ailenin altı çocuğundan en küçüğüymüş. Ailesinin serveti, Bokonon'un dedesinin çeyrek milyon dolarlık korsan hazinesi bulmasından ileri geliyormuş. Hazineyi gömenin Karasakal namlı Edward Teach olduğu tahmin edilmekteymiş.

Bokonon'un ailesi, Karasakal'ın hazinesini asfalt, hindistancevizi, kakao, büyükbaş ve kümes hayvancılığına yatırmış.

Genç Lionel Boyd Johnson, Episkopal okullarında tahsil görmüş ve dinin ayinsel boyutuna diğerlerinden daha fazla ilgi gösteren iyi bir öğrenciymiş. Örgütlü dinin cafcaflı dış görünüme duyduğu ilgiye karşın, bir yandan da âlemci bir genç olduğu anlaşılıyor, zira 'On Dördüncü Kalipso'sunda bizi şu şarkıyı kendisiyle birlikte okumaya çağırıyor:

Genç bir delikanlı olduğum zamanlarda,
Neşeli ve hovardaydım,
Kafa çeker, kız peşinde koşardım
Tıpkı Aziz Augustine'in gençliği gibi.
O Aziz Augustine ki
Bir günde aziz oluverdi.
İşte ben de aziz olursam,
Sakın düşüp bayılma anacığım.

49
Kızgın denizlerin fırlatıp attığı bir balık

Lionel Boyd Johnson, 1911'de *Hanımın Terliği* isimli küçücük bir yelkenliyle Tobago'dan Londra'ya tek başına gidecek derecede entelektüel hırs sahibiydi. Amacı yüksek öğrenim görmekti.

Londra İktisat ve Siyaset Bilimi Okulu'na kaydoldu.

Eğitimi, I. Dünya Savaşı yüzünden yarıda kaldı. Piyade

olarak orduya yazıldı, başarıyla çarpıştı, subaylığa terfi ettirildi, üstün hizmetleri dört kez kayıtlarda yer aldı. II. Ypres Savaşı'nda kimyasal gazın etkisinde kalarak iki yıl hastanede yattı ve ardından terhis oldu.

Sonrasında yine tek başına *Hanımın Terliği* ile Tobago'ya, evine döndü.

Evine ulaşmasına sadece seksen deniz mili kalmışken Alman denizaltısı *U-99* tarafından durdurulup arandı. Esir alındı ve minik teknesi Almanlar tarafından atış taliminde kullanıldı. Denizaltı, henüz su üstündeyken ani bir baskınla Britanya destroyeri *The Raven* tarafından ele geçirildi.

Johnson ve Almanlar destroyere alındıktan sonra *U-99* batırıldı.

The Raven'ın rotası Akdeniz'di ama oraya ulaşamadı. Dümeni bozuldu. Ya amaçsızca dolanıyor ya da saat yönünde dev daireler çizerek olduğu yerde dönüyordu. En sonunda Cape Verde Adaları'nda karaya oturdu.

Johnson, kendisini batı yarıküreye götürecek bir taşıt bekleyerek bu adalarda sekiz ay geçirdi.

En sonunda New Bedford, Massachusetts'e kaçak göçmen taşıyan bir balıkçı teknesinde tayfa olarak iş buldu. Gemi fırtına nedeniyle Newport, Rhode Island açıklarına sürüklendi.

Bütün bunların sonucunda Johnson, bir şeylerin onu bir nedenden ötürü belirli bir yere götürmeye çalıştığı sonucuna varmıştı. Bu nedenle de kaderinde oranın yazılı olup olmadığını görmek için bir süre Newport'ta kaldı. Meşhur Rumfoord Malikânesi'nde bahçıvan ve marangoz olarak çalıştı.

Bu süre zarfında Rumfoord'ların birçok seçkin konuğunu görebilme fırsatı buldu. J. P. Morgan, General John J. Pershing, Franklin Delano Roosevelt, Enrico Caruso, Warren Gamaliel Harding ve Harry Houdini bunlardan birkaçıydı. On milyon insanı öldüren ve Johnson'ın da aralarında bulunduğu yirmi milyon kişiyi yaralayan I. Dünya Savaşı işte bu dönemde sona erdi.

Savaş sonrasında Rumfoord hanedanının uçarı çocuğu IV. Remington Rumfoord, buharlı yatı *Şehrazat* ile dünya turuna çıkmaya ve İspanya, Fransa, İtalya, Yunanistan, Mısır, Hindistan, Çin ve Japonya'ya uğramaya karar verdi. Johnson'ı da ikinci kaptan olarak kendisine eşlik etmeye davet etti.

Johnson yolculukta dünyanın birçok harikasını görme fırsatı buldu.

Bombay Limanı'nda sisli bir havada başka bir gemi *Şehrazat*'a çarptı ve kazadan yalnızca Johnson kurtuldu. İki yıl süreyle Hindistan'da yaşadı ve Mahatma Gandhi'nin müridi oldu. Demiryollarına yatarak İngiliz yönetimini protesto eden grupların başını çekme suçundan tutuklandı. Cezasını tamamladıktan sonra masrafları kraliyet tarafından karşılanarak Tobago'ya yollandı.

Burada yeni bir tekne yaptı ve adını *Hanımın Terliği II* koydu.

Sonra da Karayip Denizi'ne açıldı, onu kaçınılmaz yazgısına sürükleyecek fırtınayı bekleyerek aylak aylak yelken bastı.

1922'de bir kasırgadan kaçarak Haiti'nin Port-au-Prince Limanı'na sığındı. Ülke o sıralar Birleşik Devletler Deniz Piyadeleri'nin işgali altındaydı.

Johnson burada yanına sokulan zeki, kendini yetiştirmiş,

idealist bir eski deniz piyadesi olan Earl McCabe adındaki asker kaçağıyla tanıştı. McCabe onbaşıydı. Bölüğünün eğlence ödeneğini zimmetine geçirmişti. Kendisini Miami'ye götürmesi için Johnson'a beş yüz dolar teklif etti.

İkili birlikte Miami'ye doğru yola çıktı.

Fakat şiddetli bir fırtına tekneyi San Lorenzo kayalıklarına attı. Tekne battı, Johnson ile McCabe çırılçıplak bir halde kıyıya kadar yüzmeyi başardı. Bokonon bu olayı şöyle anlatır:

Fırlatıp attı bir balığı
Kızgın deniz içinden,
Soluğu sahilde aldım,
Kendim oldum sahiden.

Tanımadığı bir adanın kıyısına çırılçıplak çıkmak onu müthiş etkilemişti. Macerayı tüm hızıyla sonuna kadar yaşamaya karar verdi; tuzlu sudan anadan üryan çıkan bir adamın hangi noktaya kadar gidebileceğini görmeye azmetmişti.

Bu onun için bir yeniden doğuştu:

Bebek gibi ol,
Diye yazar İncil'de,
Ben de bebek gibiydim
Gelene dek bugüne.

Bokonon ismini nasıl aldığının açıklamasıysa çok basitti. 'Bokonon' adada konuşulan İngilizce şivesinde Johnson'ın söyleniş biçimiydi.

Bu şiveye gelecek olursak...

San Lorenzo şivesini anlamak ne kadar kolaysa, yazmak da o kadar zordur. Kolay diyorum ama bu benim kendi görüşüm. Kimileri bu lehçeyi Baskça kadar anlaşılmaz buluyor; yani benim bu kadar iyi anlamamın ardında telepatik bir durum olabilir.

Philip Castle kitabında bu ağzı fonetik bir örnekle açıklamış ve farklılığını gayet güzel aktarmıştır. Örnek olarak 'Daha Dün Annemizin' isimli çocuk şarkısının San Lorenzo versiyonunu seçmiş.

Amerikan İngilizcesinde bu ölümsüz şiirin dizeleri şöyledir:

Daha dün annemizin,
Kollarında yaşarken,
Çiçekli bahçemizin,
Yollarında koşarken,
Şimdi okullu olduk,
Sınıfları doldurduk,
Sevinçliyiz hepimiz,
Yaşasın okulumuz.

San Lorenzo ağzındaysa aynı şiir Castle'ın yazdığına göre karşımıza şu şekilde çıkıyor:

Dark-ha donn yhan-nemzn,
Kopllraynda yashırkkan,
Çarkçeli bakhçamzn,
Yogglırnda koshırkkan,
Jimda ogulu kolldk,
Sanfillari dollthırdk,
Shwinçliyzz haeppsmz,
Yajşsnın poklumss.

Johnson'un Bokonon olmasının üzerinden az zaman geçerken, parçalanan teknesinin cankurtaran kayığı rastlantı eseri kıyıya vurmuş. Kayık daha sonra altın rengine boyanmış ve adanın baş yöneticisinin yatağı olarak kullanılmaya başlanmış.

'Bokonon tarafından uydurulan bir efsaneye göre,' diye yazmıştı Philip Castle kitabında, 'dünyanın sonu yaklaştığında altın kayık yeniden denizlere açılacaktır.'

50
Hoş bir cüce

Bokonon'un hayatını okumaya dalmışken, dikkatim H. Lowe Crosby'nin karısı Hazel tarafından bölündü. Kadın koridorda yanı başımda dikiliyordu. "Buna hayatta inanmayacaksın," dedi, "ama az önce uçakta iki Hoosier daha buldum."

"İnanmıyorum!"

"Doğuştan Hoosier değillermiş ama şu an orada *oturuyorlarmış*. Indianapolis'te yaşıyorlar."

"Çok ilginç."

"Onlarla tanışmak ister misin?"

"Tanışmalı mıyım sence?"

Bu soru karşısında hayrete düşmüştü. "Onlar senin Hoosier hemşerilerin."

"İsimleri neymiş?"

"Kadınınki Conners ve adamınki de Hoenikker. Kardeşler ve adam bir cüce. Ama hoş bir cüce." Göz kırptı. "Nasıl da akıllı bir bücür."

"O da size 'Anne' diyor mu?"

"Tam ondan bunu isteyecektim ki vazgeçtim ve bir cüceden bunu istemenin kabalık olup olmayacağını düşündüm."

"Saçma."

51
Peki, Anne

Böylece *karass*'ımın mensupları olan Angela Hoenikker Conners ve minik Newton Hoenikker ile konuşmak üzere uçağın arkasına gittim.

Angela, daha önce dikkatimi çeken at suratlı sarışındı.

Newt ise gerçekten çok ufak bir adamdı, ancak hiç de itici değildi. Devler ülkesinde yaşayan Brobdingnaglılar arasında kalan Güliver misaliydi ölçüleri ve onun kadar da uyanık gözlerle bakıyordu etrafına.

Elinde bilet fiyatına dahil olan bir kadeh şampanya tutuyordu. Kocaman bir akvaryum normal bir adamın elinde nasıl durursa, kadeh de onun elinde öyle duruyordu ama şampanyasını doğal bir zarafetle yudumluyordu; kadeh sanki bedeninin bir parçasıydı.

Altımızda Tanrı'nın kendi suyu Karayip Denizi uzanırken, o bücür orospu çocuğunun ve sefil ablasının bavulundaki termosların içinde birer parça *buz-dokuz* kristali vardı.

Hazel bir Hoosier'i başka Hoosierler ile tanıştırmaktan alabileceği keyfi bütünüyle tattıktan sonra yanımızdan ayrıldı. "Unutmayın," dedi giderken, "bundan sonra bana *Anne* diyeceksiniz."

"Peki, Anne," dedim.

"Peki, Anne," dedi Newt. Minyatür gırtlağına uygun tiz bir sesi vardı ama bunu gayet erkeksi kılmayı başarıyordu.

Angela ısrarla Newt'a bebekmiş gibi davranıyordu. Newt ise boyundan umulmadık bir zarafetle bağışlıyordu ablasının bu davranışını.

Newt ile Angela beni ve yazdığım mektupları hatırlayarak oturdukları üçlü sıranın boş koltuğuna davet etti.

Angela mektuplarıma cevap yazmadığı için benden özür diledi.

"Bir okuyucuyu ilgilendirebilecek hiçbir şey gelmedi aklıma. O güne dair bir şeyler uydurabilirdim ama istediğinizin bu olmadığını düşündüm. Aslına bakarsanız, o gün diğer günlerden farksızdı."

"Kardeşiniz bana çok güzel bir mektup yazdı ama."

Angela buna şaşırmıştı. "Newt mı yazdı? Nasıl hatırlıyormuş ki o günü?" Kardeşine döndü. "Tatlım, sen o güne dair hiçbir şey hatırlıyor olamazsın, değil mi? Daha bebektin o zamanlar."

"Hatırlıyorum," dedi Newt kısık bir sesle.

"Keşke o mektubu *görseydim.*" Angela, Newt'ın hâlâ dış dünyayla doğrudan ilişki kuramayacak kadar toy olduğunu ima ediyordu. Küçük olmanın Newt için ne anlama geldiğini hiçbir şekilde idrak edemeyen, taş gibi duyarsız bir kadındı.

"Tatlım, o mektubu bana göstermeliydin," diye azarladı kardeşini.

"Özür dilerim," dedi Newt. "Düşünemedim."

"Şunu peşinen söyleyeyim," dedi Angela bana dönerek, "Dr. Breed size yardımcı olmamamı söyledi. Dediğine göre, babamızı tarafsız bir dille anlatmak niyetinde değilmişsiniz." Bu sebepten ötürü benden hoşlanmadığını açıkça belli ediyordu.

Kitabın büyük olasılıkla hiçbir zaman yazılmayacağını, zaten artık ne anlama geldiğinden de emin olmadığımı söyleyerek onu yatıştırdım.

"Yani olur da bir gün bu kitabı yazarsanız, babamın aziz olduğunu belirtmelisiniz, çünkü gerçekten öyleydi."

Öyle bir tablo çizmek için elimden geleni yapacağıma söz verdim. San Lorenzo'ya Frank ile aile buluşması yapmak için mi gittiklerini sordum.

"Frank evleniyor," dedi Angela. "Biz de nişanına gidiyoruz."

"Yaa! Kim bu talihli kız?"

"Size göstereyim," dedi Angela ve çantasından içinde plastik bir tür akordeon olan cüzdanını çıkarttı. Akordeon körüğünün her büklümüne bir fotoğraf yerleştirilmişti. Angela fotoğrafları araştırırken, minik Newt'ın Cape Cod plajında, Dr. Felix Hoenikker'i Nobel ödülünü alırken, Angela'nın çirkin ikiz kızlarının sırıtırken, Frank'in bir ipin ucuna bağladığı model uçağı uçururken donup kalmış görüntüleri gözüme ilişti.

Ve sonra Angela, Frank'in evleneceği kızın fotoğrafını gösterdi.

Kasıklarıma bir tekme atsa aynı etkiyi uyandırabilirdi.

Bana gösterdiği fotoğraf Mona Aamons Monzano'ya, sevdiğim kadına aitti.

52
Acı yok

Angela plastik akordeonunu bir kez açtı mı, içindeki tüm fotoğrafları göstermeden yapamıyordu.

"İşte sevdiğim insanlar," dedi.

Ben de onun sevdiği insanlara baktım. Kehribarın içinde kısılıp kalmış böcek fosilleri misali plastiğin arasına hapsettikleri, *karass*'ımızın mensuplarıydı. Aralarında tek bir *granfaloncu* yoktu.

Atom bombasının babası, üç çocuk babası, *buzdokuz*'un babası Dr. Hoenikker'in birçok fotoğrafı vardı. Bir cüce ile bir devanasının babası olan adam ufak tefek bir tipti.

Angela'nın fosil koleksiyonunda ihtiyarın en hoşuma giden fotoğrafı, onu kışlıklara sarıp sarmalanmış halde, paltosu, atkısı, çizmeleri ve tepesinde kocaman ponponu olan yün beresi içinde gösteren kareydi. Angela'nın boğazı düğümlenerek bana anlattığına göre fotoğraf, ihtiyar ölmeden yalnızca üç saat önce Hyannis'te çekilmişti. Bir gazete fotoğrafçısı, Noel Baba kılıklı adamın aslında ne büyük bir şahsiyet olduğunu farkedip deklanşöre basmış.

"Babanız hastanede mi vefat etti?"

"Yo, hayır! Yazlık evimizde, beyaz hasır koltukta denizi seyrederken. Newt ile Frank karlı kumsalda yürüyüşe gitmişti..."

"Çok ılık bir kar havasıydı," dedi Newt. "Sanki çiçek açmış portakal ağaçları arasında yürüyorduk. Tuhaf bir histi. Öteki yazlıklarda kimse yoktu..."

"Isıtma olan tek ev bizimkiydi," dedi Angela.

"Kilometreler boyunca kimseyi görmedik," diye anımsadı Newt hayretle, "ve Frank ile kumsalda kocaman, siyah bir köpeğe rastladık; bir Labrador retriever idi. Okyanusa fırlattığımız sopaları koşup geri getiriyordu."

"Noel çamına biraz daha süs ampulü almak için köye gitmiştim," dedi Angela. "Noel zamanı mutlaka ağacımız olurdu."

"Babanız Noel ağaçlarını sever miydi?"

"Bu konuda bir şey söylemedi ki hiç," dedi Newt.

"Bana kalırsa severdi," dedi Angela. "Sadece düşüncelerini pek dışa vurmazdı. Bazı insanlar öyledir."

"Bazıları da değildir," dedi Newt. Hafifçe omuz silkti.

"Her neyse işte," dedi Angela, "eve döndüğümüzde onu koltukta öylece otururken bulduk." Başını iki yana salladı. "Acı çektiğini sanmıyorum. Uyur gibi bir hali vardı. Azıcık acı çekmiş bile olsa öyle görünmezdi bence."

Angela hikâyenin önemli bir kısmını atlamıştı. Kendisinin, Frank'in ve minik Newt'ın ihtiyar adamın *buzdokuz*'unu o Noel gecesi paylaştığını anlatmamıştı.

53
Fabri-Tek'in başkanı

Angela ısrarla fotoğraf göstermeye devam ediyordu.

"Bu benim, inanabiliyor musunuz?" Bir seksen boyunda ergen bir kızın resmiydi bu. Elinde bir klarnet tutuyordu ve Ilium Lisesi bandosunun üniformasını giymişti. Saçları şapkasının altına toplanmıştı. Yüzünde utangaç bir gülümseme vardı.

Sonra Angela, Tanrı'nın bir erkeği etkileyecek hemen hemen hiçbir şey bahşetmediği o kadın, bana kocasının fotoğrafını gösterdi.

"Demek Harrison C. Conners bu." Ağzım açık kalmıştı. Son derece yakışıklı bir adamdı ve bunun bilincindeymiş gibi bakıyordu. Çok şık giyimliydi ve gözlerinde bir Don Juan'ın tembel hoşnutluğu vardı.

"Ne... Yani kocanız ne iş yapıyor?"

"Kendisi Fabri-Tek'in genel müdürü."

"Elektronik üzerine mi?"

"Bilsem bile size söyleyemem. Çok gizli devlet işleri bunlar."

"Silah falan mı?"

"Eh, savaşla ilgili şeyler."

"Nasıl tanıştınız?"

"Baba'nın laboratuvar asistanıydı," dedi Angela. "Sonra Indianapolis'e gitti ve Fabri-Tek'i kurdu."

"Demek evliliğiniz uzun bir aşkın mutlu sona ulaşmasıyla gerçekleşti?"

"Pek sayılmaz. Benim varlığımdan haberi olduğunu bilmiyordum. Ben onu hoş bulurdum ama Baba ölene dek bana hiç ilgi göstermedi. Bir gün Ilium'a geldi. O kocaman, eski evde oturmuş hayatımın artık sona erdiğini düşünüyordum..."

Babasının ölümünden sonraki korkunç günleri ve haftaları anlattı.

"O koca evde ben ve minik Newt yapayalnız kalmıştık. Frank ortadan kaybolmuştu ve hayaletler de Newt ile benden on kat daha fazla gürültü yapıyordu. Bütün hayatımı babama bakmaya adamıştım; onu işe götürür getirirdim, hava soğuk olduğunda giydirir, sıcak olduğunda soyardım, yedirir, içirir, faturalarını öderdim. Birden yapacak hiçbir iş kalmamıştı. Bir tane bile yakın arkadaşım olmamıştı ve Newt'tan başka kimsem yoktu."

"Ve sonra," diye devam etti, "kapı çalındı... Karşımda Harrison Conners duruyordu. O güne dek gördüğüm en güzel şeydi. İçeri girdi ve babamın son günlerinden, genel olarak eski günlerden bahsettik."

Angela ağlamanın eşiğine gelmişti.

"İki hafta sonra evlendik."

54
Komünistler, Naziler, kraliyet yanlıları, paraşütçüler ve asker kaçakları

Uçakta kendi koltuğuma döndüğümde Mona Aamons Monzano'yu Frank'e kaptırmış olmanın üzüntüsüyle Philip Castle'ın kitabını okumaya devam ettim.

Dizinde *Monzano, Mona Aamons* ismini aradım ve bkz. Aamons, Mona şeklinde bir notla karşılaştım.

Aamons, Mona maddesine baktığımda ise neredeyse 'Baba' Monzano'nun ismi altındaki kadar sayfa numarasıyla karşılaştım.

Aamons, Mona'nın altında *Aamons, Nestor* vardı. Bu Nestor'u anlatan birkaç sayfalık kısmı açtım ve kendisinin Mona'nın babası ve Finlandiyalı bir mimar olduğunu öğrendim.

Nestor Aamons, II. Dünya Savaşı'nda Ruslara esir düşmüş, daha sonra Almanlar tarafından kurtarılmıştı. Kendisini kurtaranlar onu evine geri göndermek yerine Yugoslav partizanlarla savaşmaya gönderilen bir *Wehrmacht* istihkâm birliğinde görevlendirmiş. Önce kraliyet yanlısı Sırp partizanlar olan Çetniklere, ardından Çetniklere saldıran komünist partizanlara esir düşmüş. Ani bir baskınla komünistleri gafil avlayan İtalyan paraşütçüler tarafından kurtarılmış ve İtalya'ya yollanmış.

İtalyanlar onu Sicilya'nın savunması için sur tasarlanması işine vermiş. Sicilya'da bir balıkçı teknesi kaçıran Aamons, kendini tarafsız ülke Portekiz'e atmış.

Burada Amerikalı bir asker kaçağı olan Julian Castle ile tanışmış.

Aamons'ın mimar olduğunu öğrenen Castle, onu kendisiyle birlikte San Lorenzo adasına gelmeye ve Ormandaki Umut ve Merhamet Yuvası adını vereceği hastaneyi tasarlamaya davet etmiş.

Aamons bu teklifi kabul etmiş. Hastanenin çizimini yapmış, adanın yerlisi olan Celia isminde bir kadınla evlenmiş, mükemmel bir kız evlat sahibi olmuş ve ölmüş.

55
Asla kendi kitabının dizinini hazırlama

Aamons, Mona'nın yaşamına gelecek olursak... Castle'ın kitabının dizini bile kızın sırtına bindirilen birçok çelişkili gücün ve onun bunlara verdiği dehşet dolu tepkilerin karmaşık, gerçeküstü tablosunu sunmaya tek başına yeterliydi.

"*Aamons, Mona:*" diyordu dizinde, "kendi popülerliğini artırmak için Monzano tarafından evlat edinilmesi, 194-199, 216 n.; Umut ve Merhamet Yuvası'ndaki çocukluğu, 63-81; P. Castle ile çocukluk aşkı, 72 f; babasının ölümü, 89 ff; annesinin ölümü, 92 f; ulusal erotizm sembolü rolünden utanç duyması, 80, 95 f, 166 n., 209, 247 n., 400-406, 566 n., 678; P. Castle ile nişanlanması, 193; özündeki saflığı, 67-71, 80, 95 f, 116 a., 209, 274 n., 400-406, 566 a., 678; Bokonon'la yaşantısı, 92-98, 196-197; hakkında yazılan şiirler, 2 n., 26, 114, 119, 311, 316, 477 n., 501, 507, 555 n., 689, 718 ff, 799 ff, 800 n., 841, 846 ff, 908 n., 971, 974; yazdığı şiirler, 89, 92, 193; Monzano'ya dönüşü, 199; Bokonon'a dönüşü, 197; Bokonon'dan kaçışı, 199; Monzano'dan kaçışı, 197; adalıların erotik sembolü olmaktan çıkmak için kendisini çirkinleştirmeye çalışması, 89, 95 f, 116 n., 209, 247 n., 400-406, 566 n., 678; Bokonon'un öğrencisi olması, 63-80; Birleşmiş Milletler'e mektup yazması, 200; ksilofon virtüözü olması, 71."

Dizin maddelerini Mintonlara göstererek bunun başlı başına etkileyici bir yaşam öyküsü -istemediği halde aşk tanrıçası olan bir kızın çarpıcı öyküsü- olduğu hususunda benim gibi düşünüp düşünmediklerini sordum. Hayatta kimi zaman karşılaşabileceğiniz türden, ancak o anda hiç beklemediğim derecede uzmanca bir cevap aldım. Meğer Claire Minton zamanında profesyonel bir dizin yazıcısıymış. Böyle bir meslek olduğunu daha önce hiç duymamıştım.

Kocası üniversiteye devam ederken dizinci olarak kazandığı parayla geçimlerini kendisinin sağladığını, güzel de para kazandığını ve iyi dizin yazabilen insan sayısının az olduğunu anlattı bana.

Kendi kitabının dizinini hazırlamaya kalkışmanın ancak çok amatör bir yazara yaraşacağını söyledi. Ona Philip Castle'ın yaptığı işle ilgili ne düşündüğünü sordum.

"Yazarı pohpohlayan, okuru aşağılayan bir çalışma," dedi. "Tırnak içinde belirtecek olursam," dedi bir uzmanın zekâ dolu sevimliliğiyle, "rahatına düşkün olduğunu söyleyebilirim. Ne zaman bir yazarın kendi dizinini kendisinin yaptığını görsem, onun adına utanırım."

"Utanır mısınız?"

"Bir yazarın kendi yapıtının dizinini hazırlaması çok şeyi ortaya döker," diye bilgilendirdi beni. "Eğitimli bir göz karşısında sergilenen arsızlıktan başka şey değildir bu."

"Kendisi dizinden karakter tahlili yapabilir," diye söze karıştı kocası.

"Ya?" dedim. "Philip Castle hakkında ne söylersiniz peki?"

Belli belirsiz gülümsedi kadın. "Uluorta söylemesem iyi olacak şeyler."

"Anlamadım."

"Şu Mona Aamons Monzano'ya âşık olduğu çok belli," dedi.

"Gördüğüm kadarıyla San Lorenzo'da ona âşık olmayan erkek yok gibi."

"Babası hakkında karmaşık duygulara sahip," dedi.

"Şu dünyada her adam için geçerli bu," diyerek nazikçe tahrik ettim onu.

"Kendine güvensiz."

"Hangi fani kendine güveniyor ki?" diye sordum. O zaman farkında değildim ama çok Bokononcu bir soruydu bu.

"O kızla asla evlenemeyecek."

"Neden?"

"Söyleyebileceklerim bundan ibaret," dedi.

"Başkalarının özel hayatına saygı gösteren bir dizinciyle tanışmaktan çok memnunum."

"Asla kendi kitabınızın dizinini kendiniz hazırlamayın," dedi.

Bokonon, sonu gelmez aşk ilişkilerinin mahremiyetinde bir *duprass*'ın tuhaf ama gerçek durumları ortaya çıkarmak için çok değerli bir araç olduğunu söyler. Mintonların dizinlerle ilgili maharetli incelemeleri bunun tam bir örneğiydi. Bokonon bir *duprass*'ın aynı zamanda tatlı kendini beğenmişlik gösteren bir kurum olduğunu söyler. Mintonlar da bu konuda istisna değildiler.

Bir zaman sonra Büyükelçi Minton'la uçağın koridorunda karşı karşıya geldik. Karısı uzağımızdaydı. Minton bana karısının dizinlerden çıkardıklarına saygı duymamın kendisi için önemli olduğunu gösterdi.

"Castle'ın o kıza âşık olmasına rağmen, kızın da ona âşık olmasına rağmen, birlikte büyümüş olmalarına rağmen neden evlenemeyecekler biliyor musunuz?" diye fısıldadı.

"Hayır efendim, bilmiyorum."

"Çünkü adam eşcinsel," diye fısıldadı Minton. "Eşim bir dizinden bunu da anlayabilir."

56
Kendine yeten bir sincap kafesi

Kitaptan öğrendiğim üzere, Lionel Boyd Johnson ile Onbaşı Earl McCabe anadan üryan halde San Lorenzo kıyılarına vurduğunda, kendilerinden çok daha kötü durumda olan insanlar tarafından karşılanmış. San Lorenzo halkının hastalıklardan başka hiçbir şeyi yokmuş ve onları da tedavi etmekten, hatta tanımlamaktan bile acizlermiş. Buna karşılık Johnson ile McCabe tahsil, hırs, merak, cüret, ataklık, sağlık, mizah anlayışı ve dış dünya hakkında kayda değer bilgiler türünden ışıltılı hazinelere sahipmiş.

Bir başka 'Kalipso':

Ah ne sefil insanlar
Buldum ben burada.
Ne dinleyecek müzikleri var,
Ne de içecek biraları.
Üstelik nereye
Tünemek isteseler,
Orası ya Castle Şeker Şirketi'ne ait,
Ya da Katolik Kilisesi'ne.

Philip Castle'a göre San Lorenzo'daki 1922 tarihli bu mülkiyet beyanı tamamen doğrudur. Castle Şeker, tesadüf eseri Philip Castle'ın büyük dedesi tarafından kurulmuş. 1922 tarihinde şirket adadaki tüm ekilebilir arazilerin sahibiymiş.

"Castle Şeker'in San Lorenzo yatırımları," diye yazıyordu genç Castle, "hiçbir zaman kâr getirmedi. Ancak işçilere emeklerinin karşılığında ödeme yapılmaması sayesinde şirket ayakta kalmayı başardı. Elde edilen gelir ancak işçilere işkence yapan ustabaşıların maaşlarını karşılamaya yetiyordu.

"Ülkede yönetim biçimi anarşiydi; tabii Castle Şeker'in bir şeye sahip olmak ya da bir işi yaptırmak istediği sınırlı sayıda durumun haricinde. Bu gibi durumlarda yönetim anlayışı feodalizme dönüyordu. Soylular sınıfı, hepsi dış dünyadan gelmiş tepeden tırnağa silahlı beyaz adamlardan, Castle Şeker'in şekerkamışı tarlalarının patronlarından oluşuyordu. Şövalye sınıfıysa ufak hediyeler ve saçma sapan imtiyazlar karşılığında kimi isterseniz öldüren, yaralayan ya da işkence yapan yerli seçkinlerden derlenmişti. Bu şeytani sincap kafesine hapsedilmiş halkın ruhani ihtiyaçlarıysa bir avuç yağ tulumuna dönmüş rahip tarafından karşılanıyordu.

"1923 yılında dinamitlenerek havaya uçurulan San Lorenzo Katedrali, Yeni Dünya'nın insan elinden çıkma harikalarından biri sayılırdı," diye yazıyordu Castle.

57
Nahoş bir rüya

Bizim Onbaşı McCabe ile Johnson'ın San Lorenzo'nun yönetimini ellerine geçirmesi pek de mucize kabilinden bir durum değildi. Daha önce birçokları San Lorenzo'yu ele geçirmişti ve hepsi bunu kolaylıkla başarmıştı. Bunun sebebi basitti: Tanrı o adayı, o sonsuz bilgeliğiyle değersiz bir yer olarak yaratmıştı.

Faydasız San Lorenzo fatihi arasında kayıtlara ilk geçen, Hernando Cortes idi. Cortes ve adamları 1519'da içme suyu bulmak için adaya çıkmış, bu topraklara ismini vermiş ve İmparator Şarlken adına el koyarak bir daha ayak basmamış. Bunu takip eden seferler altın, elmas, yakut veya baharat elde edebilmek amacıyla gerçekleştirilmiş. Hiçbir şey bulamayan denizciler eğlence olsun diye birkaç kâfir yerliyi yaktıktan sonra yoluna devam etmiş.

Şöyle yazıyordu Castle:

'Fransa 1682'de San Lorenzo'ya el koyduğunda, İspanyollar itiraz etmedi. Danimarka 1699'da San Lorenzo'ya el koyduğunda, Fransızlar itiraz etmedi. Hollandalılar 1704'te San Lorenzo'ya el koyduğunda, Danimarkalılar itiraz etmedi. İngiltere 1706'da San Lorenzo'ya el koyduğunda, Hollandalılar itiraz etmedi. İspanya 1720'de San Lorenzo'ya yeniden el koyduğunda, İngilizler itiraz etmedi. Afrikalı zenciler 1786'da bir İngiliz köle gemisini ele geçirip San Lorenzo kıyılarına çıkarak burayı bağımsız bir ülke, imparatoru olan bir imparatorluk ilan ettiğinde, İspanyollar hiç itiraz etmedi.

İmparatorun adı Tum-bumwa'ydı ve adayı savunmaya değer gören tek kişiydi. Bir kaçık olan Tum-bumwa, San Lorenzo Katedrali'ni ve adanın kuzey kıyısındaki muazzam surları yaptırdı. Bu surlar bugün Cumhuriyet'in sözde başkanının özel konutunun sınırları içinde kalmıştır.

Surlar hiçbir zaman saldırıya uğramamıştır ve aklı başında herhangi bir insan neden saldırılması gerekeceği konusunda fikir yürütememiştir. Surlar hiçbir zaman hiçbir şeyi korumamıştır. Yapılışları sırasında bin dört yüz kişinin öldüğü rivayet edilir. Bu bin dört yüz kişinin yarısı, yeterince şevkle çalışmayan işçilere ibret olsun diye idam edilmiş.'

Castle Şeker, San Lorenzo'ya 1916 yılında, I. Dünya Savaşı sırasında yaşanan şeker patlamasında gelmiş. Adada herhangi bir hükümet yokmuş. Şirket, şeker fiyatları o kadar yükselince San Lorenzo'nun killi ve çakıllı topraklarının bile kârlı şekilde işletilebileceğini düşünmüş. Kimse itiraz etmemiş.

McCabe ile Johnson 1922'de adaya gelip yönetimi ele aldıklarını ilan ettiklerinde, Castle Şeker nahoş bir rüyadan uyanmışçasına kuzu kuzu aradan çekilmiş.

58
Farklı bir tiranlık

"San Lorenzo'nun yeni fatihlerinin en azından yeni bir özelliği vardı," diye yazıyordu genç Castle. "McCabe ile Johnson, San Lorenzo'yu bir ütopyaya dönüştürme hayalini taşıyordu.

"Bu amaç doğrultusunda McCabe, ekonomiyi ve hukuku elden geçirdi.

"Johnson da yeni bir din kurdu."

Castle, yine 'Kalipsolar'dan bir alıntıya yer vermişti:

İstedim ki her şey
Anlamlı olsun;
Böylece herkes sinirli değil,
Mutlu olsun.
Yalanlar uydurdum
Gayet iyi uyan,
Ve bu sefil dünyayı
Cennet katına koyan.

Kitaba dalmışken biri kolumdan çekiştirdi. Başımı kaldırdığımda minik Newt Hoenikker yanı başımda dikiliyordu. "Belki bara gidip bir iki kadeh parlatmak istersiniz diye düşündüm," dedi.

Böylece gidip birkaç kadeh yuvarladık ve Newt'ın dili bana Rus cüce arkadaşı dansçı Zinka'yı anlatacak kadar çözüldü. Söylediğine göre aşk yuvaları babasının Cape Cod'daki eviymiş.

"Belki hiçbir zaman evlenemeyeceğim ama en azından balayımı yaşadım," dedi.

Zinka ile Felix Hoenikker'in denize bakan eski beyaz hasır koltuğuna birbirlerinin kolları arasına kıvrılmış halde geçirdikleri huzur dolu saatlerden bahsetti.

Zinka onun için dans edermiş.

"Düşünsenize, yalnızca benim için dans eden bir kadın."

"Görüyorum ki hiçbir şeyden pişman değilsiniz."

"O kadın benim kalbimi kırdı. Bundan pek hoşnut kaldığımı söyleyemem. Ancak bedeli buydu. Bu dünyada her şeyin bedeli vardır."

Dingin ve şık bir tavırla kadehini kaldırdı. "Sevgililere ve eşlere," diye bağırdı.

59
Kemerlerinizi bağlayın

San Lorenzo ufukta göründüğünde, Newt, H. Lowe Crosby ve birkaç yabancıyla beraber barda oturuyordum. Crosby, lavuklardan bahsediyordu. "Lavuk derken ne kast ettiğimi anlıyorsunuz değil mi?"

“Kelimenin ne anlama geldiğini biliyorum,” dedim, “ama sizde uyandırdığı anlamları bende çağrıştırmadığı aşikâr.”

Crosby kafayı bulmuştu ve bütün sarhoşlar gibi sevecenlikle konuştuğu sürece aklından geçen her lafı açık yüreklilikle söyleyebileceği yanılgısı içerisindeydi. Ve o ana dek barda bulunan kimsenin dile getirmediği bir konu olan Newt'ın boyu üzerine açık yüreklilikle ve sevecenlikle konuşmaktaydı.

“Bunun gibi cüce kardeşlerimizden bahsetmiyorum.” Crosby kocaman elini Newt'ın omzuna koydu. “Bir adamı lavuk yapan boyu değildir. Kafasının çalışma biçimidir. Ben bu ufak kardeşimizden dört kat daha büyük adamlar gördüm ki hepsi de lavuğun önde gideniydi. Bir de ufaklıklar -bu kadar olmasa da bayağı ufak tipler- gördüm ki adam gibi adam derim ben onlara.”

“Teşekkür ederim,” dedi Newt memnuniyetle ve omzundaki hayvani ele bir kez olsun dönüp bakmadan. Öylesine aşağılayıcı bir bedensel özre o kadar uyum sağlamış başka bir insan evladı görmedim. Hayranlıkla ürperdim.

“Lavuklardan söz ediyordunuz,” dedim Crosby'ye, Newt'ı onun elinin ağırlığından kurtarmak umuduyla.

“Tabii ya.” Crosby sırtını dikleştirdi.

“Bize lavuğun ne demek olduğunu anlatmadınız hâlâ,” dedim.

“Lavuk dediğin, kendini çok akıllı zanneder ve çenesini asla tutamaz. Karşısındaki ne söylerse söylesin illa ki karşı çıkar. Siz bir laf edersiniz ve o da hemen dikilip nasıl yanıldığınızı anlatmaya başlar. Lavuk, size kendinizi aptal gibi hissettirmek için sürekli olarak elinden geleni yapar. Ne söylerseniz söyleyin, o hep daha iyisini bilir.”

"Pek hoş karakter özellikleri olduğu söylenemez," diye yorum yaptım.

"Bir defasında kızım lavuğun tekiyle evlenmek istemişti," dedi Crosby gizemli bir edayla.

"Öyle mi?"

"Böcek gibi ezdim herifi." Crosby, lavuğun sözleri ve yaptıklarının anısıyla yumruğunu bara indirdi. "Hey yarabbi!" dedi, "biz üniversiteye gitmedik sanki!" Bakışları yeniden Newt'a döndü. "Sen üniversiteye gittin mi?"

"Cornell," dedi Newt.

"Cornell!" diye sevinçle haykırdı Crosby. "Şu işe bak! Ben de Cornell'e gittim."

"O da." Newt başıyla beni işaret etti.

"Üç Cornell mezunu aynı uçakta!" dedi Crosby ve lüzumsuz bir *granfalon* şenliği daha yaşadık.

Ortalık biraz durulunca Crosby, Newt'a ne işle uğraştığını sordu.

"Boya işleri."

"Ev mi boyuyorsun?"

"Ressamım."

"İşe bak ulan!" dedi Crosby.

O sırada hostes, "Lütfen koltuklarınıza dönün ve kemerlerinizi bağlayın," diye uyardı. "Bolivar'ın Monzano Havalimanı üzerindeyiz."

"Ulu Tanrım! Dur bir saniye, dur," Crosby başını eğerek Newt'a baktı. "Şimdi farkettim de ben senin ismini daha önce duymuştum."

"Babam, atom bombasının babasıydı." Felix Hoenikker'in atom bombasının babalarından *biri* olduğunu değil, doğrudan *babası* olduğunu söylemişti Newt.

"Oradan hatırlıyorum yani," dedi Crosby.

"Oradan hatırlıyorsunuz."

"Benim aklıma gelen başka bir şeydi," dedi Crosby. Bir süre düşündü. "Bir dansçıyla alakalı bir şeyler galiba."

"Artık yerlerimize otursak iyi olacak," dedi Newt hafiften gerilerek.

"Bir Rus dansçıydı galiba." Crosby sesli düşünmekte sakınca görmeyecek kadar alkollüydü. "O dansçının casus olabileceğiyle ilgili bir makale okuduğumu hatırlıyorum."

"Lütfen beyler," dedi hostes. "Yerlerinize dönüp kemerlerinizi bağlamanız gerekiyor artık."

Newt masum gözlerle H. Lowe Crosby'ye bakıyordu. "Hatırladığınız ismin Hoenikker olduğuna emin misiniz?" Sonra da bir yanlış anlama ihtimalini ortadan kaldırmak için Crosby'ye soyadını harf harf saydı.

"Yanılıyor da olabilirim," dedi H. Lowe Crosby.

60
Yoksun bir ulus

Adanın havadan görünen şekli, inanılmaz derecede düzgün bir dikdörtgendi. Denizden yukarıya acımasız görünüşlü faydasız taş direkler yükseliyordu.

Adanın güney ucunda liman şehri Bolivar vardı.

Tek şehir oydu.

Başkentti.

Batak bir düzlüğe kurulmuştu. Monzano Havalimanı'nın pistleri deniz tarafındaydı.

Bolivar'ın hemen kuzeyinde dağlar aniden keskin bir yükselişe geçiyor, adanın geri kalanını zalim kamburlarıyla dolduruyordu. Sangre de Cristo, yani İsa'nın Kanı Dağları deniyordu bunlara ama bana yalak başındaki domuzlar gibi görünmüşlerdi.

Bolivar'ın birçok ismi vardı; Caz-ma-caz-ma, Santa Maria, Saint Louis, Saint George ve Zafer Limanı bunlardan bazılarıydı. Yeni ismi kente, 1922'de Johnson ile McCabe tarafından büyük Latin Amerikalı idealist ve kahraman Simon Bolivar'ın onuruna verilmişti.

Johnson ile McCabe geldiklerinde şehir çalı çırpıyla, tenekelerle, meyve sandıklarıyla, çamurla kurulu haldeydi ve trilyonlarca mutlu ceset soyguncusunun gömülü olduğu, ekşi balçık, pislik ve artık bulamacının içine kazılmış yeraltı mezarlarının üstünde yükseliyordu.

Ben de şehri aşağı yukarı o halde buldum. Şimdi tek farkı, kıyı boyunca sıralanmış yeni binalardan oluşan sahte mimari yüzdü.

Johnson ile McCabe halkı sefalet ve pislikten kurtaramamıştı.

'Baba' Monzano da yapamamıştı bunu.

Herkes çuvallamaya mahkumdu, çünkü San Lorenzo, Sahra Çölü'nün ortasındaki ya da kutup dairesindeki bir arazi kadar verimsizdi.

Diğer yandan nüfusu, Çin ile Hindistan dahil olmak üzere dünyanın en kalabalık yerlerini aratmayacak kadar yoğundu. Her bir yaşanamaz kilometrekaresinde yüz yetmiş dört insan vardı.

'McCabe ile Johnson'ın San Lorenzo'yu yeniden düzenleme sürecinin idealist safhasında, ülkenin toplam gelirinin tüm yetişkin vatandaşlar arasında eşit olarak paylaşılacağı duyurulmuştu,' diye yazıyordu Philip Castle. 'Bunu yapmayı ilk ve son kez denediklerinde kişi başına altı ila yedi dolar arasında bir para düşmüştü.'

61
Bir onbaşının değeri

Monzano Havalimanı'ndaki gümrük kulübesinde hepimizin bavulları kontrol edildi ve San Lorenzo'da harcamayı düşündüğümüz miktarda parayı yerel para birimi olan *Onbaşı*'ya çevirdik. 'Baba' Monzano bir *Onbaşı*'nın elli Amerikan sentine denk olduğunda ısrar ediyordu.

Gümrük kulübesi yeni ve tertipliydi ama duvarlarına şimdiden karman çorman bir sürü afiş yapıştırılmıştı bile.

SAN LORENZO'DA BOKONONCULUK YAPARKEN YAKALANANIN CEZASI KANCADIR! yazıyordu bir tanesinde.

Bir diğer afişteyse Bokonon'un resmi vardı. Purosu ağzında, bir deri bir kemik, siyahi bir ihtiyar. Akıllı, iyi yürekli, eğlenceli bir adama benziyordu.

Resmin altında şu sözler yazılıydı:

ARANIYOR

ÖLÜ YA DA DİRİ GETİRENE 10.000 ONBAŞI ÖDÜL!

Afişe daha yakından baktım ve alt taraflarında bir yerde Bokonon'un 1929 yılında doldurmak zorunda kaldığı bir tür polis tutanağının da afişe eklendiğini gördüm. Bokonon avcıları onun parmak izlerinin ve el yazısının neye benzediğini görebilsinler diye koymuşlardı anlaşılan bunu afişe.

Benim asıl ilgimi çekense, Bokonon'un 1929'da sorulara cevap olarak yazdığı bazı kelimelerdi. Her seferinde meseleye olabildiğince kozmik bir bakış açısıyla yaklaşmış, hayatın kısalığı ve sonsuzluğun uzunluğu gibi kavramları göz önünde bulundurmuştu.

Meslek sorusuna cevabı şuydu: 'Yaşamak'.

Başlıca uğraş sorusunaysa 'Ölmek' diye cevap vermişti.

'BURASI HIRİSTİYAN BİR ÜLKEDİR! BÜTÜN AYAK OYUNLARININ CEZASI KANCADIR', diyordu bir başka afişte. Bu bana anlam ifade etmemişti, çünkü o zamanlar Bokononcuların ayak tabanlarını birbirlerine bastırarak ruhlarını kavuşturduğunu henüz bilmiyordum.

Philip Castle'ın kitabının tümünü okumadığım için en çok merak ettiğim şey, Onbaşı McCabe'in can dostu olan Bokonon'un nasıl olup da bir kanun kaçağına dönüştüğüydü.

62
Hazel neden korkmuyordu?

San Lorenzo'da uçaktan yedi kişi inmiştik: Newt ve Angela, Büyükelçi Minton ve karısı, H. Lowe Crosby ve karısı ve ben. Gümrük kontrolünden sonra bizi dışarıya alıp bir tribüne çıkardılar.

Orada karşımızda son derece sessiz bir kalabalık bulduk.

Beş binden fazla San Lorenzolu bize bakıyordu. Ada halkının teni yulaf ezmesi rengindeydi. İnsanlar bir deri bir kemikti. Aralarında bir tane bile şişman yoktu. Herkesin dişleri dökülmüştü. Çoğunun bacakları çarpık ya da şişti.

Gözlerinde fer olan bir kişi bile yoktu.

Kadınların göğüsleri açıktaydı ve hepsi pörsümüştü. Erkeklerin giysi niyetine sarındığı paçavralar, eskinin dolaplı saatlerindeki sarkaçlar gibi sallanan aletlerini gizlemeye yetmiyordu.

Ortalıkta bir sürü köpek vardı ama teki bile havlamıyordu. Bir sürü bebek vardı ama teki bile ağlamıyordu. Arada sırada birkaç kişi öksürüyordu ama başkaca ses duyulmuyordu.

Kalabalığın önündeki askeri bando hazırolda duruyordu. Çalmıyordu.

Bandonun önünde bir sancak kıtası vardı. İki bayrak taşıyorlardı: ABD bayrağı ve San Lorenzo bayrağı. San Lorenzo bayrağı, lacivert zemin üzerine işlenmiş Deniz Piyade onbaşısı pırpırından oluşuyordu. Bayraklar durgun havada öylece sarkıyordu.

Uzakta bir yerlerde tokmağın pirinç gonga ağır ağır vurduğunu duyar gibi oldum. Gerçekte öyle bir ses yoktu tabii. Ruhum, San Lorenzo ikliminin cırtlak, kafa ütüleyen sıcağıyla çınlıyordu sadece.

"İyi ki burası Hıristiyan bir ülkeymiş," diye fısıldadı Hazel Crosby kocasının kulağına, "yoksa biraz korkabilirdim."

Arkamızda bir ksilofon vardı.

Ksilofonun üzerinde ışıltılı bir tabela asılıydı. Sahte elmas ve lal taşlarından yapılmıştı bu tabela.

Üstünde MONA yazıyordu.

63
Saygılı ve özgür

Tepesinde olduğumuz izleme standının sol tarafında yan yana dizilmiş altı adet pervaneli savaş uçağı vardı ve San Lorenzo'ya Birleşik Devletler'den askeri yardım olarak verilmişlerdi. Her uçağın gövdesine çocukça bir kana susamışlıkla şeytanı öldüren boa yılanı resmedilmişti. Şeytanın ağzından, burnundan ve kulaklarından kanlar boşanıyordu. İblisin yabası kızıl parmaklarından kayıp düşüyordu.

Her uçağın önünde yine yulaf ezmesi tenli bir pilot duruyordu; onlar da sessizdi.

Bu gittikçe kabaran sessizliğin içinden sivrisinek vızıltısına benzer bir ses yükselmeye başladı. Yaklaşan bir sirendi bu. 'Baba'nın gıcır gıcır siyah Cadillac limuziniydi gelen.

Limuzin, lastiklerinden dumanlar tüterek önümüzde durdu.

İçinden 'Baba' Monzano, manevi kızı Mona Aamons Monzano ve Franklin Hoenikker indi.

'Baba'nın buyurgan fakat cansız bir el işaretiyle birlikte kalabalık, San Lorenzo Milli Marşı'nı söylemeye başladı. Marşın bestesi meşhur kovboy şarkısı 'Home on the Range' ile aynıydı. Sözler 1922'de Lionel Boyd Johnson, yani Bokonon tarafından yazılmıştı. Güfte şuydu:

Bizim güzel adamızda
Yaşamak bambaşka,
Erkekleri korkusuz köpekbalığı misali;

Kadınları saf ve erdemli,
Hepimiz pek iyi biliriz
Çocuklarımızın emsali biziz.
San, San Lo-ren-zo!
Ne zengin, ne talihli adadır bu!
Düşmanlarını sindirir korku,
Çünkü dize geleceklerini bilir,
Bu saygılı ve özgür halkın hakkını verir.

64
Huzur ve bereket

Marş bitince kalabalık yine ölüm sessizliğine büründü.

'Baba', Mona ve Frank tribüne geldi. Onlar tribüne çıkarken tek bir trampet kendilerine eşlik etti. 'Baba' parmağıyla trampetçiye işaret edince tıpırtı kesildi.

Gömleğinin üstüne astığı omuz kılıfında krom kaplı bir 45'lik tabanca taşıyordu. *Karass* üyelerimin birçoğu gibi o da yaşlı, çok yaşlı bir adamdı. Kötü görünüyordu. Kısa adımlarını ayaklarını sürüyerek atabiliyordu. Hâlâ şişman bir adamdı ama yağları hızla eriyordu, zira basit üniforması üstünden akıyordu. Kurbağa gözlerinin akları sararmıştı. Elleri titriyordu.

Kişisel koruması, beyaz üniforması içindeki Tümgeneral Franklin Hoenikker'di. İnce bilekli, dar omuzlu bir adam olan Frank, yatma saati çoktan geçmiş bir çocuğu andırıyordu. Göğsünde bir madalya asılıydı.

İkisini, yani 'Baba' ile Frank'i takip etmekte güçlük çekiyordum; görüş açım kapalı olduğundan filan değil, gözlerimi Mona'dan alamadığım için. Kendimden geçmiştim, kalbim paramparçaydı, coşku içindeydim, delirmiştim. Bir kadının nasıl olması gerektiği konusunda o güne dek kurduğum tüm açgözlü, mantıkdışı hayaller Mona'da vücut bulmuştu. Tanrı o sıcacık, kaymak gibi ruhunu korusun. Sonsuza dek yetecek kadar huzur ve bereket vardı onda.

O kız -ki henüz on sekizindeydi- mest edici bir dinginliğe sahipti. Her şeyi anlıyor gibiydi ve anlaşılması gereken her şey de oydu. *Bokonon'un Kitapları*'nda adı geçiyordu. Bokonon'un onun hakkında sarf ettiği sözlerden biri şuydu: 'Mona, mutlak sadeliğin vücut bulmuş halidir.'

Elbisesi beyaz bir tunikti.

Minik kahverengi ayaklarına topuksuz sandaletler giymişti.

Açık sarı renkteki saçları uzun ve dümdüzdü.

Kalçaları bir liri andırıyordu.

Ah Tanrım!

Sonsuz huzur ve bereket.

San Lorenzo'daki tek güzel kız oydu. Milli servetti. Philip Castle'ın yazdığına göre, 'Baba' yönetim anlayışının katılığına ilahi bir boyut katmak için onu manevi evladı ilan etmişti.

Ksilofon tribünün ön tarafına getirildi. Ve aleti Mona çaldı. Seçtiği şarkı 'When Day Is Done' idi. Şarkı baştan sona tremolo tekniğiyle çalındı; ton yükseliyor, alçalıyor, gene yükseliyordu.

Kalabalığın bu güzellikten başı dönmüştü.

Şarkının sonunda sıra 'Baba'nın bizi karşılamasına geldi.

65
San Lorenzo'ya gelmek için uygun zaman

Zamanında Onbaşı McCabe'in kâhyası olan 'Baba', kendi kendini yetiştirmiş bir adamdı. Adadan dışarıya hiç çıkmamıştı. Düzgün bir Amerikan İngilizcesi ile konuşuyordu.

Kıyamet borusu misali feryat figan bağıran hoparlörler, tribünde ettiğimiz her kelimeyi kalabalığa duyuruyordu.

O hoparlörlerden çıkan tüm sesler kalabalığın arkasındaki geniş ve kısa cadde boyunca yayılıp, nihayetindeki cephesi cam kaplı üç yeni binadan yankılanarak çatlak çatlak bize dönüyordu.

"Hoş geldiniz," dedi 'Baba'. "Amerika'nın gelmiş geçmiş en iyi dostu olan ülkeye ayak basmış bulunuyorsunuz. Amerika birçok yerde yanlış anlaşılıyor ama burası o yerlerden biri değil, Sayın Büyükelçi." Bisiklet imalatçısı H. Lowe Crosby'yi yeni büyükelçi zanneden 'Baba', eğilerek kendisini selamladı.

"Gayet nezih bir ülkeniz olduğunu iyi biliyorum, Sayın Başkan," dedi Crosby. "Bugüne dek hakkınızda kulağıma gelen her şey mükemmeldi. Ancak tek bir sorun var ki..."

"Nedir?"

"Büyükelçi ben değilim," dedi Crosby. "Olmak isterdim ama ben yalnızca sıradan bir işadamıyım." Gerçek büyükelçinin kim olduğunu söylemek adamın yüreğini burkmuştu. "Asıl kodaman, bu bey."

"Ya!" 'Baba' yaptığı hataya güldü. Gülümseme saman alevi gibi geçti gitti. Bir yerine giren sancıyla yüzünü buruşturdu, iki büklüm oldu, gözlerini yumdu, duyduğu acıyı hafifletmeye odaklandı.

Frank Hoenikker beceriksizce yardıma koştu. "İyi misiniz?"

"Affedersiniz," diye fısıldadı en sonunda 'Baba' hafifçe doğrularak. Gözlerinden yaş gelmişti. Sırtını dikleştirip eliyle gözlerini kuruladı. "Affınıza sığınıyorum."

Bir an nerede olduğunu, nasıl davranması gerektiğini bilemez gibi bir hal sergiledi. Sonra toparladı. Horlick Minton'ın elini sıktı. "Burada dostlar arasında olacaksınız."

"Bundan hiç şüphem yok," diye nazikçe yanıtladı onu Minton.

"Hıristiyanlar arasında," dedi 'Baba'.

"İyi."

"Anti-Komünistler arasında," dedi 'Baba'.

"İyi."

"Burada bir tek komünist bulamazsınız, kancadan ödleri kopar," dedi 'Baba'.

"Eminim öyledir."

"Buraya gelmek için mükemmel bir zaman seçtiniz," dedi 'Baba'. "Yarın ülkemiz tarihinin en mutlu günlerinden birini idrak edeceğiz. Yarın bizim en büyük milli bayramımız olan Yüz Demokrasi Şehidi Günü. Ayrıca Tümgeneral Hoenikker ile Mona Aamons Monzano'nun, yani benim ve San Lorenzo'nun hayatındaki en kıymetli insanın nişan töreni gerçekleştirilecek."

"Size mutluluklar dilerim, Bayan Monzano," dedi Minton sıcak bir tavırla. "*Sizi* de tebrik ederim, General Hoenikker."

İki genç başlarını öne eğerek teşekkürlerini belirtti.

Minton lafı sözde Yüz Demokrasi Şehidi'ne getirdi ve yalanın daniskasını salladı. "San Lorenzo'nun II. Dünya Savaşı'ndaki soylu fedakârlıklarını bilmeyen tek bir Amerikalı çocuk yoktur. Yarın anılacak olan yüz cesur San Lorenzolu özgürlük aşığı, bir insanın verebileceğinin en fevkaladesini vermiştir. Amerika Birleşik Devletleri Başkanı, benden yarınki törende kendisini bizzat temsil etmemi, Amerikan halkının San Lorenzolulara armağanı olan çelengi denize bırakmamı rica ettiler."

"San Lorenzo halkı size ve başkanınıza, ayrıca pek cömert Amerikan halkına bu düşünceli davranıştan ötürü teşekkürlerini sunar," dedi 'Baba'. "Çelengi yarınki nişan töreni esnasında denize bırakabilirseniz, şeref duyarız."

"O şeref bana aittir."

'Baba' hepimize çelenk seremonisinde ve nişan töreninde hazır bulunmamızı buyurdu. Öğle vakti sarayında olacaktık.

Frank ve Mona'yı göstererek, "Şu ikisinin ne güzel çocukları olacaktır, düşünsenize!" dedi 'Baba'. "Nasıl bir kan bu! Nasıl bir güzellik bu!"

Sonra yine sancısı tuttu.

Bir kez daha gözlerini yumup iki büklüm oldu.

Sancının dinmesini bekledi ama bu kez olmadı.

Acılar içinde bizi ardında bırakıp kalabalığa ve mikrofona döndü. Kalabalığa doğru bir harekette bulunmaya çalıştı ama başaramadı. Kalabalığa bir şey söylemeye çalıştı ama başaramadı.

Sonra ağzından sözcükler döküldü. "Evinize gidin," diye bağırdı boğularak. "Evinize gidin!"

Kalabalık çil yavrusu gibi dağıldı.

'Baba' tekrar bize dönüğünde yüzü hâlâ acıdan çarpılmış haldeydi.

Sonra yığıldı kaldı.

66
En güçlü şey

Ölmemişti.

Ama kesinlikle ölü gibi görünüyordu; sadece tüm ölü gibi görüntüsüne rağmen arada sırada titriyordu.

Frank avazı çıktığı kadar bağırarak 'Baba'nın ölmediğini, *ölemeyeceğini* haykırıyordu. Çıldırmıştı. "Hayır, 'Baba'! Ölemezsin! Hayır, olamaz!"

'Baba'nın yakasını çözdü, bileklerini ovmaya başladı. "Açılın, hava alsın! 'Baba' hava alsın!"

Savaş pilotları koşarak yardıma geldi. İçlerinden biri havalimanının ambulansını çağırmaya gidecek kadar sağduyulu çıktı.

Herhangi bir talimat almayan bando ve sancak kıtası hazırolda bekliyordu.

Mona'ya bakındım ve dingin kaldığını, tribünün tırabzanına doğru gerilediğini gördüm. Ölüm -eğer ki bir ölüm söz konusuysa- onu pek etkilemişse benzemiyordu.

Mona'nın yanında bir pilot duruyordu. Adam ona bakmıyordu ama bir terlemesi vardı ki, bunun ona o kadar yakın durmasından kaynaklandığını düşündürdü bana.

'Baba' hafiften kendine gelir gibi olmuştu. Kapana kısılmış kuş misali çırpınan eliyle Frank'i işaret etti. "Sen..." dedi.

Hepimiz susmuş, ne diyeceğini bekliyorduk.

Dudakları kımıldıyordu ama fokurtuya benzer sesler dışında bir şey çıkmıyordu.

Herkese o an muhteşem bir fikirmiş gibi görünen bir şey yaptı birisi ama bugün geriye dönüp bakıldığında, aslında korkunç bir fikir olduğu anlaşılıyor. Birisi, sanırım bir pilot, mikrofonu yuvasından çıkardı ve söylediklerini herkes duyabilsin diye 'Baba'nın köpüren dudaklarına yaklaştırdı.

Böylece ölüm hırıltıları ve yükselip alçalan iniltiler, caddenin ucundaki yeni binaların cephelerinden yansımaya başladı.

Sonra sözcükler duyuldu.

"Sen," dedi 'Baba' boğuk bir sesle, "sen -Franklin Hoenikker- San Lorenzo'nun benden sonraki başkanı olacaksın. Bilim... Sende bilim var. Bilim en güçlü şeydir."

"Bilim," diye tekrarladı 'Baba'. "Buz." Sarı gözlerini devirdi ve tekrar kendinden geçti.

Mona'ya baktım.

Yüzündeki ifade değişmemişti.

Ancak hemen yanındaki pilotun yüzü Kongre Şeref Madalyası alıyormuşçasına bir zevkle kasılıp kalmıştı.

Bakışlarımı aşağıya indirdim ve görmemem gerekeni gördüm.

Mona sandaletini çıkarmıştı. Minik esmer ayağı çıplaktı.

Ve o ayağını pilotun postalının üst kısmına müstehcen bir şekilde sürtüyor, sürtüyor, sürtüyordu.

67

Gah-ı-n-coğğ-yyı

'Baba' ölmedi; en azından o anda ölmedi.

Havalimanının kocaman kırmızı ambulansıyla götürüldü.

Mintonlar bir Amerikan limuziniyle elçilik binasına götürüldü.

Newt ile Angela, bir San Lorenzo limuziniyle Frank'in evine götürüldü.

Crosbyler ve ben de San Lorenzo'nun tek taksisi olan, cenaze arabasından bozma, koltukları katlanan bir 1939 model Chrysler limuzinle Casa Mona Otel'e götürüldük. Taksinin kapısında Castle Taşımacılık yazıyordu. Şirketin sahibi Philip Castle, yani Casa Mona'nın sahibi ve röportaj yapmaya geldiğim, bencillikten tamamen arınmış olan adamın oğluydu.

Crosbyler de ben de sarsılmıştık. İçinde bulunduğumuz dehşet, kendini bir an önce cevaplanmasını istediğimiz sorularda gayet iyi ifade ediyordu. Crosbyler, Bokonon'un kim olduğunu öğrenmek istiyorlardı. Birilerinin 'Baba' Monzano'ya muhalefet yapabileceği düşüncesi onların kanını donduruyordu.

Benim derdimse -bundan tamamen alakasız olsa da-Yüz Demokrasi Şehidi'nin kim olduğunu öğrenmekti.

Önce Crosbyler sorularının cevabını aldı. San Lorenzo lehçesini anlayamadıklarından kendilerine tercüme etmek durumunda kaldım. Crosby'nin taksiciye sorduğu soru temel olarak şu minvaldeydi: "Kim lan bu Bokonon denen lavuk?"

"Çok kötü adam," dedi taksici. Ağzından çıkanlar aslında, "*Şok göti haddahmmm*," şeklindeydi.

"Komünist mi bu?" diye sordu Crosby benim tercümemi dinledikten sonra.

"Tabppii yuv."

"Takipçileri var mı?"

"Nassağ?"

"Yani adamı seven kimse var mı?"

"Yok canım, mümkün değil," dedi sürücü adeta dinsel bir saygıyla ve benim tercümemle. "Kimse o kadar delirmedi."

"Neden yakalanmıyor peki?" diye sordu Crosby.

"Adamı bulmak zor," dedi taksici. "Çok akıllı."

"Onu saklayan, yardım eden birileri olmalı, yoksa şimdiye yakalanırdı."

"Kimse saklamaz onu; kimse yardım etmez. Millet salak değil."

"Emin misin?"

"Eminim tabii," dedi taksici. "Her kim o yaşlı deliye yiyecek verir, kim yatacak yer gösterirse kancayı boylayacağını bilir. Kimse göze alamaz kancayı."

Son sözcüğü şu şekilde telaffuz etmişti: "*gah-ı-n-coğğyyı.*"

68

Yuzz tamok-razza şak-hi-ddi

Taksiciye Yüz Demokrasi Şehidi'nin kim olduğunu

sordum. Üstünde ağır ağır ilerlediğimiz caddenin isminin Yüz Demokrasi Şehidi Caddesi olduğunu görmüştüm.

Taksici, Pearl Harbour'ın bombalanmasından bir saat sonra San Lorenzo'nun Almanya ve Japonya'ya savaş ilan ettiğini anlattı.

San Lorenzo, demokrasi saflarında savaşmak üzere yüz adam toplayıp askere almış. Bunlar eğitim ve silah verilmek üzere bir gemiye bindirilip Amerika Birleşik Devletleri'ne gönderilmiş.

Gemi, Bolivar Limanı'ndan çıkar çıkmaz bir Alman denizaltısı tarafından batırılmış.

"O hadd-ıhm-lağ," dedi, "*yuzz tamok-razza şak-hi-ddi-dir.*"

"O adamlar," demişti yani San Lorenzo ağzıyla, "Yüz Demokrasi Şehidi'dir."

69
Büyük bir mozaik

Crosbyler ile yeni bir otelin ilk konukları olmak gibi garip bir deneyim yaşadık. Casa Mona'nın kayıt defterini ilk imzalayanlar bizdik.

Crosbyler resepsiyona benden önce gelmişti ama H. Lowe Crosby bomboş defter karşısında öylesine apışıp kalmıştı ki kendini toparlayıp imza atamıyordu. Bir süre öylece düşünmek zorunda kaldı.

"Sen imzala," dedi bana. Sonra da batıl inançları olduğunu düşünmemi engellemek istercesine, lobinin duvarındaki taze sıvaya gömülmüş büyük mozaiği işleyen adamın fotoğrafını çekmek istediğini belirtti.

Mozaik, Mona Aamons Monzano'nun portresiydi. Altı metre yüksekliğindeydi. Mozaiği yapan adamsa genç ve adaleli birisiydi. Bir merdivenin tepesindeydi. Üstünde sadece beyaz bir pantolon vardı.

Beyaz tenli bir adamdı.

Altın kaplama parçacıklarla Mona'nın kuğu boynunun arkasındaki ince tüyleri yapıyordu.

Crosby fotoğrafını çekmek üzere yanına gitti, sonra da adamın o güne dek karşılaştığı en büyük lavuk olduğunu bildirmek üzere geri geldi. Anlatırken suratı kıpkırmızı kesilmişti. "Adama ne söylesen aksini iddia ediyor yahu!"

Bunun üzerine mozaikçinin yanına gittim, yaptığı işi bir süre izledim ve sonra ona, "Size imreniyorum," dedim.

"En başından biliyordum bunu," diyerek iç geçirdi. "Yeterince sabredip beklersem, günün birinde birinin çıkıp bana imreneceğini biliyordum. Kendi kendime hep sabretmem gerektiğini, er ya da geç birinin bana imreneceğini söylemişimdir."

"Siz Amerikalı mısınız?"

"O mutluluğa nail oldum, evet." Başını kaldırmadan işini yapmaya devam etti; nasıl biri olduğumu zerre merak etmemişti. "Siz de fotoğrafımı çekmek mi istiyorsunuz?"

"Mahsuru var mı?"

"Düşünüyorum, öyleyse varım, öyleyse fotoğrafım da çekilebilir."

"Korkarım fotoğraf makinem yanımda değil."

"Gidin alın öyleyse, Tanrı aşkına! Siz de hafızasına güvenen şu insanlardan biri değilsiniz herhalde, değil mi?"

"Üzerinde çalıştığınız o yüzü kolay kolay unutacağımı sanmam."

"Ölünce unutursunuz, tıpkı benim gibi. Öldüğümde her şeyi unutacağım ve bunu size de tavsiye ederim."

"Bu mozaik için size poz mu verdi, yoksa fotoğraflardan falan mı çalışıyorsunuz?"

"Falandan çalışıyorum."

"Ne?"

"Falandan filandan çalışıyorum." İşaret parmağının ucuyla şakağına dokundu birkaç kez. "Her şey bu imrenilesi aklımdan."

"Onu tanıyor musunuz?"

"O mutluluğa nail oldum."

"Frank Hoenikker şanslı bir adam."

"Frank Hoenikker ciğeri beş para etmez bir adam."

"Açık sözlüsünüz."

"Ayrıca zenginimdir de."

"Sevindim buna."

"Bir uzman görüşü isterseniz size şu kadarını söyleyeyim. Para insanı illa ki mutlu etmez."

"Çok teşekkür ederim bu bilgiden ötürü. Beni bir sürü dertten kurtardınız. Ben de tam para kazanmak üzereydim."

"Nasıl?"

"Yazarak."

"Bir zamanlar ben de bir kitap yazmıştım."

"Adı neydi?"

"*San Lorenzo: Toprakları, Tarihi, Halkı,*" dedi.

70
Bokonon'un öğrencisi

"Anladığım kadarıyla," dedim mozaikçiye, "siz Philip Castle olmalısınız, Julian Castle'ın oğlu."

"O mutluluğa nail oldum."

"Buraya babanızla görüşmeye geldim."

"Aspirin mi satıyorsunuz?"

"Hayır."

"Çok yazık. Babamın aspirini azalmıştı. Ya mucizevi ilaçlar? Babam ara sıra mucizeler patlatmaya bayılır."

"İlaç satıcısı değilim. Yazarım."

"Bir yazarın ilaç satıcısı olamayacağını nereden biliyorsunuz?"

"Haklısınız. Hatayı kabul ediyorum."

"Babamın ölüm döşeğinde olan ya da korkunç acılar çeken insanlara okuyabileceği bir kitaba ihtiyacı var. Bu tür bir kitap yazmış değilsinizdir herhalde."

"Henüz yazmadım."

"Bana sorarsanız, o işte büyük para var. İşte size kıymetli bir tüyo daha."

"Sanırım Eski Ahit'teki 23. Mezmur'u biraz değiştirerek kendim yazmış gibi yapabilirim."

"Bokonon da onu yeniden kaleme almaya çalışmıştı," dedi Philip Castle. "Ama sonra tek kelimesini bile değiştiremediğini anladı."

"Onu da mı tanıyorsunuz?"

"O mutluluğa nail oldum. Küçük bir çocukken kendisi

hocamdı." Duygulu bir ifadeyle mozaiği işaret etti. "Mona'nın da hocasıydı."

"İyi bir öğretmen miydi?"

"Mona da ben de okuyup yazabiliyor, dört işlemi yapabiliyorduk," dedi Castle. "Eğer eğitimden kastınız buysa."

71
Amerikalı olmanın mutluluğu

H. Lowe Crosby, lavuk Castle'a bir posta daha giydirmek üzere yanımıza geldi.

"Necisin sen?" diye hırladı Crosby. "Beatnik filan mısın?"

"Ben kendimi Bokononcu olarak nitelendiriyorum."

"O dediğin şey bu ülkede yasadışı değil mi?"

"Bendeniz Amerikalı olma mutluluğuna ermiş bir insan olduğumdan, canım ne zaman istese Bokononcu olduğumu söyleme imkânına sahiptim ve bugüne dek kimse bu konuda bana tek kelime etmedi."

"Ben hangi ülkede bulunuyorsam oranın kanunlarına uymak gerektiğine inanırım."

"Yeni bir haber vermedin."

Crosby mosmor kesildi. "Hay senin kalıbına sıçayım!"

"Ben de seninkine, canım," dedi Castle yumuşak bir ses tonuyla, "Anneler Günü ile Noel'i de ayrıca sikeyim."

Crosby lobiyi hızlı adımlarla geçip resepsiyondaki görevliye doğru ilerledi ve "Şu lavuktan, şu sanatçı bozuntusundan şikâyetçiyim!" diye bağırdı. "Minik, güzel bir ülkeniz var. Turistleri ve yeni sanayi yatırımlarını buraya çekmeye çalışıyorsunuz hesapta. Ancak şu herifin benimle konuşma biçimini gördükten sonra bir daha San Lorenzo'nun adını duymak bile istemiyorum; ayrıca hangi dostum bana San Lorenzo'yu soracak olursa ona buradan uzak durmasını tavsiye edeceğim. O duvardaki resim güzel olabilir ama onu yapan lavuk hayatta gördüğüm en kaba, en saygısız, en hayvan herif."

Resepsiyon görevlisi sapsarı kesilmişti. "Beyefendi..."

"Evet, dinliyorum," dedi Crosby burnundan soluyarak.

"Beyefendi... Kendisi otelin sahibidir."

72
Lavuk Hilton

H. Lowe Crosby ile karısı Casa Mona'dan ayrıldı. Crosby otele 'Lavuk Hilton' adını taktı ve Amerikan büyükelçiliğinden kalacak yer talep etti.

Böylece yüz odalı otelde tek müşteri olarak ben kalmıştım.

Odam güzeldi. Tüm odalar gibi Yüz Demokrasi Şehidi Caddesi'ne, Monzano Havalimanı'na ve Bolivar Limanı'na bakıyordu. Casa Mona'nın yapısı bir kütüphaneyi andırıyordu; yanları ve arkası beton, ön tarafıysa mavi-yeşil camdı. Böylece diğer taraflarda kalan şehrin pisliğini ve sefaletini görmek imkânsızdı.

Odam klimalıydı. İçerisi buz kesmişti. Yakıcı sıcaktan çıkıp o serinliğin içine dalınca hapşırdım.

Yatağımın başucundaki komodinin üstünde taze çiçekler vardı ama yatağım yapılmamıştı. Üstünde bir yastık bile yoktu. Sadece çarşafsız, yepyeni bir Güzellikuykusu marka döşek vardı. Dolapta askı falan yoktu; banyoda tuvalet kâğıdı yoktu.

Bana bu ihtiyaçlarımı tedarik edecek bir kat görevlisi bulma düşüncesiyle koridora çıktım. Ortalıkta kimsecikler yoktu ama koridorun uzak ucunda açık bir kapı vardı ve içeriden hayat belirtisi olacak belli belirsiz sesler geliyordu.

Oraya doğru ilerleyince zemini koruyucu naylonla kaplı geniş bir süit daire çıktı karşıma. Boyanıyordu ama bu işten sorumlu iki boyacı ben geldiğimde boya yapmıyordu. Pencerenin olduğu duvar boyunca uzanan bir tahtanın üstüne oturmuşlardı.

Ayakkabılarını çıkarmışlardı. Gözleri kapalıydı. Birbirlerine dönmüşlerdi.

Çıplak ayaklarının tabanlarını birbirine bastırıyorlardı.

Her biri kendi ayak bileğini kavramış, bedenini üçgen haline koyan bir şekilde öylece duruyordu.

Hafifçe öksürdüm.

İkisi birden oturdukları tahtadan yuvarlanarak boya lekeleriyle dolu naylonun üstüne düştü. Ellerinin ve dizlerinin üstüne çöküp o pozisyonda kaldılar; kıçları havada, burunları neredeyse yere yapışıktı.

Öldürülmeyi bekliyorlardı.

"Affedersiniz," dedim şaşkınlık içinde.

"Kimseye söylemeyin," diye yalvardı biri. "Lütfen... Lütfen kimseye söylemeyin."

"Neyi söylemeyeyim?"

"Gördüklerinizi!"

"Ben bir şey görmedim ki."

"Eğer söylerseniz," dedi, yanağını yere yapıştırıp yalvaran gözlerle bana bakarak, "tek kelime bile ederseniz ikimiz de ölürüz *gah-ı-n-caa-da!*"

"Bakın, sevgili dostlarım," dedim, "ben ya çok erken geldim ya da çok geç, ancak tekrar söylüyorum ki kimseye anlatmaya değer bir şey görmedim burada. Lütfen... Ayağa kalkın."

Gözlerini benden ayırmadan kalktılar. Tir tir titriyorlardı ve korkudan büzülmüşlerdi. Nihayet onları gördüklerimi asla kimseye anlatmayacağıma ikna etmeyi başardım.

Şahit olduğum şey, Bokononcuların *boko-maru* ya da başka deyişle bilincin bütünleşmesi töreniydi.

Biz Bokononcular, sevmediğiniz bir insanla taban tabana gelmenin mümkün olmadığına inanırız; tabii ayrıca iki kişinin de ayaklarının temiz ve bakımlı olması şarttır.

Ayak töreninin temelini ise şu 'Kalipso' anlatır:

Değdireceğiz ayaklarımızı,
Adayarak tüm varlığımızı,
Seveceğiz yoldaşımızı,
Tıpkı sevdiğimiz gibi Toprak Anamızı.

73
Kara ölüm

Odama döndüğümde -mozaikçi, tarihçi, kendi kitabının dizinini kendi yapan, lavuk ve otelci- Philip Castle'ı banyoya tuvalet kâğıdı yerleştirirken buldum.

"Çok teşekkür ederim," dedim.

"Rica ederim."

"İşte ben buna gerçek ruha sahip otel derim. Kaç otel sahibi konuğunun rahatıyla böyle bizzat ilgilenir?"

"Kaç otel sahibinin sadece bir konuğu vardır?"

"Bir ara üç tane vardı."

"Neydi o zamanlar!"

"Densizlik ediyorsam kusuruma bakmayın, ancak sizin gibi ilgi alanlarına ve yeteneklere sahip bir adamın nasıl olup da otel işlettiğini anlayamıyorum."

Aklı karışmış gibi kaşlarını çattı. "Konuklara daha iyi davranmam gerekiyor galiba, değil mi?"

"Cornell'de turizm okuyan bazı arkadaşlarım vardı ve onlar olsa Crosbylere daha farklı davranacaklarını düşünmeden edemiyorum."

Rahatsız bir tavırla başını salladı. "Biliyorum. Biliyorum." Kollarını iki yana açtı. "Bu oteli neden yaptırdığımı anlasam… Hayatımla ilgili bir sebepten olsa gerek. Meşgul olmak, yalnız kalmamak için bulduğum bir yoldu herhalde." Başını iki yana salladı. "Ya inzivaya çekilecektim ya da bir otel açacaktım; arası yok."

"Siz babanızın hastanesinde büyümediniz mi?"

"Doğru. Mona da ben de orada büyüdük."

"Peki, hayatınızı babanız gibi yaşamaya heves etmediniz mi hiç?"

Genç Castle doğrudan cevap vermekten kaçınarak hafifçe gülümsedi. "Komik adamdır," dedi. "Babam yani. Ondan hoşlanacağınızı tahmin ediyorum."

"Ben de. Onun kadar bencilliğinden sıyrılmış insan fazla yoktur."

"Bir defasında," dedi Castle, "on beş yaşında falanken, Hong Kong'dan Havana'ya hasır mobilya götüren bir Yunan gemisinde buranın yakınlarında isyan çıkmıştı. İsyancılar geminin kontrolünü ele geçirmiş. Ancak gemiye kumanda edemediklerinden, sonunda gelip 'Baba' Monzano'nun kalesinin yakınındaki kayalıklara bindirdiler. Fareler haricinde herkes boğuldu. Fareler ve hasır mobilyalar kıyıya vurdu."

Hikâye burada sona ermiş gibi görünüyordu ama emin olamamıştım. "Sonra?"

"Sonra kimi beleş mobilya kaptı, kimi hıyarcıklı veba. Babamın hastanesinde on gün içinde bin dört yüz kişi öldü. Hıyarcıklı vebadan ölen birini gördünüz mü?"

"O mutsuzlukla tanışmış değilim."

"Kasıktaki ve koltuk altlarındaki lenf bezleri şişer, greyfurt kadar olur."

"İnanırım."

"Öldükten sonra vücut simsiyah kesilir... Gerçi San Lorenzo'da sağlıklı adam da siyah olduğundan pek bir şey fark etmez ya. Veba her yeri kasıp kavurmaya başladığında, Ormandaki Umut ve Merhamet Yuvası'nın Auschwitz veya Buchenwald'dan farkı kalmamıştı. Öylesine geniş ve büyük ceset yığınları oluşmuştu ki buldozerin teki hepsini birden toplu mezara gömmeye çalışırken arıza yaptı. Babam günlerce uyumadan didindi durdu ama maalesef uyumadığıyla kaldı, zira pek fazla hayat kurtaramadı."

Castle'ın tüyler ürperten hikâyesi oda telefonumun çalmasıyla kesildi.

"Amanın!" dedi Castle. "Telefonların bağlandığını bilmiyordum."

Ahizeyi kaldırdım. "Alo?"

Arayan Tümgeneral Franklin Hoenikker'di. Soluk soluğaydı ve sesi korkmuş gibiydi. "Dinleyin! Hemen evime gelmeniz gerekiyor. Konuşmamız lazım! Hayatınızdaki en önemli şeylerden biri olabilir bu!"

"Konuyu biraz açsanız?"

"Olmaz, telefonda olmaz. Evime gelin. Hemen evime gelin! Lütfen!"

"Peki."

"Dalga geçmiyorum. Hayatınız için gerçekten çok önemli bir şey bu. Hatta bugüne kadarki en önemli şey." Telefonu kapadı.

"Neydi şimdi bu?" diye sordu Castle.

"Hiçbir fikrim yok doğrusu. Frank Hoenikker hemen beni görmek istiyor."

"Acele etmeyin. Rahat olun. Hoenikker moronun tekidir."

"Önemli olduğunu söyledi ama."

"Neyin önemli olduğunu nereden biliyormuş ki o? Elime bir muz alıp yontsam ondan daha iyi bir adam yapabilirim."

"Hikâyenizin sonunu anlatın o zaman."

"Nerede kalmıştım?"

"Hıyarcıklı veba. Buldozer cesetleri gömerken bozulmuştu."

"Haa, tamam. Her neyse, babam çalışırken ben de onunla birlikte uykusuz bir gece geçirdim. Tedavi edecek canlı hasta bulmakta güçlük çekiyorduk. Bir yataktan diğer yatağa, ondan yandaki yatağa geçtikçe cesetten başka şey çıkmıyordu karşımıza.

"Sonra babam kıkır kıkır gülmeye başladı," diyerek sözlerini sürdürdü Castle.

"Kendini tutamıyordu. Elinde feneriyle karanlık geceye doğru yürüdü. Hâlâ kıkırdıyordu. Fenerin ışığını dışarıda yığılmış cesetlerin üzerinde dans ettiriyordu." Castle bana döndü, "Elini başıma koydu ve o muhteşem adam bana ne dedi biliyor musunuz?" diye sordu.

"Ne dedi?"

"Bana, 'Oğlum, bir gün bunların hepsi senin olacak,' dedi."

74
Kedi beşiği

San Lorenzo'nun yegâne ticari taksisiyle Frank'in evine gittim.

Korkunç sefalet manzaraları arasından geçtik. McCabe Dağı'nın eteklerinden tırmandık. Biz çıktıkça hava serinledi. Etrafı ince bir sis sarmıştı.

Frank'in oturduğu ev Mona'nın babası, Ormandaki Umut ve Merhamet Yuvası'nın mimarı olan Nestor Aamons'a aitmiş bir zamanlar.

Evin tasarımını Aamons yapmış.

Ev bir çağlayanın üzerine inşa edilmişti ve terası çağlayandan yükselen su buharı tabakasına doğru çıkıntı yapıyordu. Çok hafif çelik kolonlar ve kirişler kullanılarak ustalıkla inşa edilmiş bir kafesi andırıyordu. Kafesin aralıkları kimi yerde açık bırakılmış, kimisinde adaya özgü taşlarla, camla ya da yelken beziyle kapatılmıştı.

Evin insanda yarattığı etki, zamanında adamın birinin canını dişine takarak güzel bir şeyler yaratmak için uğraştığı yönündeydi.

Bir hizmetkâr beni kibarca buyur etti ve Frank'in henüz gelmediğini söyledi. Her an gelmesi bekleniyordu. Benim rahat ettirilmem ve akşam yemeğinde misafir olup geceyi orada geçirmem yönünde talimatlar bırakmış. İsminin Stanley olduğunu söyleyen hizmetkâr, gördüğüm ilk şişman San Lorenzoluydu.

Stanley beni odama götürdü; evin kalbi denilebilecek bölümü dolaştırıp kayadan oyulmuş bir merdivenden aşağıya indirdi. Bu merdiven rastgele yerleştirilmiş dikdörtgen biçimli çelik çerçevelerle kapatılmış ya da kimi yerleri rastgele açıkta bırakılmıştı. Yatağım, kaya bir kaideye yerleştirilmiş kalın sünger döşekten oluşuyordu. Odamın duvarları brandaydı. Stanley bana onları istediğim şekilde nasıl toplayıp açacağımı gösterdi.

Stanley'e evde kimsenin olup olmadığını sordum ve yalnızca Newt'ın evde olduğunu söyledi. Newt, çağlayanın üzerine uzanan terasta resim yapıyormuş. Angela da Ormandaki Umut ve Merhamet Yuvası'nı görmeye gitmiş.

Çağlayana uzanan baş döndürücü terasa gittim ve minik Newt'ı sarı renkli bir bahçe sandalyesinde uyuyakalmış halde buldum.

Üzerinde çalıştığı resim, alüminyum korkulukların yanındaki bir şövaleye oturtulmuştu. Puslu bir gökyüzü, deniz ve vadi manzarasıydı.

Newt'ın tablosu ufak, kara ve eciş bücüştü.

Siyah yapışkan boyayla yapılmış çiziklerden ibaret bir resimdi. Çizikler bir tür örümcek ağı oluşturuyordu ve bunların aysız bir gecede kurusun diye asılmış insanın anlamsızlığının yapışkan ağları olup olamayacağını düşündüm bir an.

O berbat şeyi yapan cüceyi uyandırmadım. Suyun gürültüsü içinden yükselen hayali sesleri dinleyerek sigaramı tellendirdim.

Minik Newt'ı uyandıran, uzaklardan gelen bir patlama oldu. Vadinin iki yakasına çarparak yankılanan ses, Tanrı'ya doğru yükseldi. Frank'in kâhyasının söylediğine göre, Bolivar'ın sahil kesiminden ateşlenen bir topun sesiymiş bu. Her gün saat beşte patlatılırmış.

Minik Newt kıpırdandı.

Uyku sersemliğiyle siyah boyalı ellerini ağzına ve çenesine götürerek yüzünü lekeledi. Sonra gözlerini ovaladı ve orada da siyah lekeler bıraktı.

"Merhaba," dedi bana uykulu bir sesle.

"Merhaba," dedim. "Tablonuzu sevdim."

"Ne olduğunu anladınız mı?"

"Bence bakan herkese başka anlam ifade ediyor olmalı."

"Bu bir kedi beşiği."

"Öyle mi," dedim. "Çok hoş. Şu çizikler de ip. Doğru mu?"

"En eski oyunlardan biridir kedi beşiği. Eskimolar dahi bilir bunu."

"Hadi ya?"

"Belki de yüz bin yıldan beri veya daha uzun zamandır yetişkinler çocuklarının yüzlerine doğru işte böyle birbirine dolanmış iplikler sallar."

"Hmm."

Newt sandalyesinde kıvrılmış halde yatar pozisyonunu bozmamıştı hâlâ. Boyalı parmaklarını aralarından bir kedi beşiği sarkıyormuş gibi havaya kaldırdı. "Çocukların delirmesine şaşmamak lazım. Kedi beşiği dediğiniz, bir insanın ellerinin arasındaki X harflerinden başka bir şey değildir ve çocuklar bu X'lere bakar durur..."

"Sonra?"

"Ne kahrolası bir kedi görürler, ne de kahrolası bir beşik."

75
Albert Schweitzer'e selamımı söyleyin

Sonra, Newt'ın fasulye sırığı ablası Angela Hoenikker Conners, yanında Philip'in babası ve Ormandaki Umut ve Merhamet Yuvası'nın kurucusu olan Julian Castle ile birlikte çıkageldi. Castle beyaz ve bol bir keten takım elbise giymiş, ip gibi bir kravat takmıştı. İnce bir bıyığı vardı. Keldi. Kupkuruydu. Bir azizdi sanırım.

Terasta yanımıza gelip Newt'a ve bana kendini tanıttı. Filmlerdeki gangsterler gibi ağzının kenarından konuşmaya başlamasıyla birlikte aziz olduğuna ilişkin her türlü muhtemel referansı engellemiş oldu.

"Anladığım kadarıyla, Albert Schweitzer'in takipçisisiniz," dedim kendisine.

"Uzaktan takipçisiyim diyelim..." Suçlulara has bir edayla sırıttı. "Beyefendiyle hiç tanışmadık."

"Onun çalışmalarından haberdar olduğunuz gibi, o da sizin yaptıklarınızdan haberdardır mutlaka."

"Belki öyledir, belki de değildir. Siz kendisiyle hiç karşılaştınız mı?"

"Hayır."

"Karşılaşmayı umuyor musunuz peki?"

"Belki bir gün."

"Eh, seyahatlerinizde Dr. Schweitzer ile karşılaşırsanız," dedi Julian Castle, "kendisine benim kahramanım *olmadığını* söyleyebilirsiniz." Kocaman bir puro çıkartıp yaktı.

Puro iyice yandığında kırmızı ucunu bana doğrultarak, "Ona kendisinin benim kahramanım olmadığını söyleyebilirsiniz," diye tekrarladı ve ekledi, "ama şunu da söyleyin. Sayesinde İsa Mesih kahramanım *oldu*."

"Bence bunu duymaktan memnun olacaktır."

"Hiç umurumda değil memnun olup olmaması. Bu, İsa ile benim aramda."

76

Julıan Castle her şeyin anlamsız olduğu konusunda Newt ile fikir birliğine varıyor

Julian Castle ve Angela, Newt'ın tablosunun başına geçti. Castle işaret parmağını kıvırıp gözüne dayayarak aradaki delikten baktı resme.

"Nasıl buldunuz?" diye sordum.

"*Kara*. Ne ki yani şimdi bu, cehennem mi?"

"Size ne anlatıyorsa odur," dedi Newt.

"Öyleyse cehennem," diye hırladı Castle.

"Az önce bana bunun bir kedi beşiği olduğu söylendi," dedim.

"İçeriden bilgi almak her zaman faydalıdır," dedi Castle.

"Ben pek sevmedim," diye yakındı Angela. "Bence çirkin bir şey ama ben modern sanattan anlamam, onu da belirteyim. Bazen keşke Newt ders filan alsa diyorum; böylece doğru düzgün bir şey yapıp yapmadığından haberi olurdu."

"Kendi kendinizi yetiştirdiniz demek?" dedi Julian Castle.

"Herkes öyle değil midir?"diye cevap verdi Newt.

"Çok güzel cevap." Castle saygılı bir tutum sergiliyordu.

Kedi beşiğinin derin manalarını açıklama işini ben üstlendim, zira Newt aynı hikâyeyi baştan anlatmaya pek hevesli görünmüyordu.

Castle başını bilgece sallayarak söylediklerimi onayladı. "Öyleyse bu, her şeyin anlamsızlığının resmi oluyor! Sonuna kadar katılırım işte buna."

"*Gerçekten* katılıyor musunuz?" diye sordum. "Bir dakika önce İsa ile ilgili bir şeyler söylüyordunuz."

"Kim?" dedi Castle.

"İsa Mesih."

"Haa," dedi Castle. "*Şu kişi.*" Omuz silkti. "İnsanlar

ses tellerini hazır durumda tutmak için bir şeyler hakkında konuşma ihtiyacı hisseder ki gerçekten anlamlı laf edilmesi gerektiğinde ses telleri iyi durumda olur."

"Anlıyorum." O adam hakkında popüler bir yazı hazırlama konusunda zorlanacağımı biliyordum. Bir azize yakışan edimlerine odaklanmak, diğer yandan düşündüğü ve dile getirdiği şeytani şeyleri tamamen göz ardı etmek zorundaydım.

"Şu sözlerimi alıntılayabilirsiniz," dedi. "İnsan kötüdür ve ne yapmaya değer bir iş yapar, ne de bilmeye değer bir şey bilir."

Eğildi ve minik Newt'ın boyalı elini sıktı. "Doğru mu?"

Newt başını salladı ve bir an için durumun biraz abartılmış olabileceğini düşünür gibi geldi bana. "Doğru."

Sonra azizimiz, Newt'ın tablosuna doğru ilerledi ve onu üstünde durduğu şövaleden aldı. Bize bakıp gülümsedi. "Çöp; diğer her şey gibi."

Ve tabloyu terastan aşağıya fırlattı. Tuval önce havada biraz yükseldi, sonra ivmesini kaybetti, tıpkı bir bumerang gibi geri döndü ve çağlayana düştü.

Minik Newt'ın söyleyebileceği hiçbir şey yoktu.

İlk konuşan Angela oldu. "Yüzün gözün boya içinde kalmış, tatlım. Git temizlen."

77
Aspirin ve *boko-maru*

"Söylesenize doktor," dedim Julian Castle'a "'Baba' Monzano'nun durumu nasıl?"

"Nereden bileyim ben?"

"Sizin hastanız olacağını düşünmüştüm."

"Konuşmuyoruz..." Castle gülümsedi. "Daha doğrusu, o benimle konuşmuyor. Bana en son ne demişti biliyor musunuz? Bundan üç yıl önce falandı. Beni kancadan kurtaran tek şey Amerikan vatandaşı olmammış."

"Onu kızdıracak ne yapmış olabilirsiniz ki? Buralara kadar gelip masrafları kendi cebinizden ödeyerek onun halkı için hastane kurmuşsunuz..."

"Hastalarımıza yaklaşımımızdan hoşlanmıyor 'Baba'," dedi Castle. "Özellikle de ölüm döşeğindeki hastalarımıza. Ormandaki Umut ve Merhamet Yuvası'nda ölmek üzere olan hastalara talep etmeleri halinde Bokonon Kilisesi'nin dini ayinleri uygulanır."

"Nasıl bir şey bu?"

"Çok basit. Karşılıklı olarak okunan bir metinle başlar. Denemek ister misiniz?"

"Eğer sakıncası yoksa, ölüme o kadar yakın değilim şu anda."

Tüyler ürpertici bir ifadeyle bana göz kırptı. "Temkinli davranmakta haklısınız. Son ayinleri uygulayan insanlar genellikle hemen ardından ölüverir. Yine de sizi öbür tarafa gitmekten alıkoyabiliriz bence; tabii ayakların temasına izin vermezsek."

"Ayaklar mı?"

Bana ayakların Bokononculuktaki yerini anlattı.

"Otelde tanık olduğum bir olayın ne anlama geldiğini şimdi anladım." Otel odasında gördüğüm iki boyacıyı anlattım.

"İşe yarıyor, biliyor musunuz?" dedi. "Bunu yapan insanlar birbirlerine ve öbür dünyaya karşı daha güzel hisler beslemeye başlıyor."

"Hmm."

"*Boko-maru.*"

"Efendim?"

"Ayak dalgametresine bu ad veriliyor," dedi Castle. "Gerçekten işe yarıyor. İşe yarayan şeyleri severim. İşe yarayan pek fazla şey *yoktur*, bilirsiniz."

"Öyle sanırım."

"Aspirin ve *boko-maru* olmasa, şu benim hastaneyi büyük ihtimalle yürütemezdim."

"Anladığım kadarıyla," dedim, "adada kanunlara rağmen, *gah-ı-n-caa-yya* rağmen hâlâ çok sayıda Bokononcu var..."

Bir kahkaha patlattı. "Sen daha uyanamadın demek."

"Neye?"

"San Lorenzo'daki herkes sıkı bir Bokononcudur; *gah-ı-n-caa* olsun ya da olmasın."

78
Çelik çember

"Bokonon ve McCabe yıllar önce bu sefil ülkeyi ele geçirdiğinde," dedi Julian Castle, "papazları adadan kovmuşlar. Sonra da Bokonon, gayet alaycı ve eğlenceli, yepyeni bir din yaratmış."

"Evet, biliyorum," dedim.

"Hiçbir hükümet reformunun ya da iktisadi reformun insanların sefaletine son veremeyeceği açıkça anlaşılınca, tek gerçek umut bu din olmuş. Gerçek, halkın düşmanı haline gelmiş, zira katlanılamayacak kadar korkunçmuş. Bu yüzden de Bokonon insanlara zamanla daha güzel yalanlar söylemeyi kendine görev edinmiş."

"Nasıl oldu da kanun kaçağına dönüştü?"

"Bu onun kendi fikriydi. Halkın manevi hayatına bir tat, bir çeşni katmak için McCabe'den kendisini ve dinini yasadışı ilan etmesini istedi. Bu konuda ufak bir şiiri de vardır."

Castle, *Bokonon'un Kitapları*'nda yer almayan şu şiiri okudu:

Elveda dedim devlete,
Söyledim sebebini de:
Gerçekten iyi bir din bile
İhanettir neticede.

"Bokononculara en uygun ceza olarak kancayı öneren de Bokonon'un kendisidir," dedi. "Madame Tussaud Müzesi'ndeki Korku Odası'nda görmüş bunu." Dehşet verici bir biçimde göz kırptı yine. "Bu da çeşni niyetineydi."

"Kancada çok insan öldü mü?"

"İlk başlarda değil, önceleri hayır. Bir şayia gibi geliyordu insanlara başlarda. İdamlara ilişkin söylentiler kurnazca kulaktan kulağa yayılıyor ama kimse o şekilde ölen birini tanımıyordu. McCabe, Bokononculara, yani herkese kana susamış tehditler savurarak gününü gün ediyordu.

"Bokonon da ormana saklanmış keyif çatıyordu," diye devam etti Castle. "Bütün gün yazıyor, vaazlar veriyor ve müritlerinin getirdiği güzel yemekleri gövdeye indiriyordu.

"McCabe işsizleri, yani hemen hemen herkesi bir araya toplar ve büyük çaplı Bokonon avları düzenlerdi.

"Yaklaşık her altı ayda bir McCabe, Bokonon'un etrafındaki çelikten çemberin gözünün yaşına bakmaksızın, acımasızca daralmakta olduğuna dair muzaffer bir edayla açıklamalar yapardı.

"Sonra bu acımasız çemberin başını çekenler büyük bir hüsran ve hayal kırıklığıyla McCabe'e gidip Bokonon'un bir kez daha imkânsızı başardığını haber verirdi.

"Bokonon kaçmayı başarmıştı, buhar olup uçmuştu, yaşıyordu ve vaazlarını sürdürecekti. Mucize!"

79
McCabe'in ruhu neden karardı?

"McCabe ile Bokonon, genelde hayat standardı şeklinde nitelenen şeyi yükseltmeye muvaffak olamadı," dedi Castle. "İşin gerçeği, hayat hâlâ eskiden olduğu kadar kısa, acımasız ve katıydı.

"Fakat artık insanların bu korkunç gerçeği çok da fazla umursaması gerekmiyordu. Şehirdeki kanlı zalim ve ormandaki munis din adamı efsanesi yayıldıkça, halkın mutluluğu da büyüyordu. Gayet iyi anladıkları, dünyanın herhangi bir yerinde herhangi bir insanın anlayıp alkışlayabileceği bir oyunda tam zamanlı aktördü hepsi."

"Hayat bir sanat eserine dönüştü demek," diyerek hayranlığımı ifade ettim.

"Evet. Tek bir sorun vardı."

"Neydi?"

"Oyun iki başrol oyuncusu McCabe ve Bokonon'un ruhunun kaldıramayacağı kadar ağırlaştı. Gençliklerinde ikisi birbirine çok benzerdi; yarı melek, yarı korsandı onlar.

"Ancak bu oyun Bokonon'un korsan yarısı ile McCabe'in melek yarısının yok olup gitmesini gerektirmişti. McCabe ile Bokonon, halkın mutluluğu uğruna korkunç acı bedeller ödedi. McCabe zalim olmanın, Bokonon ise aziz olmanın ıstırabını tattı. Sonuçta ikisi de delirdi."

Castle sol elinin işaret parmağını kaldırıp kıvırdı. "Sonra da insanlar gerçekten ölmeye başladı, *gah-ı-n-caa-da*."

"Bokonon hiç yakalanmadı, değil mi?" diye sordum.

"McCabe hiçbir zaman o kadar delirmedi. Bokonon'u yakalamak için ciddi çaba göstermedi hiç. Kolaylıkla yakalayabilirdi oysa."

"Neden yakalamadı?"

"McCabe, savaşacağı o din adamı olmadan kendi varlığının da anlamsızlaşacağını algılayabilecek kadar aklı başında olmuştur hep. 'Baba' Monzano da bunun bilincindedir."

"İnsanlar kancada ölüyor mu?"

"O şeyi bir kez taktılar mı ölüm kaçınılmazdır."

"Demek istediğim, 'Baba' hâlâ insanları bu yolla idam etmeye devam ediyor mu?"

"İki yılda bir birini tutup idam eder; maksat, ateşin feri sönmesin." İç geçirip bakışlarını akşam semasında gezdirdi. "Vızır, vızır, vızır."

"Efendim?"

"Biz Bokononcular çok fazla gizemli olayın döndüğünü hissettiğimizde böyle deriz," diye açıkladı.

"Siz de mi?" Şaşırmış kalmıştım. "Siz de mi Bokononcusunuz?"

Doğruca gözlerimin içine baktı. "Sen de öylesin. Yakında göreceksin."

80
Çağlayanın filtreleri

Angela, Newt, Julian Castle ve ben çağlayanın üzerine uzanan terastaydık. Kokteyllerimizi yudumluyorduk. Frank'tan hâlâ ses seda yoktu.

Angela'nın da Newt'ın da sıkı içici olduğu anlaşılıyordu. Castle ise hovardalık günlerinin kendisine bir böbreğe mal olduğunu ve hiç hoşlanmasa da zencefilli gazoz içmeye mahkum olduğunu anlattı.

Birkaç kadehten sonra Angela, dünyanın babasına nasıl kazık attığından yakındı. "Kendinden çok şey verdi o ama karşılığında pek azını verdiler."

Dünyanın pintiliğini kanıtlayacak örnekler vermesi için sıkıştırdım onu ve bazı somut rakamlar elde ettim. "Umum Dövme Demir ve Döküm Şirketi ona çalışmalarının sonucunda alınan her patent için kırk beş dolar ikramiye veriyordu," dedi. "Şirketteki diğer herkese ödedikleri patent ikramiyesiyle aynıydı bu." Başını üzüntüyle iki yana salladı. "Kırk beş dolar. O patentlerden bazılarının ne olduğunu varın siz düşünün!"

"Demek öyle?" dedim. "Bir maaşı vardı herhalde."

"Aldığı en yüksek maaş yılda yirmi sekiz bin dolardı."

"Bana kalırsa gayet iyiymiş."

Angela bu sözüme sinirlendi. "Film yıldızlarının ne kadar kazandığından haberiniz var mı?"

"Kimi zaman oldukça fazla."

"Dr. Breed'in babamdan yılda on bin dolar fazla kazandığını biliyor muydunuz?"

"İşte bu kesinlikle büyük haksızlıkmış."

"Haksızlıklardan midem bulanıyor."

Öyle bir cırlamaya başlamıştı ki konuyu değiştirdim. Julian Castle'a çağlayana fırlattığı tablonun akıbetinin ne olabileceğini sordum.

"Aşağıda bir köy var," dedi. "Beş ya da en fazla on hanedir. Tesadüfe bak ki 'Baba' Monzano orada doğmuştur. Çağlayan o noktada kâseye benzeyen dev bir kayanın içine dolarak hızını yitirir. Köylüler çanağın ağzına metal bir ağ germiş. Su oradan akarak aşağıda bir dere halinde devam eder."

"Yani Newt'ın tablosu da o ağa takılıdır şu an, öyle mi?" diye sordum.

"Burası fakir bir ülke; hani belki farketmemişsinizdir," dedi Castle. "Burada hiçbir şey uzun süre ağa takılı kalmaz. Newt'ın tablosunun benim puromun izmaritiyle birlikte çoktan güneşte kurumaya bırakıldığını tahmin ediyorum. Yarım metrekareye yakın tuval bezi, dört tane düzgün çıta, raptiyeler ve bir de puro. Çok ama çok fakir bir adam için gayet verimli bir av."

"Bazılarına ne büyük paralar verdiklerini, Baba'ya ise ne kadar az para verdiklerini, buna karşılık onun kendisinden neler neler verdiğini düşündükçe kimi zaman bağırasım geliyor," dedi Angela. Dokunsan ağlayacaktı.

"Ağlama," diye yalvardı Newt usulca.

"Bazen dayanamıyorum," dedi.

"Git klarnetini al," diye öneride bulundu Newt. "Bu her zaman sana iyi gelir."

İlk başta gayet komik bir öneri olduğunu düşünmüştüm ama Angela'nın tepkisini görünce gayet ciddi ve makul olduğunu anladım.

"Ne zaman böyle olsam," dedi Angela, Castle ile bana, "iyi gelen yegâne şey budur."

Ancak hemen gidip klarnetini getiremeyecek kadar da utangaçtı. Biz ona bir şeyler çalsın diye ısrar etmek, o da iki kadeh daha içmek zorunda kaldı.

"Gerçekten mükemmel çalar," dedi minik Newt.

"Sizi dinlemeyi çok isterim," dedi Castle.

"Peki, tamam," dedi Angela nihayet ve sendeleyerek ayağa kalktı. "Tamam... Çalacağım."

Bizi duyamayacak kadar uzaklaştığında Newt ablası adına özür diledi. "Zor zamanlar geçirdi. Biraz dinlenmeye ihtiyacı var."

"Hasta mıydı?" diye sordum.

"Kocası ona çok kötü davranıyor," dedi Newt. Angela'nın yakışıklı ve genç kocası, Fabri-Tek'in büyük başarılara imza atmış başkanı Harrison C. Conners'tan ne kadar nefret ettiği belliydi. "Adam eve bile uğramıyor neredeyse; teşrif buyurduğunda da sarhoştur ve her tarafında ruj lekeleri olur."

"Anlattıklarına bakınca," dedim, "çok mutlu bir evlilikleri var gibi gelmişti bana."

Minik Newt ellerini birbirinden on, on beş santim kadar uzaklaştırıp parmaklarını araladı. "Hanimiş kedicik? Hanimiş beşik?"

81
Gar hamalının oğluna beyaz gelin

Angela'nın klarnetinden ne çıkacağını bilmiyordum. Kimse o aletten ne çıkacağını bilmiyordu.

Patolojik bir şeyler bekliyordum ama hastalığın derinliğiyle, şiddetiyle ve neredeyse katlanılmaz olan güzelliğiyle karşılaşmayı beklemiyordum.

Angela ağızlık kısmını ıslatıp ısıttı ama tek bir giriş notası çalmadı. Bakışları donuklaştı ve uzun, kemikli parmakları sessiz tuşlarda tembelce gezindi.

Endişeyle beklerken aklıma Marvin Breed'in anlattıkları geldi. Angela'nın babasıyla sürdüğü kasvetli yaşamdan tek kaçış yolu, kendini odasına kapatmak ve plaklara eşlik ederek klarnet çalmaktı.

Newt, terasa çıkılan odadaki pikaba bir uzunçalar yerleştirdi. Getirdiği plak kapağını bana uzattı.

Albümün adı *Cat House Piano* idi. Meade Lux Lewis'ten piyano soloları.

Angela dikkatini daha iyi toplamak için ilk şarkıya katılmamayı tercih ettiğinden, ben de o arada plağın kapağında Lewis hakkında yazanları okudum:

> '1905 yılında Louisville, Kentucky'de doğan Bay Lewis, on altı yaşını bitirene dek müzikle uğraşmadı; babasının kendisine verdiği enstrümansa kemandı. Bir yıl sonrasında genç Lewis, Jimmy Yancey'nin piyanosunu dinleme imkânı buldu. Lewis'in deyişiyle 'Gerçek müzik buydu.'

Kısa süre sonra Lewis, kendi kendine boogie-woogie

stili piyano çalmayı öğrenmeye başladı, ölümüne dek yakın dostu ve idolü olarak kalan, kendisinden yaşça büyük olan Yancey'den kapabileceği her şeyi aldı.

Babaları garda hamallık yaptığından Lewis ailesi demiryolunun yakınında oturuyordu. Trenlerin ritmik sesleri kısa süre içinde genç Lewis'in müziğinin doğal motifini oluşturdu ve o da bugün türünün klasiği olarak kabul edilen, boogie-woogie solosu 'Honky Tonk Train Blues' isimli eserini besteledi.'

Okuduğum metinden başımı kaldırdım. Plağın ilk şarkısı bitmişti. Pikabın iğnesi cızırdayarak şarkılar arasındaki boşluktan ikinciye doğru ilerliyordu. Plağın kapağında ikinci şarkının adının 'Dragon Blues' olduğu yazıyordu.

Meade Lux ilk dört ölçüyü yine tek başına çaldı ve sonra Angela Hoenikker ona katıldı.

Angela'nın gözleri kapalıydı.

Şaşkınlıktan donup kaldım.

Muhteşem çalıyordu.

Gar hamalının oğlunun müziğine doğaçlamalarla katkıda bulunuyordu; akıcı bir lirizmden taşkın şehvete geçiş yapıyor, oradan korkmuş bir çocuğun tiz gerginliğine atlayıp, ardından bir eroin kâbusuna dalıveriyordu.

Cenneti, cehennemi ve bunların arasında kalan her şeyi anlatıyordu müziği.

Öyle bir kadından öyle bir müzik dinlemek, ancak bir şizofreni vakası ya da şeytanın ruhunu ele geçirmiş olmasıyla açıklanabilirdi.

Tüylerim diken diken olmuştu; Angela sanki karşımda yerlerde yuvarlanarak ağzından köpükler saçarak su gibi Babilce konuşuyordu.

Müzik sona erdiğinde, tıpkı benim gibi transa geçmiş olan Julian Castle'a dönüp haykırdım. "Tanrım! Hayat bu! Tek bir dakikasını anlayabilmiş adam var mı şu dünyada?"

"Hiç deneme bile," dedi. "Anlıyormuş gibi yap sadece."

"Bu... Bu çok yerinde bir tavsiye." Gevşeyivermiştim.

Castle bir şiir daha okudu:

Kaplan avlanmak zorunda,
Kuş uçmak zorunda;
İnsan da oturup düşünmek zorunda, "Niye, niye, niye?"
Kaplan uyumak zorunda,
Kuş konmak zorunda;
İnsan da kendi kendine anladım demek zorunda.

"Nereden bu şiir?" diye sordum.

"Nereden olacak? *Bokonon'un Kitapları*'ndan tabii."

"Bir nüsha edinmeyi çok isterim."

"Bulması çok zor," dedi Castle. "Basılı kopyası yok. Hepsi el yazması. Zaten tamamlanmış nüsha diye şey söz konusu değil, çünkü Bokonon her gün yeni bir şeyler ekliyor."

Minik Newt homurdandı. "Din işte!"

"Nasıl?" dedi Castle.

"Hanimiş kedicik?" dedi Newt. "Hanimiş beşik?"

82
Zah-mah-kı-bo

Tümgeneral Franklin Hoenikker akşam yemeğinde de görünmedi.

Telefon etti ve yalnızca benimle konuşmak istedi. Bana 'Baba'nın başında nöbette olduğunu, 'Baba'nın büyük acılar içinde ölmekte olduğunu anlattı. Frank'in sesi korkmuş ve yalnız geliyordu.

"Bakın," dedim, "ben otelime dönsem de bu kriz bittikten sonra görüşsek..."

"Yo, yo, yoo! Siz oradan bir yere ayrılmayın! Gerektiğinde hemen ulaşabileceğim bir yerde olmanızı istiyorum!" Beni elinden kaçırma olasılığı onu telaşlandırıyordu. Bana olan ilgisini açıklayamadığım için ben de telaşlanıyordum.

"Benimle hangi konuda görüşmek istediğinizle ilgili herhangi bir şey söyleyemez misiniz?" diye sordum.

"Telefonda olmaz."

"Babanızla ilgili bir şey mi?"

"*Sizinle* ilgili bir şey."

"Yaptığım bir şeyle mi ilgili?"

"*Yapacağınız* bir şeyle ilgili."

Frank konuşurken ahizeden kulağıma bir tavuk gıdaklaması geliyordu. Sonra bir kapının açıldığını ve bir yerlerden ksilofon sesi geldiğini duydum. Çalan şarkı yine 'When Day Is Done' idi. Sonra kapı kapandı ve müziği duyamaz oldum.

"Benden ne yapmamı istediğinize dair ufak bir ipucu bile verseniz pek memnun olur, böylece ben de hazırlanabilirdim," dedim.

"*Zah-mah-ki-bo.*"

"Ne?"

"Bokononcu bir deyimdir bu."

"Bokononcu deyimleri bilmiyorum."

"Julian Castle orada mı?"

"Evet."

"Ona sorun, açıklasın," dedi Frank. "Benim şimdi gitmem gerek." Telefonu kapadı. Ben de *zah-mah-ki-bo*'nun anlamını Julian Castle'a sordum.

"Basit bir cevap mı istiyorsunuz, yoksa ayrıntılı mı?"

"Biz önce basit olanla başlayalım."

"Kader, kaçınılmaz alınyazısı demektir."

83
Dr. Schlichter von Koenigswald eşitleme noktasına yaklaşıyor

"Kanser," dedi Julian Castle, akşam yemeğinde kendisine 'Baba'nın acılar içinde ölmekte olduğu haberini verdiğimde.

"Ne kanseri?"

"Hemen hemen her şeyin kanseri. Bugün tribünde yığılıp kaldığını söylediniz, değil mi?"

"Aynen öyle oldu," dedi Angela.

"İlaçlar yüzünden," dedi Castle. "Kendisi şu an acının ilaçlarla dengelendiği bir eşikte. Daha fazla ilaç alırsa bu onu öldürecek."

"Ben olsam kendimi öldürürdüm herhalde," diye mırıldandı Newt. Bir yere gittiğinde yanında götürdüğü katlanır yüksek sandalyede oturuyordu. Sandalye alüminyum iskelet üstüne gerilmiş çadır bezinden oluşuyordu. "Üst üste koyulmuş bir sözlük, bir atlas ve telefon rehberinin üstünde oturmaktan daha iyi," demişti sandalyeyi kurarken.

"Onbaşı McCabe de aynen öyle yapmıştı," dedi Castle önceki konuya dönerek. "Kâhyasını halefi ilan etti, sonra da kendini vurdu."

"O da mı kanserdi?" diye sordum.

"Kesin olarak bilmiyorum ama sanmam. Tahminimce zalimlikten kurtulamamak onu yemiş bitirmiştir. Bunlar hep benim zamanımdan önceydi."

"Gerçekten de çok neşeli bir sohbet konusu bu," dedi Angela.

"Herkes bugünlerin neşeli günler olduğu konusunda hemfikirdir herhalde," dedi Castle.

"Sizin herkesten daha neşeli olmanız gerekir bence," dedim Castle'a, "yani hayatınız boyunca yaptıklarınız göz önünde bulundurulduğunda..."

"Biliyor musun, bir zamanlar yatım bile vardı."

"Anlayamadım."

"Yat sahibi olmak, diğer herkesten neşeli olmak için bir nedendir."

"Peki ama 'Baba'nın doktoru siz değilseniz kim?"

"Hastanemdeki doktorlardan biri. Dr. Schlichter von Koenigswald."

"Bir Alman mı?"

"Belli belirsiz. On dört yıl boyunca S.S. subaylığı yapmış. Bu sürenin altı yılında Auschwitz toplama kampının doktoruymuş."

"Şimdi de Umut ve Merhamet Yuvası'nda kefaret ödüyor, öyle mi?"

"Evet," dedi Castle. "Üstelik de büyük ilerlemeler kaydediyor, sağda solda hayatlar kurtarıyor."

"Aferin ona."

"Evet. Bu hızda gider ve gece gündüz çalışmayı sürdürürse, hayatını kurtardığı insan sayısı ölüme terk ettiklerine eşitlenecek; 3010 yılında."

İşte *karass*'ımın bir üyesi daha çıkmıştı karşıma. Dr. Schlichter von Koenigswald.

84
Karartma

Yemeğin üzerinden üç saat geçmesine rağmen Frank hâlâ gelmemişti. Julian Castle müsaade istedi ve Ormandaki Umut ve Merhamet Yuvası'na döndü.

Angela, Newt ve ben terasta oturuyorduk. Altımızda uzanan Bolivar'ın ışıkları çok güzel görünüyordu. Monzano Havalimanı'nın idare binasının tepesine ışıklandırılmış kocaman bir haç dikilmişti. Motorlu bir kaidenin üstünde yavaş yavaş dönüyor ve etrafına elektrikli bir dindarlık yayıyordu.

Adanın kuzey tarafında başka parlak yerler de vardı. Dağlar bunları doğrudan görmemizi engelliyordu ama ışıkların yansımalarını gökyüzünde seçebiliyorduk. Frank'in kâhyası Stanley'e ışıkların kaynağını sordum.

Saat yönünün tersi bir sıralamayla açıkladı. "Ormandaki Umut ve Merhamet Yuvası, 'Baba'nın' sarayı ve İsa Kalesi."

"İsa Kalesi mi?"

"Askerlerimizin eğitim gördüğü kışla."

"İsmini İsa Mesih'ten alıyor öyle mi?"

"Evet. Neden almasın?"

Kuzeye doğru hızla ilerleyen yeni bir parlaklık daha ortaya çıktı. Ben daha ne olduğunu soramadan bir sırtı aşmakta olan farların ışığı olduğu anlaşıldı. Farlar bize doğru yaklaşıyordu. Bir konvoya aitlerdi.

Konvoy, beş adet Amerikan malı kamyondan oluşuyordu. Sürücü mahallinin tepesindeki yuvarlak yuvalara makineli tüfekler ve askerler yerleştirilmişti.

Konvoy, Frank'in evinin önünde durdu. Askerler derhal aşağı indi. Hemen işe koyulup siper kazmaya, makineli tüfek mevzileri oluşturmaya başladılar. Başlarındaki subaya neler olduğunu sormak üzere Frank'in kâhyasıyla birlikte dışarı çıktım.

"San Lorenzo'nun yeni başkanını koruma emri aldık," dedi subay adalılara özgü aksanla.

"Kendisi şu an burada değil," diyerek bilgilendirdim onu.

"Bu konuda bir malumat intikal etmedi," dedi. "Bana verilen emirler burayı kazmamız yönünde. Tek bildiğim budur."

Durumu Angela ile Newt'a bildirdim.

"Sizce gerçekten tehlikeli bir durum söz konusu olabilir mi?" diye sordu Angela.

"Ben de buraların yabancısıyım," dedim.

Tam o anda elektrikler kesildi. San Lorenzo'nun tüm ışıkları söndü.

85
Bir dolu *foma*

Frank'in hizmetkârları bize gaz lambaları getirdi; elektrik kesintisinin San Lorenzo'da sık görüldüğünü, tedirgin olmak için neden bulunmadığını söylediler. Ancak Frank'in *zah-mah-ki-bo* hakkındaki sözlerini işittiğimden beri içimde yer eden endişeyi bastırmak benim için hiç kolay değildi.

Öz iradem, Chicago hayvan pazarına getirilmiş bir domuz yavrusununkinden daha mühim değilmiş gibi hissettirmişti kendimi bana.

Yine aklıma Ilium'daki melek heykeli geldi.

Dışarıdaki askerlerin sesine kulak verdim; çalışırken çıkardıkları tangırtılara, tıngırtılara, homurtulara.

Çok ilginç bir konuya dalmış olmalarına rağmen Angela ile Newt'ın sohbetine odaklanmakta güçlük çekiyordum. Bana babalarının bir aynı yumurta ikizinin olduğunu anlattılar. Onunla hiç tanışmamışlar. İsmi Rudolph'muş. Kendisinden son haber aldıkları İsviçre'nin Zürih kentinde müzik kutusu imalatıyla uğraşıyormuş.

"Babam neredeyse hiç bahsetmezdi ondan," dedi Angela.

"Babam *kimseden* neredeyse hiç bahsetmezdi," diye düzeltti Newt.

Bana anlattıklarına göre, ihtiyarın bir de kız kardeşi varmış. Celia. Shelter Island, New York'ta dev schnauzer cinsi köpekler yetiştiriyormuş.

"Bize her Noel kart atar," dedi Angela.

"Kartta hep dev schnauzer fotoğrafı olur," dedi minik Newt.

"Aynı aileden farklı bireylerin büyüyünce böylesine ayrı işlerle uğraşması ne ilginç," dedi Angela.

"Çok doğru ve yerinde bir ifade," diye ona katıldığımı belirttim. Bu renkli dostlardan müsaade istedim ve kahya Stanley'e evde *Bokonon'un Kitapları*'nın bir nüshasının olup olmadığını sordum.

Stanley önce neden bahsettiğimi anlamıyormuş gibi yaptı. Sonra söylenerek *Bokonon'un Kitapları*'nın pislikten başka şey olmadığını belirtti. Arkasından o kitabı okuyanların kancayı boylayarak can vermesi gerektiğini ısrarla vurguladı. Sonra da gidip Frank'in komodininin üstünde duran nüshayı bana getirdi.

Ağır bir şeydi, tam teşekküllü bir lügat boyutundaydı. Elle yazılmıştı. Sırtlayıp odama, kaya kaidesinin üstündeki sünger yatağıma götürdüm.

Kitabın dizini olmadığından *zah-mah-ki-bo*'nun anlamını araştırmak kolay olmadı; işin aslı, araştırma o gece meyve vermedi.

Bir şeyler öğrendim tabii ama bunlar pek yararlı bilgiler değildi. Örneğin Bokonon'a göre evrenin yaradılışını öğrendim: *Borasisi* yani Güneş, *Pabu*'yu yani Ay'ı kollarına alır ve kendisine ateşten bir çocuk vermesini diler.

Fakat zavallı *Pabu* soğuk çocuklar doğurur; alev alev yanmıyordur hiçbiri. *Borasisi* de tiksinerek onları fırlatır atar. İşte bunlar gezegenlerdir ve öfkeli babalarının çevresinde, güvenli bir mesafeyi koruyarak döner dururlar.

Sonra zavallı *Pabu*'nun kendisi de sepetlenir ve en sevdiği çocuğu olan Dünya ile yaşamaya gider. Dünya onun en sevdiği çocuğudur, çünkü üstünde insanlar yaşar; insanlar başlarını kaldırıp onu seyreder, onu sever, ona anlayış gösterir.

Peki ya Bokonon ne düşünüyordu kendi yaradılış kuramı konusunda?

"*Foma!* Yalanlar!" diye yazmıştı. "Bir dolu *foma!*"

86
İki küçük termos

Uyuyabilmeme inanmak güç ama bir şekilde uyumuş olmalıyım işte; aksi halde ardı ardına yükselen patlamalar ve dört bir yanı aydınlatan ışıklarla nasıl uyanırdım?

İlk patlamada yatağımdan yuvarlanarak kalktım ve gönüllü bir itfaiyecinin şuursuz coşkusuyla evin ortasına koştum.

Yataklarından fırlayıp gelen Newt ve Angela ile burun buruna geldik.

Birdenbire duruverdik; birer koyun gibi etrafımızı saran korkunç sesleri idrak etmeye çalışıyorduk. Nihayet seslerin kaynağının bir radyo, bir bulaşık makinesi ve bir su pompası olduğunu algıladık; elektrik gelince hepsi birden gürültüyle çalışmaya başlamıştı.

Uyku sersemliğinden yeterince sıyrılmış ve komik bir durumda bulunduğumuzun, ölümcül gibi görünen ama öyle olmayan bir duruma gayet insani bir tepki verdiğimizin farkına varmıştık. Bu aldatıcı kaderi üstünlükle karşıladığımı göstermek için radyoyu kapadım.

Hepimiz kıkırdamaya başladık.

Durumu kurtarma kaygısıyla, insan doğasını en iyi anlayanın ve en gelişmiş mizah duygusuna sahip olanın kendimiz olduğunu gösterme konusunda birbirimizle yarışıyorduk.

En çabuk harekete geçen Newt oldu ve bana pasaportumu, cüzdanımı, kol saatimi kapıp geldiğimi işaret etti. Ölüm korkusuyla neyi kaptığımı bilmiyordum; hatta elimde bir şeyler tuttuğumu bile farketmemiştim.

Ben de neşeyle karşı atağa kalktım ve Angela ile Newt'a neden ellerinde iki küçük termos taşıdıklarını sordum. Birbirinin aynısı, üç fincan kadar kahve alabilecek kırmızı-gri renkli termoslardı bunlar.

İkisi de ellerinde termos olduğunun farkında değildi. O şeyleri gördüklerinde şok oldular.

Dışarıdan gelen yeni patlamalarla bu konuda açıklama yapmaktan kurtuldular. Hemen patlamanın kaynağına bakmaya koştum; az önceki telaşım kadar yersiz bir yüzsüzlükle sesin kaynağını araştırdığımda, Frank Hoenikker'i dışarıdaki bir kamyonun kasasına yerleştirilmiş jeneratörle uğraşırken buldum.

Jeneratör, yeni elektrik kaynağımızdı. Aletin mazotla işleyen motoru sürekli patlıyor ve dumanlar çıkarıyordu. Frank da bunu gidermeye çalışıyordu.

Yanında melek yüzlü Mona vardı. Her zamanki vakur tavrıyla Frank'i izliyordu.

"Sana haberlerim var dostum!" diye bağırdı beni gören Frank ve hepimizi eve soktu.

Angela ile Newt hâlâ salondaydı, ancak her nasılsa o tuhaf termosları ortadan kaldırmışlardı.

Termosların içinde elbette ki Dr. Felix Hoenikker'in

mirası ve benim *karass*'ımın *wampeter*'i olan *buz-dokuz* parçaları bulunuyordu.

Frank beni kenara çekti. "Ne kadar uyanıksın?"

"Yeterince uyanığım."

"Umarım tam manasıyla uyanıksındır, çünkü hemen şimdi konuşmamız lazım."

"Anlatmaya başla."

"Önce yalnız kalalım." Frank, Mona'ya keyfine bakmasını söyledi. "Sana ihtiyacımız olursa sesleniriz."

İçim giderek baktım Mona'ya ve o güne dek kimseye ona duyduğum kadar ihtiyaç duymadığımı düşündüm.

87
İnsan sarrafı

Ancak bir Afrika zurnasından çıkabilecek sesle ve ikna edicilikle konuşan Franklin Hoenikker adındaki fare suratlı çocuğa gelecek olursak... Askerdeyken duymuştum, o gibi herifler için 'kâğıt götlü biri gibi konuşuyor' derlerdi. General Hoenikker aynen öyle bir adamdı. Gizli Ajan X-9 olarak kendi dünyasıyla sınırlı bir çocukluk geçirmiş olan zavallı Frank'in neredeyse kimseyle konuşma deneyimi olmamıştı.

Şimdi de karşıma geçmiş, samimi ve ikna edici olabilme umuduyla bana afili laflar ediyor ve "Seni gözüm çok tuttu!" ve "Gel senle şöyle harbi bir sohbet edelim erkek erkeğe!" gibi palavralar kesiyordu.

Sonra da, "Dobra dobra konuşalım ve eteğimizdeki taşları dökelim," diye 'in' dediği yere götürdü beni.

Bir uçuruma oyulmuş basamaklardan aşağıya, çağlayanın altında ve arkasında kalan doğal bir mağaraya indik. Mağarada iki çizim masası, üç tane soluk renkli sade İskandinav koltuğu ve mimariyle ilgili Almanca, Fransızca, Fince, İtalyanca, İngilizce kitapların durduğu bir kütüphane vardı.

Her taraf elektrik ampulleriyle aydınlatılıyordu; jeneratörün öksürükleriyle birlikte titreşen ampullerle.

Mağaranın en çarpıcı yanıysa duvarlara yapılmış resimlerdi. Bir anaokulu çocuğu cüretiyle çizilmiş, ilkel insanın kil, toprak ve kömür renklerinin hakim olduğu resimlerdi bunlar. Frank'a mağara resimlerinin ne kadar eski olduğunu sormama gerek yoktu. İçeriklerine bakarak tarihlerini anlayabiliyordum. Karşımda ne mamutlar vardı, ne dev dişli kaplanlar, ne de mağara ayıları.

Resimlerin hepsinde Mona Aamons Monzano'nun küçüklüğü çeşitli şekillerde anlatılmıştı.

"Burası..." dedim, "burası Mona'nın babasının çalıştığı yer miydi?"

"Doğru. Ormandaki Umut ve Merhamet Yuvası'nı tasarlayan Finli bir mimardı kendisi."

"Biliyorum."

"Seni buraya bunu konuşmak için çağırmadım."

"Senin babanla ilgili bir mevzu mu yoksa?"

"Hayır, *seninle* ilgili." Frank elini omzuma koydu ve gözümün içine baktı. Yarattığı etki kaynaştırıcı olmaktan çok uzaktı. Samimiyet havası yaratmaya çalışıyordu ama ışığı görünce kör olmuş ve uzun, beyaz bir direğin üstüne tünemiş tuhaf ve küçük bir baykuş gibi görünüyordu.

"Konuya gelsen belki daha iyi olur."

"Evet, lafı dolandırmanın manası yok," dedi. "Ben tam bir insan sarrafıyımdır ve seni gözüm tuttu."

"Teşekkür ederim."

"Biz seninle gül gibi geçinir gideriz."

"Hiç şüphem yok."

"İkimizin de birbirine cuk oturan yönleri var."

Elini omzumdan çekmesine çok memnun olmuştum. İki elinin parmaklarını bir dişlinin çarkları gibi birbirine kenetledi. Bir eli kendisini temsil ediyordu sanırım, diğeri de beni.

"Birbirimize ihtiyacımız var." Dişlilerin nasıl işlediğini göstermek için parmaklarını kımıldattı.

Bir süre sessiz kalsam da dostluk ortamından pek memnunmuş gibi görünüyordum.

"Demek istediğimi anlayabildin mi?" diye sordu Frank.

"Sen ve ben... Birlikte bir şey yapacağız galiba?"

"Aynen öyle!" Frank ellerini çırptı. "Sen görmüş geçirmiş birisin, kalabalıkların önüne çıkmaya alışkınsın; bense teknik biriyim, görünmeyen kahraman olmaya alışkınım, işlerin yürümesini sağlarım."

"Benim nasıl biri olduğumu nereden biliyorsun? Daha yeni tanıştık."

"Giyim kuşamından, konuşma biçiminden belli." Elini tekrar omzuma koydu. "Gözüm tuttu seni!"

"Bunu söylemiştin."

Frank kendini kaybetmiş bir halde onun aklından geçenleri coşkuyla tamamlamamı bekliyordu ama hâlâ çok şaşkındım. "Bundan şunu mu anlamam gerekiyor... Bana burada, San Lorenzo'da bir tür iş falan mı teklif ediyorsun?"

Ellerini çırptı. Çok mutlu olmuştu. "Evet, doğru! Yılda yüz bin dolar maaşa ne dersin?"

"Güzel Tanrım!" diye bağırdım. "Bunu hak etmek için ne yapmam gerekecek?"

"Neredeyse hiçbir şey. Her gece altın kadehlerden içkiler içecek, altın tabaklardan yemekler yiyecek ve kendine ait bir sarayda oturacaksın."

"Ne iş yapacağım?"

"San Lorenzo Cumhuriyeti'nin başkanı olacaksın."

88

Neden Frank başkan olamıyor?

"Ben mi?" dedim hıçkırır gibi. "Başkan mı olacağım?"

"Başka kim var ki burada?"

"Çılgınlık bu!"

"Oturup adamakıllı düşünmeden hayır deme." Frank endişeyle süzdü beni.

"Hayır!"

"Bir saniye bile düşünmedin ama."

"Delilik olduğunu anlamaya yetecek kadar düşündüm."

Frank parmaklarını tekrar dişliler gibi birleştirdi. "*Birlikte* çalışacağız. Seni her zaman destekleyeceğim."

"İyi. Bana göbekten bir tıpa takarlarsa aynısından senin de olacak yani."

"Tıpa mı?"

"Vurulmak! Suikasta uğramak!"

Frank'in aklı karışmıştı. "Seni kim, neden vursun ki?"

"Benim yerime başkan olmak için."

Frank başını iki yana salladı. "San Lorenzo'da kimse başkan olmak istemez," dedi. "Bu onların dini inançlarına aykırıdır."

"*Senin* dini inançlarına da aykırı yani. Yeni başkanın sen olacağını düşünmüştüm."

"Ben..." diye geveledi ve sonra sözüne devam edemedi. Hayalet görmüş gibiydi.

"Ne olmuş sana?" diye sordum.

Mağaranın ağzını bir perde gibi kapatan su kütlesine döndü yüzünü. "Benim anlayışımca olgunluk, haddini bilmektir," dedi.

Olgunluğu tanımlarken pek de Bokonon'dan farklı bir bakış açısı sergilemiyordu. "Olgunluk," der Bokonon, "hiçbir çaresi olmayan acı bir hayal kırıklığıdır; elbette kahkahanın her şeyin çaresi olduğu gerçeği bir kenara bırakılırsa."

"Ben de haddimi biliyorum, bazı sınırlarımın olduğunun farkındayım," diye söze devam etti Frank. "Aynı sınırlara babam da sahipti."

"Öyle mi?"

"Bir sürü çok iyi fikrim var, tıpkı babam gibi," diye anlatmaya devam etti Frank, bana ve çağlayana. "Ama o, insanların karşısına çıkma konusunda iyi değildi, tıpkı benim gibi."

89
Duffle

"İşi kabul edecek misin?" diye kaygıyla sordu Frank.

"Hayır," dedim.

"Peki, bu işi kabul *edebilecek* herhangi birini tanıyor musun?"

Frank, Bokonon'un *duffle* adını verdiği durumun klasik bir örneğini teşkil ediyordu. Bokononcu görüş uyarınca *duffle*, binlerce kişinin kaderinin bir *stuppa*'nın ellerine teslim edilmesidir. *Stuppa* ise sislerin arasında yolunu şaşırmış çocuk demektir.

Bir kahkaha attım.

"Komik bir şey mi var?"

"Ben güldüğüm zaman aldırma," diye ricada bulundum. "Bu konuda adı kötüye çıkmış bir sapığım."

"Bana mı gülüyorsun sen?"

Başımı iki yana salladım. "Hayır."

"Yemin et."

"Yemin ederim."

"Eskiden insanlar hep dalga geçerdi benimle."

"Sen öyle canlandırmışsındır hayalinde."

"Bana bir sürü şeyler söylerlerdi. Bunların hiçbirini *hayal etmedim*."

"İnsanlar bazen istemeden kaba olabilir," dedim. İşte o konuda yemin edecek değildim.

"Bana ne derlerdi, biliyor musun?"

"Ne?"

"Bana, 'Hey, X-9, nereye gidiyorsun?' diye seslenirlerdi."

"O kadar da kötü bir şey gibi gelmiyor kulağa."

"Bana o ismi takmışlardı," dedi Frank suratını asarak, "Gizli Ajan X-9."

Bunu bildiğimi söylemedim ona.

"Nereye gidiyorsun X-9?" diye tekrarladı Frank.

Alay edenlerin nasıl tipler olduğunu gözümde canlandırmaya çalıştım ve kader rüzgârının onları nereye savurduğunu düşündüm. Frank ile dalga geçen sivri zekâlar Umum Dövme Demir ve Döküm Şirketi'nde, Ilium Elektrik İdaresi'nde veya telefon şirketinde ölümden farksız işler bulmuşlardı mutlaka.

Gizli Ajan X-9 ise tümgeneral olmuş, tropik bir şelale tarafından gizlenmiş bir mağarada bana krallık teklif ediyordu.

"Arkamdan seslendiklerinde durup onlara nereye gittiğimi söylesem gerçekten hayret ederlerdi."

"Yani gün gelip buralara ulaşacağın taaa o zamanlardan içine mi doğmuştu?" Bu aslında Bokononcu bir soruydu.

"Jack'in Hobi Dükkânı'na gidiyordum," dedi, tavrında en ufak düşüş olmadan.

"Yaa?"

"Hepsi oraya gittiğimi biliyordu ama orada *gerçekte* neler döndüğü hakkında en ufak fikirleri yoktu. *Gerçekte* neler döndüğünü bilseler -özellikle kızlar- hayret ederlerdi. Kızlar, benim kendileri hakkında bir şeyler bildiğimi hiç sanmıyordu."

"*Gerçekte* neler dönüyordu orada?"

"Jack'in karısını her gün düdüklüyordum. Lisede derslerde uyuyup durmamın nedeni buydu. Hiçbir zaman gerçek potansiyelimi ortaya koyamamamın nedeni de öyle."

Sonra kendini o rezil anıdan sıyırıp toparlandı. "Hadi ama. Gel, San Lorenzo'nun başkanı ol. Kişiliğinle bunun üstesinden çok iyi gelebilirsin. Lütfen."

90
Bit yeniği

Ve gece vakti ve mağara ve şelale... Ve Ilium'daki melek heykeli...

Ve 250.000 sigara ve 3000 litre içki ve iki karı ve hiç karı...

Ve bir yerlerde beni bekleyen bir aşkın olmaması...

Ve mürekkep lekelerine bulanmış bir yazarın boktan hayatı...

Ve *Pabu* yani Ay ve *Borasisi* yani Güneş ve onların çocukları...

Hepsi Tanrı'nın benim hayatımı idare ettiği ve benim adıma yapacak işleri olduğu şeklindeki kozmik bir *vin-dit*, Bokononculuğa doğru kuvvetli itiş oluşturacak şekilde bir araya gelmişti. İçimden *saroon*'ladım, yani *vin-dit*'imin görünüşteki isteklerine boyun eğdim.

İçimden San Lorenzo'nun yeni başkanı olmayı kabul etmiştim.

Dışımdan ise hâlâ ihtiyatlıydım, şüphelerim vardı. "Mutlaka bir bityeniği vardır bu işte," dedim.

"Yok."

"Seçim olacak mı?"

"Bugüne kadar hiç olmadı. Sadece çıkıp yeni başkanın kim olduğunu ilan edeceğiz."

"İtiraz edecek birileri çıkmayacak mı?"

"Kimse bir şeylere itiraz etmez burada. İlgilenmezler. Umursamazlar."

"Bir bityeniği olmak *zorunda*!"

"Aslında bir tane var gibi," diye itiraf etti Frank.

"Biliyordum!" *Vin-dit*'imden uzaklaşmaya başlamıştım. "Neymiş bu bit yeniği?"

"Yani tam bir bityeniği denemez; istemiyorsan yapman şart değil. Yine de yapsan, güzel *olur*."

"Duyalım bakalım şu müthiş fikri."

"Eğer başkan olursan, bence Mona ile evlenmen gerek. Ama istemiyorsan mecbur değilsin. Patron sensin."

"O beni kabul eder mi ki?"

"Beni ettiyse, seni de eder. Tek yapman gereken ona sormak."

"Neden evet desin?"

"*Bokonon'un Kitapları*'nda onun San Lorenzo'nun yeni başkanıyla evleneceği öngörülüyor," dedi Frank.

91
Mona

Frank, Mona'yı babasının mağarasına getirdi ve bizi yalnız bıraktı. İlk başta konuşmakta zorlandık. Ben çekiniyordum. Elbisesi yarı saydamdı. Elbisesi gök mavisiydi.

Bel kısmı ince bir kumaşla hafifçe büzülmüş sade bir elbiseydi. Diğer her yerini Mona'nın bedeni şekillendiriyordu. Göğüsleri greyfurda benziyordu. Ya da neye isterseniz ona benzetin ama her şeyden çok genç bir kadının göğüslerine benziyordu.

Ayakları çıplaktı. Tırnaklarına özenle pedikür yapılmıştı. Minik sandaletleri altın rengindeydi.

"Sen…" dedim, "nasılsın sen?" diye sordum. Kalbim yerinden çıkacak gibiydi. Gözlerimi ateş basmıştı.

"Hata yapmak mümkün değil," dedi. Bunun tüm Bokononcuların utangaç bir insanla tanıştıklarında verdikleri geleneksel selam olduğunu bilmiyordum o sıra. Bu nedenle de hata yapmanın mümkün olup olmadığına dair hararetli bir tartışmaya giriştim kendi kendime.

"Ah, bugüne dek ne çok hata yaptığımı bir bilsen. Karşında hata yapma dünya şampiyonu var." Böyle başlayıp saydım da saydım. "Frank'in az evvel bana ne dediğini biliyor musun?"

"Benim hakkımda bir şey mi dedi?"

"Her şey hakkında ama *özellikle* senin hakkında."

"Dilersen bana sahip olabileceğini söylemiştir."

"Evet."

"Doğru demiş."

"Ben… Eee… Şey..."

"Evet?"

"Ne desem bilemedim."

"*Boko-maru*'nun faydası olabilir," diye önerdi.

"Neyin?"

"Ayakkabılarını çıkar," dedi ve kendisi de sandaletlerini büyük bir zarafetle çıkardı.

Ben görmüş geçirmiş bir adamım; zamanında yaptığım bir hesaba göre elli üç kadın geçmiş hayatımdan. Kadınların karşımda mümkün olabilecek her şekilde soyunduğunu gördüğümü söyleyebilirim. O son sahnede perdenin bin farklı biçimde aralanışını seyrettim.

Buna rağmen kendimi tutamayarak inlememe sebep olan tek kadın, sandaletlerini çıkarmaktan başka şey yapmamıştı.

Ayakkabılarımın bağlarını çözmeye çalıştım. Benden daha rezil bir damat görülmemiştir herhalde. Ayakkabımın tekini çıkardım ama diğerinin bağcığını çözeceğim derken kördüğüm yaptım. Düğümü açmaya çalışırken başparmağımın tırnağını kırdım, sonunda bağcıkları falan çözmeden ayağımdan çıkartıp attım.

Ardından çoraplarımı sıyırdım.

Mona yere oturmuştu bile; bacaklarını ileri uzatmış, kollarını destek almak için arkaya atmış, başını geriye vermiş, gözlerini yummuştu.

Artık bana ilk-ilk-ilk *şeyimi* tamamlamak kalmıştı, Yüce Tanrım...

Boko-maru'mu.

92
Şairin ilk *boko-maru*'sunu kutlaması üzerine

Bunlar Bokonon'un sözleri değil. Bana aitler.

Tatlı hayalet,
Görünmez buğum
Benim…
Ruhumun…
Hayalet sevgiye hasret kalmış bunca zamandır,
Bunca zamandır yalnız:
Başka bir tatlı ruhla tanışacak mı?
Bunca zamandır
Yanlış öğütler vermişim sana
İki ruhun nerede
Buluşabileceği hakkında.
Tabanlarım, tabanlarım!
Ruhum, ruhum,
Git oraya,
Tatlı ruhum;
Öpsünler seni.
Mmmmmmm.

93
Mona'mı az kalsın nasıl yitiriyordum?

"Artık benimle konuşmak sana daha kolay geliyor mu?" diye sordu Mona.

"Sanki seni bin yıldır tanıyor gibiyim," diye itiraf ettim. İçimden ağlamak geliyordu. "Seni seviyorum, Mona."

"Seni seviyorum." Çok basit bir şekilde söylemişti bunu.

"Frank ne ahmak bir adammış!"

"Ne gibi?"

"Seni bırakmasını kastediyorum."

"Beni sevmiyordu ki. Yalnızca 'Baba' ondan istediği için evlenecekti benimle. O başka birini seviyor."

"Kimi?"

"Ilium'da tanıdığı bir kadını."

Talihli kadın, Jack'in Hobi Dükkanı'nın sahibinin karısı olmalıydı. "Sana anlattı mı?"

"Bu gece, seninle evlenmem için izin verdiğinde."

"Mona?"

"Efendim?"

"Şey... Senin hayatında başka biri var mı?"

Mona bu soru karşısında şaşırmıştı. "Birçok kişi var," dedi.

"*Sevdiğin* biri yani."

"Ben herkesi seviyorum."

"Beni... Beni sevdiğin kadar mı?"

"Evet." Bunun beni rahatsız edebileceğine dair bir fikri yok gibiydi.

Yerden kalktım, bir sandalyeye oturdum ve çoraplarımla ayakkabılarımı giymeye koyuldum.

"Sanırım..." dedim. "Diğerleriyle de yapıyorsun... Bizim az önce yaptığımız işi."

"*Boko-maru* mu?"

"Evet, *boko-maru*."

"Elbette yapıyorum."

"Bundan sonra benden başka kimseyle bunu yapmanı istemiyorum," diye kestirip attım.

Gözleri doldu. Hafifmeşrepliğe bayılıyordu; ona utanç

duygusu aşılamaya çalışmama kızmıştı. "Ben insanları mutlu ediyorum. Sevgi iyidir, kötü değildir."

"Kocan olarak senin tüm sevgini kendim için istiyorum."

Gözlerini fal taşı gibi açarak bana baktı. "Sen bir *sin-wat*'sın!"

"Ne?"

"Bir *sin-wat*!" diye haykırdı. "Bir insanın tüm sevgisini isteyen adam. Bu çok kötü bir şey."

"Evlilik söz konusu olduğunda bence gayet iyi bir şey. En önemli şey."

Mona hâlâ yerde oturuyordu ve ben çoraplarımı ve ayakkabılarımı giymiş halde ayağa kalkmıştım. Kendimi çok uzun boylu hissediyordum, oysa o kadar uzun değildim; kendimi çok güçlü hissediyordum, oysa o kadar güçlü değildim. Ve kendi sesimi saygıyla dinleyen bir yabancı gibiydim. Sesimde önceden olmayan metalik bir tını vardı.

Buyurgan tavırlarla konuşmayı sürdürdüğümde, şimdiden neler olduğuna uyanıverdim. Çoktan yönetmeye, hükmetmeye başlamıştım.

Mona'ya ülkeye gelişimin hemen sonrasında, hepimiz tribündeyken kendisinin o pilotla bir nevi ayaküstü *boko-maru* yapışını gördüğümü anlattım. "Artık onunla işin olamaz," dedim ona. "İsmi neydi adamın?"

"Bilmiyorum ki," diye fısıldadı. Bakışlarını yere dikmişti.

"Peki ya genç Philip Castle?"

"Onunla *boko-maru* yapmamı mı kast ediyorsun?"

"Her bir şeyi yapmanızı kast ediyorum. Anladığım kadarıyla birlikte büyümüşsünüz."

"Evet."

"İkiniz de Bokonon'un öğrencisiymişsiniz."

"Evet." Bu anıyı hatırlayınca yeniden neşelenmişti.

"O günlerde çokça *boko-maru* durumları olmuştur herhalde."

"Olmaz mı!" dedi mutlulukla.

"Bundan sonra onu da görmeyeceksin. Anlaşıldı mı?"

"Hayır."

"Hayır mı?"

"Bir *sin-wat* ile evlenmem." Ayağa kalktı. "Elveda."

"Elveda mı?" Bu söz karşısında yıkılmıştım.

"Bokonon bize herkesi tam anlamıyla aynı biçimde sevmemenin çok yanlış olduğunu söyler. *Senin* dinin ne söylüyor bu konuda?"

"Benim... Benim bir dinim yok."

"Benim *var*."

Hükmetmeye son verdim. "Gayet iyi anlıyorum," dedim.

"Elveda, dini olmayan adam." Taş merdivene yöneldi.

"Mona..."

Duraksadı. "Efendim?"

"Eğer istersem ben de senin dinine girebilir miyim?"

"Tabii ki."

"İstiyorum öyleyse."

"Güzel. Seni seviyorum."

"Ben de seni seviyorum," diyerek iç geçirdim.

94
En yüksek dağ

Böylece gün doğarken, dünyanın en güzel kadınıyla nişanlandım. San Lorenzo'nun yeni başkanı olmayı da kabul ettim.

'Baba' henüz ölmemişti ve Frank mümkünse onun hayır duasını almamın yerinde olacağını düşünüyordu. Bu nedenle *Borasisi*'de, yani güneş doğduğunda Frank il yeni başkanı koruyan askerlerden aldığımız bir ciple 'Baba'nın kalesine gittik.

Mona, Frank'in evinde kaldı. Onu kutsal bir edayla öptüm ve o da kutsal uykusunu uyumaya devam etti.

Frank ile sağ tarafımızda yükselen parlak güneşin altında dağları aşarak yabani kahve ağaçlarının arasında ilerledik.

O gündoğumunda adanın en yüksek dağı olan McCabe Dağı'nın bir deniz memelisini andıran heybetine ilk kez tanık oldum. Karşımda ürkütücü bir kambur, bir mavi balina duruyordu; zirvesindeyse tuhaf, tıpaya benzeyen, çıplak bir kaya kütlesi vardı. Dağı bir balina olarak düşünürsek, o tıpa da balinanın sırtına saplanmış ve kırılmış bir zıpkının sapı gibi duruyordu. Dağın geri kalan kısmıyla o kadar alakasız görünüyordu ki Frank'e insan eliyle yapılmış olup olmadığını sordum.

Bana bunun doğal bir oluşum olduğunu anlattı. Ayrıca bildiği kadarıyla kimsenin o güne dek McCabe Dağı'nın zirvesine tırmanmadığını da ekledi.

"Tırmanması o kadar da zor görünmüyor," diye yorumumu yaptım. Tepedeki tıpayı saymazsak, dağın eğimi bir binanın basamaklarını tırmanmaktan daha zorlu bir parkur vaat etmiyordu. Tıpanın kendisiyse, en azından uzaktan bakıldığında, birçok tırmanmaya elverişli rampa ve çıkıntıyla örülü gibiydi.

"Kutsal falan mı sayılıyor?" diye sordum.

"Belki bir zamanlar. Ancak Bokonon'dan beri değil."

"Öyleyse neden kimse tırmanmamış bugüne dek?"

"Kimsenin canı istememiş demek ki."

"Belki ben tırmanırım."

"Tırmanabilirsin. Seni engelleyen yok."

Sessizlik içinde yola devam ettik.

"Bokononcular için kutsal bir şey var mı?" diye sordum bir süre sonra.

"Tanrı bile kutsal sayılmaz diyebilirim."

"Hiçbir şey yok mu gerçekten?"

"Sadece tek bir şey."

Tahmin yürüttüm. "Okyanus mu? Güneş mi?"

"İnsan," dedi Frank. "Hepsi bu. Yalnızca insan."

95
Kancayı görüyorum

Nihayet kaleye vardık.

Alçak, kara, zalim bir yapıydı.

Surlarında eskiden kalma toplar duruyordu hâlâ. Mazgallarını sarmaşıklar ve kuş yuvaları sarmıştı.

Kuzey duvarları, doğrudan ılık denize inen yüz seksen metrelik korkunç bir uçurum boyunca uzanıyordu.

O tür kaya yığınlarının hepsinin insanın aklına getirdiği soruyu sorduruyordu bu da: Nasıl olmuştu da ufacık insanlar o koca koca kayaları yerinden oynatabilmişti? Yine tüm benzer kaya yığınları gibi cevap, sorunun kendisinde saklıydı: O koca taşları yerinden oynatan körükörüne duyulan korkuydu.

Kale, kaçak bir köle ve San Lorenzo'nun kaçık imparatoru olan Tum-bumwa'nın istekleri doğrultusunda yapılmıştı. Tum-bumwa'nın kalenin tasarımını bir çocuk kitabından aldığı söyleniyordu.

Oldukça kanlı bir çocuk kitabı olmalıydı bu.

Sarayın kapısına varmamızdan hemen evvel yol bizi iki telefon direğiyle onları birleştiren bir kirişten oluşan rustik kemerin altından geçirdi.

Kirişin ortasından dev bir demir kanca sallanıyordu. Kancaya asılmış bir de tabela vardı. Şöyle yazıyordu:

BU KANCA BOKONON'A ÖZEL OLARAK AYRILMIŞTIR.

Başımı kaldırıp kancaya baktım ve o sivri demir parçası bana o ülkeye gerçekten hükmedeceğimi hatırlattı. Kancayı ortadan kaldıracaktım!

Sert ama adil ve iyi bir yönetici olacağımı, halkımı refah içinde yaşatacağımı söyledim kendime.

Fata Morgana.

Serap!

96

Çan, kitap ve şapka kutusundaki tavuk

Frank ile doğrudan 'Baba'nın yanına giremedik. Kendisinden sorumlu hekim Dr. Schlichter von Koenigswald, yarım saat kadar beklememiz gerektiğini söyledi homurdanarak. Bunun üzerine 'Baba'nın dairesinin önündeki salonda oyalanmaya başladık. Pencereleri olmayan bu oda fazla geniş sayılmazdı. Eşya niyetine birkaç tahta sıra ve bir iskambil masası vardı. Masada bir vantilatör duruyordu. Taş duvarlarda herhangi bir resim ya da süs yoktu.

Yerden yaklaşık iki metre yüksekliğe birbirlerinden iki metre aralıkta demir halkalar monte edilmişti. Frank'a mekânın daha önce işkence odası olarak kullanılıp kullanılmadığını sordum.

O amaç için kullanıldığını söyledi ve üstünde dikilmekte olduğum kapağın aslında zindan girişi olduğunu işaret etti.

Bekleme odasında bezgin bir nöbetçi vardı. Ayrıca ihtiyaç duyulması halinde 'Baba'nın dini ihtiyaçlarıyla ilgilenmek üzere bir de Hıristiyan rahip hazır bekliyordu. Yanında pirinç bir yemek çanı, üstüne delikler açılmış bir şapka kutusu, İncil ve bir de kasap bıçağı vardı. Hepsini yanı başına, oturduğu sıranın üstüne dizmişti.

Bana şapka kutusunda canlı bir tavuk olduğunu söyledi. Tavuğun sesinin çıkmamasını ise ona verdiği sakinleştiricilerle açıkladı.

Yirmi beş yaşın üzerindeki tüm San Lorenzolular gibi o da en az altmışında gösteriyordu. İsminin Dr. Vox Humana olduğunu, bu adın kendisine 1923'te San Lorenzo Katedrali dinamitlendiği zaman annesinin kafasına çarpan bir org düğmesinden ötürü verildiğini anlattı. Babasının kim olduğunuysa bilmediğini söyledi, hiç utanıp sıkılmadan.

Ona hangi Hıristiyan mezhebine mensup olduğunu

sordum ve tavuk ile kasap bıçağının benim Hıristiyanlık anlayışım açısından yenilik olduğunu açık sözlülükle ifade ettim.

"Çana gelecek olursak," dedim, "onun duruma ne kadar uygun olduğunu kavrayabiliyorum."

Rahip tahsilli bir adam çıktı. Bana gösterdiği doktorasını Little Rock, Arkansas'taki Western Hemisphere Üniversitesi'nden almıştı. Anlattığına göre, üniversiteyle *Popular Mechanics* dergisindeki bir ilan sayesinde temasa geçmiş. Üniversitenin sloganını benimsemiş ve bu da tavukla bıçağın açıklamasıymış. Üniversitenin sloganı şuymuş:

DİNİ YAŞAT!

Bana Hıristiyanlık içinde kendine bir çıkış bulmak zorunda kaldığını, zira halihazırda Katoliklik ve Protestanlığın da Bokononculukla birlikte yasaklandığını anlattı.

"Dolayısıyla, bu koşullar altında Hıristiyan olacaksam birçok yeni şey uydurmak zorundaydım."

"Doysıaaa," dedi aslında yerel lehçeyle, "bogoşulaa atıda bi Hırk-tizan ocaıksamn, pirçuk yanni şae uydırna zarrınnaydmm."

Dr. Schlichter von Koenigswald o sırada 'Baba'nın dairesinden çıktı. Çok Alman ve çok bitkin görünüyordu. "Şimdi 'Baba'yı görebilirsiniz," dedi.

"Onu yormamaya özen göstereceğiz," diye söz verdi Frank.

"Onu öldürebilirseniz," dedi Von Koenigswald, "bence size minnettar kalır."

97
Kokuşmuş Hıristiyan

'Baba' Monzano ve amansız hastalığı, altın bir kayık şeklindeki yatakta yatıyordu. Yatağın yekesi, pruva halatı, ıskarmozları ve diğer her şeyi altın yaldızı kaplıydı. Bokonon'un eski teknesi *Hanımın Terliği*'nin sandalıydı bu aslında; yani çok uzun zaman önce Bokonon ile Onbaşı McCabe'i San Lorenzo'ya getiren geminin cankurtaran kayığı.

Odanın duvarları beyazdı. Ancak 'Baba' öylesine alev alev, parlak bir acı yayıyordu ki duvarlar sanki öfkeden kıpkırmızı kesilmişti.

'Baba'nın belden yukarısı çıplaktı ve terden parlayan göbeği boğum boğumdu. Rüzgâr altında ilerleyen bir teknenin yelkeni gibi sallanıyordu karnı.

Boynunda bir zincir, onun ucunda da fişek büyüklüğünde bir silindir asılıydı. Silindirin içinde sihirli bir iksir falan olduğunu sanmıştım. Yanılmışım. Meğer içinde bir parça *buz-dokuz* varmış.

'Baba' güçlükle konuşabiliyordu. Dişleri birbirine vuruyordu ve nefes alış verişini kontrol etmekten acizdi.

'Baba'nın acılara boğulmuş başı kayığın baş tarafında, geriye doğru bükülmüş haldeydi.

Mona'nın ksilofonu yatağın yanındaydı. Önceki gece 'Baba'yı müzik yoluyla sakinleştirmeye çalıştığı belliydi.

"Baba?" diye fısıldadı Frank.

'Baba', "Elveda," diyerek yutkundu. Gözleri yuvalarından fırlamıştı; hiçbir şey görmüyorlardı.

"Sana bir arkadaşımı getirdim."

"Elveda."

"San Lorenzo'nun yeni başkanı o olacak. Benden çok daha iyi bir başkan olur ondan."

"Buz!" diye inledi 'Baba'.

"Buz deyip duruyor," dedi Von Koenigswald. "Getirince de istemiyor."

'Baba' gözlerini devirdi. Boynunu esnetti, bedeninin ağırlığını başının tepesine vermekten vazgeçti. Sonra yeniden boynunu esnetti. "Hiç fark etmez," dedi, "kim olursa olsun başkanı..." Sözlerini tamamlamadı.

Ben onun yerine tamamladım. "San Lorenzo'nun mu?"

"San Lorenzo'nun, evet," diye onayladı. Çarpık bir şekilde gülümsemeyi başardı. "İyi şanslar!" dedi boğuk bir sesle.

"Teşekkür ederim, efendim," dedim.

"Hiç fark etmez! Bokonon. Bokonon'u yakala."

Bu sözüne alengirli bir karşılık vermeye niyetlendim. Sonra halkın mutluluğu için Bokonon'un her daim kaçak olması gerektiğini, asla yakalanmaması gerektiğini hatırladım. "Yakalayacağım."

"Ona de ki..."

'Baba'nın Bokonon'a mesajını duyabilmek için öne eğilerek ona iyice sokuldum.

"Ona kendisini öldürmediğim için üzgün olduğumu söyle," dedi.

"Söylerim."

"Onu *sen* öldür."

"Emredersiniz."

'Baba' emir veren bir tonla konuşmaya muvaffak oldu. "Onu *kendi ellerinle* öldür diyorum!"

Buna karşılık vermedim işte. Kimseyi öldürme heveslisi değildim.

"Onun halka öğrettiği tek şey yalanlar, yalanlar ve yalanlar. Onu öldür ve halka doğruyu öğret."

"Emredersiniz."

"Sen ve Hoenikker… Onlara bilimi öğretin."

"Emredersiniz efendim, öğreteceğiz," diye söz verdim.

"Bilim, *işe yarayan* tek sihirdir."

Sonra sustu, sakinleşti, gözlerini kapadı. Ardından fısıldadı. "Son duamı edeceğim."

Von Koenigswald kapıyı aralayıp Dr. Vox Humana'yı içeriye çağırdı. Dr. Humana uyuşturulmuş tavuğunu şapka kutusundan çıkarttı, kendi bildiğince son dua ayinine hazırlanmaya başladı.

'Baba' tek gözünü açtı ve "Sen değil," diye hırladı Dr. Humana'ya. "Çık dışarı!"

"Efendim?" diyebildi Dr. Humana.

"Ben Bokononcuyum," dedi 'Baba'. "Çık dışarı, seni kokuşmuş Hıristiyan."

98
Son dua

Böylelikle Bokononcu inancın son dua ayinine tanık olma imtiyazına da eriştim.

Askerler ve sarayın çalışanları arasından bu ayini bildiğini kabul eden ve 'Baba'ya bu konuda yardımcı olacak birisini bulmak için çok uğraştık. Kimse gönüllü olmadı. Kanca ve zindan o kadar yakındayken bu pek şaşırtıcı değildi doğrusu.

Bunun üzerine Dr. von Koenigswald kendisi deneyeceğini söyledi. Daha önce o ayini hiç yönetmemiş ama Julian Castle'ı yüzlerce defa iş üstünde izlemişti.

"Siz Bokononcu musunuz?" diye sordum kendisine.

"Bokononcu görüşlerden birine katılıyorum sadece. Tüm dinler, Bokononculuk da dahil, yalandan başka bir şey değildir."

"Bir bilim adamı olarak böyle bir ayine katılmak sizi rahatsız eder mi?" diye sordum.

"Ben çok kötü bir bilim adamıyım. Bir insana kendisini daha iyi hissettirebilmek için her şeyi yaparım; bilimsel olmasa bile yaparım. Bu unvanı hak eden hiçbir bilim adamı bunu söylemez."

Sonra altın kayığa, 'Baba'nın yanına çıktı. Kıç tarafına oturdu. Alan darlığı nedeniyle altın dümen yekesini kolunun altına kıstırmak zorunda kaldı.

Çorapsız ayaklarına giydiği sandaletleri çıkardı. Sonra da yatakta serili örtünün ucunu kıvırarak 'Baba'nın çıplak ayaklarını ortaya çıkardı. Ayak tabanlarını 'Baba'nınkilere yapıştırarak klasik *boko-maru* pozisyonunu aldı.

99

Gantı, çummur yarıdı

"*Tanr-rrğı, çamur-rrğu yağattı-ıı,*" diye alçak sesle mırıldandı Dr. von Koenigswald.

"*Gantı, cummur yardı*," diye tekrarladı 'Baba' Monzano.

"Tanrı çamuru yarattı," demişti her ikisi de kendi aksanıyla. Bu kısımdan itibaren bu aksanları kullanmadan aktaracağım diyalogları.

"Tanrı, kendini yalnız hissetti," dedi Von Koenigswald.

"Tanrı, kendini yalnız hissetti."

"Sonra Tanrı, bir çamur yığınına dedi ki 'Ayağa kalk!'"

"Sonra Tanrı, bir çamur yığınına dedi ki 'Ayağa kalk!'"

"'Şu yarattıklarıma bak,' dedi Tanrı, 'tepelere, denizlere, gökyüzüne, yıldızlara.'"

"'Şu yarattıklarıma bak,' dedi Tanrı, 'tepelere, denizlere, gökyüzüne, yıldızlara.'"

"Ayağa kalkıp etrafına bakan çamur yığınının bir kısmı da bendim."

"Ayağa kalkıp etrafına bakan çamur yığınının bir kısmı da bendim."

"Ne şanslıyım; ne şanslı çamurum."

"Ne şanslıyım; ne şanslı çamurum." 'Baba'nın yanaklarından yaşlar süzülüyordu.

"Ben, yani çamur, ayağa kalktım ve Tanrı'nın ne güzel bir iş yaptığını gördüm."

"Ben, yani çamur, ayağa kalktım ve Tanrı'nın ne güzel bir iş yaptığını gördüm."

"İyi iş çıkarmışsın, Tanrım!"

"İyi iş çıkarmışsın, Tanrım!" dedi 'Baba' yürekten.

"Bunu Sen'den başka kimse başaramazdı, Tanrım! Hele ben, asla başaramazdım."

"Bunu Sen'den başka kimse başaramazdı, Tanrım! Hele ben, asla başaramazdım."

"Kendimi sana kıyasla çok önemsiz hissediyorum."

"Kendimi sana kıyasla çok önemsiz hissediyorum."

"Kendimi azıcık önemli hissetmenin tek yolu, ayağa kalkıp da etrafına bakmayan çamur yığınlarını düşünmek."

"Kendimi azıcık önemli hissetmenin tek yolu, ayağa kalkıp da etrafına bakmayan çamur yığınlarını düşünmek."

"Bana çok fazlası bahşedildi; çamurun büyük kısmınaysa pek azı."

"Bana çok fazlası bahşedildi; çamurun büyük kısmınaysa pek azı."

"*Das-kür eder-rrğn bo-o honur-rrğ'çin!*" diye bağırdı Von Koenigswald.

"*Daşak-hür adarm pu-onnu çügün!*" diye hırıldadı 'Baba'.

Söyledikleri şuydu aslında: "Teşekkür ederim bu onur için!"

"Şimdi çamur yeniden yatıyor ve uykuya dalıyor."

"Şimdi çamur yeniden yatıyor ve uykuya dalıyor."

"Ne güzel anıları oldu bu çamurun!"

"Ne güzel anıları oldu bu çamurun!"

"Kendimden başka öyle güzel ayaklanmış çamurlarla tanıştım ki!"

"Kendimden başka öyle güzel ayaklanmış çamurlarla tanıştım ki!"

"Gördüğüm her şeyi çok sevdim!"

"Gördüğüm her şeyi çok sevdim!"

"İyi geceler."

"İyi geceler."

"Ben şimdi cennete gideceğim."

"Ben şimdi cennete gideceğim."

"Sabırsızlanıyorum..."

"Sabırsızlanıyorum..."

"*Wampeter*'imin ne olduğunu kesin olarak öğrenmek için..."

"*Wampeter*'imin ne olduğunu kesin olarak öğrenmek için..."

"Ve *karass*'ımda kimlerin olduğunu..."

"Ve *karass*'ımda kimlerin olduğunu..."

"Ve *karass*'ımızın sizler için yaptığı tüm iyilikleri."

"Ve *karass*'ımızın sizler için yaptığı tüm iyilikleri."

"Amin."

"Amin."

100
Frank zindana iniyor

Ne var ki 'Baba' ölmedi ve cennete de gitmedi; en azından o dakika için. Frank'a benim başkanlığa yükselişimi duyurmak için en iyi zamanı nasıl ayarlayabileceğimizi sordum. Hiç yardımı olmadı, hiçbir fikri yoktu; tamamen bana bıraktı.

"Bana destek olacağını zannediyordum," diye yakındım.

"Herhangi bir *teknik* konuda." Frank o açıdan aşırı kuralcıydı. Teknisyen dürüstlüğünü istismar edemezdim; onu işinin sınırlarını aşmaya zorlayamazdım.

"Anlıyorum."

"İnsanları nasıl idare etmek istiyorsan et, beni ilgilendirmez. Bu senin meselen ve sorumluluğun."

Frank'in tüm insan ilişkilerinden bu kadar kesin şekilde elini eteğini çekmesi beni hem şok etmiş hem de öfkelendirmişti; böylece iğnelemek maksadıyla ona, "Zahmet olmazsa bu mühim gün için planlarının ne olduğunu tamamen teknik yönden açıklayabilir misin?" dedim.

Son derece teknik bir cevap aldım. "Elektrik santralini onarmak ve bir hava gösterisi sergilemek."

"Güzel! Demek ki Başkan olarak ilk muvaffakiyetlerimden biri halkıma elektriği geri getirmek olacak."

Frank bunda komik bir yan görmemişti. Beni selamladı. "Deneyeceğim, efendim. Sizin için elimden gelenin en iyisini yapacağım, efendim. Lakin elektriğe yeniden kavuşmamızın ne kadar süreceğinden kesin olarak emin değilim."

"Ben de bunu istiyorum işte: Elektrikli bir ülke."

"Elimden gelenin en iyisini yapacağım, efendim." Frank beni tekrar selamladı.

"Peki ya hava gösterisi?" diye sordum. "O nedir?"

Yine odun gibi bir cevap aldım. "Öğleden sonra saat birde San Lorenzo Hava Kuvvetleri'nin altı uçağı, bu sarayın üzerinden geçip denizdeki hedefleri vuracak. Yüz Demokrasi Şehidi Günü törenlerinin bir parçasıdır bu. Ayrıca Amerikan büyükelçisi de denize bir çelenk bırakmayı planlıyor."

Frank'in benim tahta çıkışımı, hava gösterisi ve çelenk bırakma töreninin hemen ardından duyurmasının uygun olabileceğini düşündüm o an.

Söyledim. "Ne dersin buna?" diye sordum Frank'a.

"Patron sizsiniz, efendim."

"Sanırım bir konuşma hazırlasam iyi olacak," dedim. "Ayrıca daha saygın ve resmi görünmesi için bir yemin töreni filan da olmalı."

"Patron sizsiniz, efendim." Bunu her söyleyişinde kelimeler sanki daha uzaktan gelir gibi oluyordu, ben yukarıda sabit kalırken, Frank derin bir kuyuya inen merdivenlerden aşağı doğru gidiyordu sanki.

Sonra büyük bir hüsran içinde anladım ki, patron olmayı kabul etmem Frank'i her şeyden daha fazla istediği bir şeyi yapma konusunda serbest bırakmıştı. O da babası gibi insani sorumluluklardan kaçarak onurlandırılmayı, rahat yaşamayı istiyordu. Bunu da ruhani bir zindana inerek başarıyordu.

101

Seleflerim gibi ben de Bokonon'u yasaklıyorum

Konuşmamı bir kulenin dibindeki dairesel planlı, çıplak bir odada hazırladım. Bir masa ve sandalyeden başka eşya yoktu. Yazdığım konuşma da aynı şekilde yuvarlak, çıplak ve işlevsel donanımdan yoksundu.

Umut veren bir konuşmaydı. Alçakgönüllüydü.

Tanrı'ya bel bağlamamayı ise imkansız buldum. Daha önce hiç öyle bir desteğe ihtiyaç duymamıştım ve o tür bir desteğin mevcut olabileceğine inanmamıştım.

Ama şimdi buna inanmam gerektiğini anlamıştım ve ben de öyle yaptım.

Ayrıca halkımın desteğine de ihtiyacım olacaktı. Törenlere katılacak konukların listesini istedim ve Julian Castle ile oğlunun davet edilmediğini gördüm. Hemen haberciler gönderip onları davet ettim, zira halkımı Bokonon'dan sonra en fazla tanıyan kişiler onlardı.

Bokonon'a gelince... Ona hükümetimde bir görev vermeyi ve böylelikle halkım için yeni bir çağ açmayı düşündüm. Sarayın kapısı önünde duran o iğrenç kancanın da büyük kutlamalar eşliğinde parçalanmasını emredebilirdim.

Fakat sonra, yeni bir çağın halk için iktidara kurulan bir din adamından daha fazla şey ifade etmesi gerektiğini anladım. Yeni bir çağ açıldığında, herkes için bol ve güzel yiyecekler, oturacak güzel evler, iyi okullar, sağlıklı ve keyifli bir hayat ve her isteyene iş olmalıdır ki bunlar da ne Bokonon'un sunabilecek konumda olduğu şeylerdi, ne de benim.

Bu nedenle iyi ile kötü yine ayrı kalmak zorundaydı; iyi ormanda, kötü de sarayda. O mücadelenin doğasında barındırdığı eğlenceyi halka eksiksiz sunmakla mükelleftik.

Bunları düşünürken kapı çalındı. Bir hizmetkâr bana konukların gelmeye başladığını haber verdi.

Konuşmamı yazdığım kâğıdı cebime koydum ve kulenin döner merdivenini tırmanmaya başladım. Kalemin en yüksek noktasına ulaştım ve konuklarıma, hizmetkârlarıma, uçurumuma, ılık denizime baktım.

102
Özgürlük düşmanları

Ne zaman kalemin en yüksek burcundaki o insanları düşünsem, aklıma Bokonon'un bizleri kendisine katılarak söylemeye davet ettiği 'Yüz On Dokuzuncu Kalipso'su gelir:

"Nerede benim eski dostlarım?"

Dediğini duydum adamın tekinin.

Eğilip fısıldadım o üzgün adamın kulağına,

"Çoktan gitti eski dostların."

O gün orada bulunanlar Büyükelçi Horlick Minton ve hanımı, bisiklet fabrikatörü H. Lowe Crosby ve hanımı Hazel; hayırsever insanlık dostu Dr. Julian Castle ve oğlu, yazar ve otelci Philip, ressam minik Newton Hoenikker ve müzisyen ablası Harrison C. Conners, meleğim Mona, Tümgeneral Franklin Hoenikker ve önde gelen yirmi San Lorenzolu bürokratla asker idi.

Öldüler. Şimdi hemen hepsi ölü.

Bokonon'un bize söylediği gibi, 'Veda etmek hiçbir zaman hata olmaz.'

Kulemin tepesinde yerel lezzetlerle donatılmış bir de yemek masası vardı: kendi mavi-yeşil tüylerinden yapılmış yataklarında servis edilen ötleğen kuşu kızartmaları; kabuklarından çıkarılmış, kıyılmış, hindistancevizi yağında kızartıldıktan sonra tekrar kabuklarına yerleştirilmiş eflatun renkli kum yengeçleri; muz ezmeli yavru barakuda dolmaları; mayasız, tuzsuz mısır ekmeği dilimleri üzerinde sunulan kuşbaşı albatros haşlama.

Bana anlatıldığına göre, albatroslar masanın kurulu olduğu kuleden avlanmıştı. İçecekler iki çeşitti, ikisi de buzsuzdu: Pepsi Cola ve yerli üretim rom. Pepsi, plastik bira bardaklarında sunuluyordu, rom ise hindistancevizi kabuklarında. Romun tatlı kokusunu ilk gençlik yıllarıma dair bir şeyler hatırlatıyor olmasına rağmen bir türlü çıkaramıyordum.

Frank kokunun neye benzediğini tespit etti. "Aseton."

"Aseton mu?"

"Model uçak yaparken tutkala katılırdı."

Rom içmedim.

Büyükelçi Minton, elindeki hindistancevizi kabuğunu şerefe kaldırarak bol miktarda büyükelçilik yapıyor, tıpkı bir gurme gibi tüm insanları ve onları ayakta tutan tüm içecekleri seviyormuş havalarında takılıyordu. Ancak içkisini yudumladığına tanık olmadım. Yanında bir de daha önce hiç görmediğim türden bir çanta vardı. Bir korno kutusuna benziyordu. Meğer içinde denize atılacak çelenk bulunuyormuş.

Romu içtiğine tanık olduğum tek kişi H. Lowe Crosby idi. Belli ki koku alma duyusu sıfırmış. Keyifli zaman geçiriyordu; hindistancevizi kabuğundan aseton içiyor, bir savaş topunun üstünde oturuyor ve koca kıçıyla falya deliğini kapatıyordu. Devasa bir Japon dürbünüyle denizi gözetliyordu. Açık denizdeki şamandıraların üstünde inip kalkan hedeflere bakıyordu.

Hedefler, mukavvadan yapılma insan figürleriydi.

San Lorenzo Hava Kuvvetleri'ne mensup altı uçak, bir güç gösterisi yaparak bunlara ateş edecek ve bombalayacaktı.

Her hedef, gerçek bir şahsın karikatürüydü ve o şahsın ismi önünde ve arkasında yazılıydı.

Karikatürleri kimin çizdiğini sorunca aldığım cevap Dr. Vox Humana oldu; yani Hıristiyan papaz yapmıştı o şeyleri. Hemen yanı başımda dikiliyordu.

"Böyle bir yeteneğiniz olduğunu bilmiyordum."

"Vardır. Gençliğimde ne olmak istediğim konusunda karar vermekte çok zorlanmıştım."

"Bence doğru seçimi yapmışsınız."

"Bana yol göstermesi için yukarıdakine dua ettim."

"Göstermiş."

H. Lowe Crosby dürbününü karısına uzattı. "En yakındaki bizim Joe Stalin ve hemen yanında da bizim Fidel Castro duruyor."

"Şuradaki de bizim Hitler," diye kıkırdadı Hazel neşeyle. "Bizim Mussolini ile bir de Japon tip var."

"Şurada da bizim Karl Marx."

"Bak, bizim Kayser Bill de orada, tepesinde mızrak ucu olan şapkasıyla falan," diye şakıdı Hazel. "Onu bir daha göreceğimi sanmazdım."

"Şu da bizim Mao. Gördün mü bizim Mao'yu?"

"Hak ettiğini bulacak değil mi?" diye sordu Hazel. "Hayatının bombasıyla karşılaşacak mı? Bu kesinlikle çok şirin bir fikir."

"Gelmiş geçmiş tüm özgürlük düşmanlarını dizmişler neredeyse yan yana," diye açıkladı H. Lowe Crosby.

103
Yazarlar grevinin etkileri üzerine bir doktorun görüşü

Konuklardan hiçbiri benim başkan olacağımı bilmiyordu henüz. Yine hiçbirinin 'Baba'nın ölüme ne kadar yakın olduğundan da haberi yoktu. Frank'in resmi açıklaması 'Baba'nın rahat koşullarda dinlenmekte olduğu ve herkese en iyi dileklerini gönderdiği şeklinde olmuştu.

Frank'in ilan ettiği etkinlik düzenine göre Büyükelçi Minton, Yüz Şehit onuruna çelengini denize bırakacak ve sonrasında uçakların denizdeki hedefleri vurmalarının ardından Frank birkaç söz edecekti.

Onlara kendisinin ardından benim de bir konuşma yapacağımı söylemedi.

Bu nedenle bana yalnızca konuk bir gazeteciymişim gibi davranılıyordu ve ben de sağda solda zararsız *granfalon* faaliyetlerinde bulunuyordum.

"Merhaba Anne," dedim Hazel Crosby'ye.

"Aman benim oğlum da buradaymış!" Hazel kollarını açarak beni kucakladı ve çevresindeki parfüm bulutunun içine çekti. Sonra etraftakilere, "Bu çocuk Hoosier!" dedi.

Baba ve oğul Castle, davetlilerin geri kalanından ayrı duruyordu. Uzun zamandır 'Baba'nın sarayında hoş karşılanmadıkları için o gün neden davet edildiklerini merak etmişlerdi.

Genç Castle bana 'Acar' diyordu. "Günaydın, Acar Muhabir. Ne var ne yok yazı dünyasında?"

"Sana sormalı," dedim.

"İnsanoğlu aklını başına devşirene dek tüm yazarları greve çağırmayı düşünüyorum. Sen de destek verir misin?"

"Yazarların grev yapma hakkı var mı ki? Polisin ya da itfaiyecilerin sokağa dökülmesi gibi bir şey olur bu."

"Veya üniversite hocalarının."

"Veya üniversite hocalarının," diyerek ona katıldım. Sonra başımı salladım. "Hayır, vicdanımın böyle bir grevi destekleyebileceğini sanmıyorum. İnsan yazar olduğunda tam gaz güzellik, aydınlık ve ferahlık üretme konusunda kutsal bir ant içer bence."

"Birdenbire hiçbir yeni kitap, yeni oyun, yeni şiir üretilmez olsa, insanların nasıl sarsılacağını düşünmeden edemiyorum..."

"İnsanlar sinek gibi düşüp ölmeye başladıklarında ne de gurur duyarsın kendinle!" dedim.

"Bana kalırsa kuduz köpekler gibi ölürler; birbirlerine hırlayıp saldırarak ve kendi kuyruklarını ısırmaya çalışarak."

Baba Castle'a döndüm. "Efendim, bir insan edebiyatın tesellisinden mahrum bırakıldığında kendisini nasıl bir ölüm bekler?"

"İki şekilde olabilir," dedi. "Kalbinde bir bozukluk meydana gelebilir ya da sinir sisteminde körelme."

"İkisi de pek nahoş olsa gerek," dedim.

"Öyledir," dedi Baba Castle. "Tanrı aşkına *ikiniz de* yazmaya devam edin lütfen!"

104
Sülfatiazol

Meleğim Mona, benim yanıma yaklaşmadı ve ben yanına gideyim diye mahzun bakışlar da göndermedi. Bir ev sahibesi olmayı tercih etti ve Angela ile minik Newt'ı San Lorenzolularla tanıştırdı.

Şu an oturup o kızın benim için ne anlam ifade ettiğini düşündüğümde -'Baba'nın fenalaşmasına ve benimle nişanlanmasına kayıtsız kalışını hatırladığımda- onu göklere mi çıkarsam, yoksa yerin dibine mi soksam, bilemiyorum.

Kadın ruhunun ulaşabileceği en yüce noktayı mı temsil ediyordu?

Yoksa uyuşuk, soğuk, sersemleşmiş bir ksilofon ve *boko-maru* müptelası mıydı?

Hiçbir zaman bilemeyeceğim bunu.

Bokonon bize şöyle der:

Seven yalancıdır,
Kendine söyler yalanı.
Doğru olan sevmeyendir,
Gözleri istiridyeye benzer!

Bu açıdan bakınca, bana verilen talimat açıktı: Mona'yı kusursuz biri olarak hatırlayacaktım.

"Söyle bakalım," dedim genç Philip Castle'a Yüz Demokrasi Şehidi Günü'nde, "dostun ve hayranın H. Lowe Crosby ile konuştun mu bugün?"

"Beni takım elbise, kundura ve kravatla görünce tanıyamadı," diye cevap verdi genç Castle. "Bisikletler hakkında bir sohbet yaptık bile. Belki bir tane daha yaparız."

Crosby'nin San Lorenzo'da bisiklet imal etme fikrini artık gülünç bulmadığımı fark ettim o an. Adanın baş yöneticisi olarak burada bir bisiklet fabrikasının olmasını çok istiyordum. H. Lowe Crosby'ye ve yapmak istediklerine yönelik ani bir saygı uyandı içimde.

"Sizce San Lorenzo halkı sanayileşmeye nasıl bakacaktır?" diye sordum baba ve oğul Castle'a.

"San Lorenzo halkı," dedi Baba Castle, "yalnızca üç şeyle ilgilenir: balıkçılık, zina ve Bokononculuk."

"Kalkınmayla ilgilenmezler mi diyorsunuz?"

"Belirli bir kısmına tanık oldular zaten. Kalkınmanın onları gerçekten heyecanlandıran tek bir yönü olmuştur."

"Neymiş o?"

"Elektrogitar."

Müsaade isteyip yeniden Crosbylere katıldım.

Frank Hoenikker da yanlarındaydı ve onlara Bokonon'un kim olduğunu, nelere karşı çıktığını anlatıyordu. "Kendisi bilime karşıdır."

"Aklı başında hangi insan bilime karşı olabilir?" diye sordu Crosby.

"Penisilin olmasa ben şimdiye öldüydüm," dedi Hazel. "Keza annem de."

"Anneniz kaç yaşında?" diye sordum.

"Yüz altı. Ne muhteşem bir şey değil mi?"

"Kesinlikle öyle," dedim.

"Hele kocama verdikleri o ilaç olmasaydı şimdi dul da olabilirdim," dedi Hazel. Hatırlayamayınca ilacın ismini kocasına sormak zorunda kaldı. "Tatlım, o olayda senin hayatını kurtaran şeyin adı neydi?"

"Sülfatiazol."

Bendeniz de yanımdan geçirilen tepsiden albatroslu bir kanepe alma gafletine düştüm o sıra.

105
Ağrı kesici

Tesadüf eseri -Bokonon 'tesadüf değil, kader öyle *yazıldığı* için' derdi- albatros eti bana öylesine dokundu ki ilk lokmayı yutmamla beraber midem altüst oldu. Bir tuvalet bulma ihtiyacıyla yuvarlak taş merdivenden aşağıya koşturdum. 'Baba'nın dairesinin bitişiğinde bir tuvalet buldum sonunda.

Biraz rahatlamış olarak dışarı çıktığımda 'Baba'nın yatak odasından çıkan Dr. Schlichter von Koenigswald ile karşılaştım. Yüzünde dehşet dolu bir ifadeyle beni kollarımdan yakaladı ve "Neydi o?" diye bağırdı. "Boynunda asılı olan şey neydi?"

"Anlayamadım?"

"İçti onu! O silindirin içinde her ne varsa 'Baba' onu içti... Ve sonra da öldü."

'Baba'nın boynunda asılı olan silindiri hatırladım ve içinde ne olabileceğine dair akla gelen ilk tahmini yaptım. "Siyanür olabilir mi?"

"Siyanür mü? Siyanür bir adamı saniyesinde betona mı dönüştürürmüş?"

"Beton mu?"

"Mermere! Demire! Hayatımda bu kadar katı bir ceset görmedim ben. Neresine dokunursan dokun, marimbaya vurmuşsun gibi bir ses çıkıyor! Gelin de bakın!" Von Koenigswald beni telaşla 'Baba'nın yatak odasına soktu.

Yatakta, yani altın kayığın içinde korkunç bir manzara vardı. 'Baba' ölmüştü ama cesedi insanın bakıp da "Sonunda huzura erdi," diyeceği türden bir görünüm arz etmiyordu.

'Baba'nın başı geriye doğru iyice kaykılmıştı. Ağırlığı başının tepesine ve ayak tabanlarına binmiş, bedeninin geri kalanı bir kemer gibi tavana doğru kıvrılmıştı. Görüntüsü bir şömine ayağını andırıyordu.

Silindirin içinde bulunan şey nedeniyle öldüğü alenen belliydi. Bir elinde silindiri tutuyordu ve o şeyin kapağı açıktı. Diğer elinin başparmağıyla işaret parmağı, sanki az evvel bir çimdik bir şeyi ağzına atmış gibi dişlerinin arasında donup kalmıştı.

Dr. von Koenigswald altın kayığın küpeştesindeki ıskarmozu yuvasından çıkardı ve onunla 'Baba'nın göbeğine vurdu ve 'Baba'dan sahiden de marimbanınki gibi bir ses çıktı.

'Baba'nın dudakları, burun delikleri ve göz yuvaları mavi-beyaz bir buz tabakasıyla kaplıydı.

Tanrı biliyor ya, bu görüntü artık bize yabancı değil. Fakat o anda kesinlikle öyleydi. 'Baba' Monzano, tarihte *buz-dokuz*'dan ölen ilk insandı.

Bu gerçeği, herhangi bir değer taşıyıp taşımadığını gözetmeden kayda geçiyorum. "Her şeyi yazın," der Bokonon. Aslında demek istediği, tarihi okumanın veya yazmanın ne kadar beyhude olduğudur. "Geçmişin doğru düzgün kayıtları olmadan, erkeklerin ve kadınların gelecekte kendini ciddi hatalar yapmaktan sakınması nasıl beklenebilir?" diye sorar alaycı bir şekilde.

Bu nedenle tekrar altını çiziyorum: 'Baba' Monzano, tarihte *buz-dokuz*'dan ölen ilk insandı.

106
Bokononcular intihar ederken ne der?

Dr. von Koenigswald, iyilik-kötülük bilançosunda korkunç bir Auschwitz açığı olan o yardımsever adam, *buz-dokuz*'dan ölen ikinci insan oldu.

Ölü katılığından söz ediyordu, konuyu ben açmıştım.

"Rigor mortis saniyeler içinde gerçekleşmez öyle," diye açıkladı. "Ben yalnızca bir an için 'Baba'ya arkamı dönmüştüm. Sayıklıyordu..."

"Ne sayıklıyordu?" diye sordum.

"Acı, buz, Mona; ne ararsan. Sonra da 'Şimdi tüm dünyayı yok edeceğim' dedi."

"Ne demek istedi ki acaba?"

"Bokononcular intihar etmeden önce hep böyle söyler." Von Koenigswald ellerini yıkamak için su dolu bir leğene doğru gitti. "Ona bakmak üzere döndüğümde," diye anlatıyordu bana ellerini suyun üzerinde tutarak, "ölmüştü. Bir heykel gibi kaskatı kesilmişti. Halini görüyorsunuz işte. Parmaklarımla dudaklarına dokundum. Çok ilginç görünüyorlardı."

Ellerini suya daldırdı. "Hangi kimyasal olabilir ki buna..." Sorusu havada kalıverdi.

Von Koenigswald ellerini kaldırdı ve leğenin içindeki su da elleriyle birlikte kalktı. Artık o su değil, bir *buz-dokuz* yarımküresiydi.

Von Koenigswald dilinin ucuyla bu mavi-beyaz esrara dokundu.

Dudaklarını bir buz tabakası kapladı. Kaskatı kesildi, sendeledi ve yere düştü.

Mavi-beyaz yarımküre parçalara bölündü. Parçalar zeminde dört bir yana dağıldı.

Kapıya koştum ve bağırarak yardım istedim.

Askerler ve hizmetkârlar koşarak geldi.

Onlara Frank, Newt ve Angela'yı derhal 'Baba'nın odasına getirmelerini emrettim.

Sonunda *buz-dokuz*'u görmüştüm!

107
Gözleriniz bayram etsin

Dr. Felix Hoenikker'in üç çocuğunu 'Baba' Monzano'nun dairesine aldım. Kapıyı kapattım ve sırtımı dayadım. Öfkeli ve heybetli bir görüntü sergiliyordum. *Buz-dokuz*'un ne olduğunu biliyordum artık. Sık sık rüyalarımda görmüştüm onu.

'Baba'ya *buz-dokuz*'u Frank'in verdiğine şüphe yoktu. Kesin olan noktaysa, eğer Frank'in dağıtacak *buz-dokuz*'u varsa, Angela ve minik Newt'ın da vardı.

Bu nedenle üçüne birden hırladım, onlara bu hunharca cinayetin hesabını sordum. Kendilerine oyunun oraya kadar olduğunu, neler karıştırdıklarından ve *buz-dokuz*'dan haberdar olduğumu söyledim. *Buz-dokuz*'un dünyadaki hayatı yok edecek bir araç olduğu konusunda onları uyarmaya çalıştım. O kadar etkileyiciydim ki *buz-dokuz*'u nereden bildiğimi sormak akıllarına bile gelmedi.

"Buyrun, gözleriniz bayram etsin!" dedim.

Bokonon'un da dediği gibi, "Tanrı, hayatı boyunca bir kez olsun güzel bir oyun yazmamıştır." 'Baba'nın odasındaki sahneyse görsellik, dekor, konu bakımından en ufak eksiklik göstermiyordu ve açılış tiradım muhteşemdi.

Fakat Hoenikkerlerden gelen ilk replik tüm ihtişamı bozdu.

Minik Newt kustu.

108
Frank ne yapmamız gerektiğini söylüyor

Bunun üzerine hepimiz kusmak istedik.

Newt, kesinlikle duruma uygun olanı yapmıştı.

"Sana sonuna kadar katılıyorum," dedim Newt'a. Sonra dönüp Angela ile Frank'e hırladım. "Newt'ın görüşlerini öğrendiğimize göre, siz ikinizin ne diyeceğini de duymak isterim."

"Öğğğğ!" dedi Angela; iki büklüm olmuş, dili dışarı sarkmıştı. Yüzü kireç gibiydi.

"Siz de mi böyle düşünüyorsunuz?" diye sordum Frank'e. " 'Öğğğğ' mü diyorsunuz, Generalim?"

Frank'in dudaklarının arasından sıkı sıkıya kenetlenmiş dişleri görülüyordu. Kesik kesik solurken dişlerinden ıslığa benzer sesler çıkarıyordu.

"Tıpkı köpek gibi..." diye mırıldandı minik Newt, Von Koenigswald'a bakarak.

"Ne köpeği?"

Newt soruya fısıltıyla cevap verdi. O fısıltıyı kulaklarımıza taşıyacak bir esinti filan yoktu, ancak taş duvarlı odanın akustiği öylesine etkiliydi ki sözlerini hepimiz kristal bir çanın çınlaması kadar net duyduk.

"Noel Arifesi'nde, babamın öldüğü gece..."

Newt kendi kendine konuşuyordu. Ondan babasının öldüğü gece o köpeğe ne olduğunu anlatmasını istediğimdeyse bana sanki birdenbire rüyasına dalmışım gibi baktı. Beni o ana ait değilmişim gibi görüyordu.

Ağabeyiyle ablasıysa rüyanın bir parçasıydı. Gördüğü kâbusun içinde ağabeyiyle konuştu ve Frank'a, "Ona bunu sen verdin," dedi.

"Fiyakalı işini bu yolla edindin, değil mi?" diye sordu Newt ilgiyle. "Ne anlattın ona? Elinde hidrojen bombasından kuvvetli bir şey olduğunu mu?"

Frank soruyu duymamış gibiydi. Dikkatle odada dolanıyor, her bir şeyi inceliyordu. Sonunda dişlerini gevşetti ve hızla birbirine vurmaya başladı; her vuruşta gözlerini kırpıyordu. Yüzünün rengi yerine geliyordu. Sonra da şöyle dedi:

"Dinleyin, bu pisliği temizlememiz gerek."

109
Frank kendini savunuyor

"General," dedim Frank'a, "bu söyledikleriniz koca yıl boyunca bir tümgeneral tarafından sarf edilmiş en yerinde sözler olsa gerek. Gayet güzel tarif ettiğiniz 'bu pisliği' temizlemek için teknik danışmanım olarak ne yapmamızı önerirsiniz?"

Frank bana dümdüz bir cevap verdi. Parmaklarını şıklattı. Kendisini yaşanan şeye sebep olma konumundan uzaklaştırdığını görebiliyordum; giderek artan bir gurur ve enerjiyle özünü, dünyanın kurtarıcılarıyla, temizleyicileriyle özdeşleştirme eğilimindeydi.

"Süpürgeler, faraşlar, pürmüz, gaz ocağı, kovalar," diye sıralıyor, her seferinde parmaklarını şıklatıyordu.

"Cesetleri pürmüzleyelim mi diyorsun?" diye sordum.

Frank teknik boyutta düşünmeye kendisini o kadar vermişti ki parmaklarıyla yaptığı müziğe dans ederek eşlik ediyordu neredeyse. "Yerdeki büyük parçaları süpürüp gaz ocağının üstüne yerleştireceğimiz bir kovada eriteceğiz. Sonra da mikroskobik boyutta kristaller kalma ihtimaline karşı zeminin her santimini pürmüzle yakacağız. Cesetleri ve yatağı ne yapsak?" Bir süre düşünmesi gerekti.

"Ölü yakma töreni!" diye haykırdı kendiyle gerçek anlamda gurur duyarak. "Kancanın hemen yanında kocaman bir odun yığını hazırlatırım ve cesetlerle yatağı götürüp ateşe atarız."

Odun yığınının hazırlanması ve odayı temizlemek için gerekenleri tedarik etmek üzere odadan çıkmaya davrandı.

Angela onu durdurdu. "Bunu *nasıl* yapabildin?" diye sordu.

Frank donuk bir gülümsemeyle baktı ona. "Her şey yoluna girecek."

"O şeyi 'Baba' Monzano gibi bir adama nasıl verebildin?" dedi Angela.

"Önce ortalığı toplayalım, sonra konuşuruz."

Angela onu kollarından tutmuş bırakmıyordu. "Bunu nasıl yapabildin!" Frank'i şiddetle sarstı.

Frank, ablasının ellerini üstünden çekti. Donuk gülümsemesi kayboldu ve bir an için aşağılayıcı, pis bir bakış yerleşti yüzüne ve o bir an içinde ablasına olabilecek en aşağılayıcı tonla, "Kendime bir iş satın aldım," dedi. "Tıpkı senin kendine zampara bir koca satın alman gibi, tıpkı Newt'ın Cape Cod'da bir Rus cücesiyle geçireceği bir hafta satın alması gibi!"

Donuk gülümseme geri döndü.

Sonra Frank kapıyı arkasından çarparak odadan çıktı.

110
On dördüncü kitap

Bokonon şöyle der: "Bazen *pool-pah* öyle bir hal alır ki, insanların karşısında bir söz etmesi gayr-ı kabil olur." Bokonon *pool-pah*'ı *Bokonon'un Kitapları*'nın bir yerinde 'bok fırtınası', başka bir yerindeyse 'Tanrı'nın gazabı' olarak tercüme eder.

Frank'in kapıyı çarpmadan önce söylediklerinden anladığım kadarıyla, elinde *buz-dokuz* olanlar yalnızca San Lorenzo Cumhuriyeti ve üç Hoenikker değildi. Amerika Birleşik Devletleri ve Sovyet Sosyalist Cumhuriyetler Birliği'nin de buna sahip oldukları anlaşılıyordu. Amerika Birleşik Devletleri bu maddeyi Angela'nın kocası aracılığıyla elde etmişti; adamın Indianapolis'teki işyerinin etrafının neden elektrikli teller ve azgın kurt köpekleriyle çevrili olduğu böylece anlaşılıyordu. Sovyet Rusya ise Ukrayna balesinin alımlı cücesi, Newt'ın minik Zinka'sı sayesinde kavuşmuştu o maddeye.

Edecek laf bulamıyordum.

Başımı öne eğip gözlerimi yumdum ve Frank'in odayı

temizlememiz için gerekli araç gereçle dönmesini beklemeye koyuldum. Ne de olsa, dünyadaki tüm yatak odaları arasında *buz-dokuz* istilası altındaki tek yatak odasıydı içinde bulunduğum.

Uzaklardan, eflatun bulutların arasından Angela'nın bana bir şey söylediğini duydum. Kendini değil, minik Newt'ı savunuyordu bana. "Newt bunu o kadına kendi isteğiyle vermedi. Kadın çaldı."

Açıklamayı ilginç bulmadım.

'*Buz-dokuz* gibi oyuncakları tüm erkekler ve kadınların tamamı kadar basiretsiz olan çocuklarına teslim edecek Felix Hoenikker gibi adamlar oldukça insanlık için ne tür umutlar beslenebilir ki?' diye geçirdim aklımdan.

Bir de aklıma önceki gece tümünü okuduğum *Bokonon'un On Dördüncü Kitabı* geldi. *On Dördüncü Kitap*'ın başlığı şöyledir: 'Son Bir Milyon Yılın Deneyimleri Göz Önüne Alındığında Düşünceli Bir İnsan İnsanlık İçin Ne Umut Besleyebilir?'

On Dördüncü Kitap'ı okumak pek uzun sürmez. Yalnızca bir kelime ve bir noktadan ibarettir.

Şöyle yazar:

'Hiç.'

111
Mola

Frank elinde süpürgeler, faraşlar, pürmüz, gaz ocağı, oldukça eski bir kova ve plastik eldivenlerle geri geldi.

Ellerimize *buz-dokuz* bulaşmaması için eldivenleri taktık. Frank gaz ocağını biricik Mona'nın ksilofonunun üstüne yerleştirdi ve sevgili yaşlı kovamızı da üstüne oturttu.

Biz de yerdeki büyük *buz-dokuz* parçalarını toplayıp bunları o mütevazı kovanın içine doldurarak erittik. Bildiğimiz mis gibi suya dönüştüler.

Angela ile ben yeri süpürürken, minik Newt da gözümüzden kaçmış olabilecek *buz-dokuz* parçaları olup olmadığını arayarak mobilyaların altına baktı. Frank ise bizim süpürdüğümüz yerlerin üstünden pürmüzün arıtıcı aleviyle bir kez daha geçti.

Gecenin geç saatlerinde çalışan temizlikçi kadınların ve hademelerin şuursuz huzuru çökmüştü üzerimize. Bu pis dünyada en azından *biz* kendi köşemizi temizliyorduk.

Bir ara kendimi sohbet eder bir tonla Newt, Angela ve Frank'e ihtiyarın öldüğü Noel gecesinde neler olduğunu, köpeğin başına ne geldiğini sorar halde buldum.

Yaptıkları temizlikle her şeyi yoluna koyduklarına bir çocuğun mantığıyla inanan Hoenikkerler bana hikâyeyi anlattı.

İşin aslı şuymuş:

O meşum Noel gecesi Angela, Noel ağacına lamba almak için kasabaya inmiş, Newt ile Frank da kışın in cin top oynayan plajda yürüyüşe gitmiş ve burada Labrador retriever cinsi siyah bir köpekle karşılaşmış. Köpek tüm Labrador retrieverlar gibi arkadaş canlısıymış ve Frank ile minik Newt'ın peşinden eve kadar gelmiş.

Felix Hoenikker çocukları evde değilken ölmüş; denize bakan beyaz hasır koltuğunda gözlerini yummuş. İhtiyar, gün boyu *buz-dokuz* ile ilgili ipuçları vererek çocuklarıyla uğraşmış, o şeyi içine koyduğu minik şişeyi gösterip durmuş. Şişenin etiketine de bir kuru kafayla çaprazlama kemikler çizmiş ve şöyle yazmış:

TEHLİKELİ MADDE!

BUZ-DOKUZ

NEMDEN UZAK TUTUN!

İhtiyar, gün boyu neşeli bir tonla dırdır konuşmuş çocuklarıyla. "Hadi ama, azıcık zorlayın beyninizi. Erime derecesinin kırk beş virgül yedi santigrat olduğunu ve yalnızca hidrojen ve oksijenden oluştuğunu söyledim. Ne olabilir bunun cevabı? Azıcık düşünün! Beyninizi zorlamaktan korkmayın. Kırılmaz merak etmeyin."

"Bize hep beyninizi zorlayın derdi," dedi Frank eski günleri hatırlayarak.

"Beynimi zorlamayı kim bilir kaç yaşımda bıraktım," diye itiraf etti Angela elindeki süpürgenin sapına yaslanarak. "Bilimden bahsetmeye başladığında onu dinleyemezdim. Yalnızca başımı öne doğru sallar ve beynimi zorluyormuş gibi yapardım ama zavallı beynim, bilim söz konusu olduğunda eski bir motor kadar bile zorlanmıyordu."

Anlaşıldığı kadarıyla bizim ihtiyar, hasır koltuğuna oturup bu dünyadan göçmeden evvel mutfakta kap kacakla, suyla ve *buz-dokuz*'la oynuyormuş. Suyu *buz-dokuz*'a dönüştürüp sonra yeniden suya dönüştürüyor olmalıydı, zira mutfakta tüm kap kacak tezgâhın üstündeymiş. Bir de aşçı termometresi varmış ortada ki bu da ihtiyarın bazı şeylerin sıcaklığını ölçtüğüne dair ipucuydu.

İhtiyar, koltuğunda fazla uzun süre geçirmeyi planlamış değildi herhalde, çünkü geride çok dağınık bir mutfak bırakmıştı. Dağınıklığın bir kısmını katı haldeki *buz-dokuz* oluşturuyormuş. Hiç şüphe yok ki bunu eritmeyi ve dünyanın mavi-beyaz madde stokunu bir şişeye tıkmayı planlamıştı.

Fakat Bokonon'un da dediği gibi, 'Her insan mola isteyebilir, ama kimse o molanın süresini kestiremez.'

112
Newt'ın annesinin çantası

"Eve girer girmez anlamalıydım öldüğünü," dedi Angela, hâlâ süpürgenin sapına yaslanmış halde. "Hasır koltuktan hiç ses gelmiyordu. Babam o şeyde otururken, hatta üstünde uyuyakaldığında bile her daim ses çıkarır, gıcırdardı."

Ama Angela babasının uyuduğunu zannetmiş ve Noel ağacını süslemeye koyulmuştu.

Newt ile Frank o arada yanlarında köpekle eve gelmiş. Köpeğe yiyecek bir şeyler bulmak üzere mutfağa gitmişler. İhtiyarın deneyleri nedeniyle ortalık su içindeymiş.

Yerde su varmış ve minik Newt, bir bulaşık bezi alıp suyu silmiş. Sonra da üstünden sular damlayan bezi tezgâhın üstüne atmış.

Tesadüf eseri, bulaşık bezi *buz-dokuz* dolu tencerenin içine düşmüş.

Frank, tenceredekinin bir tür pasta kreması olduğunu zannetmiş ve dikkatsizliğinin sonucunu anlasın diye alıp Newt'a göstermiş.

Newt bezi tencereden almış, aynı anda bezin ince dokunmuş lame kumaş gibi tuhaf, metalik, yılansı bir yapıya büründüğünü farketmiş.

"Lame dememin sebebi," diye açıkladı Newt, "bana anında annemin çantasını, o çantanın dokusunun verdiği hissi hatırlatmış olması."

Angela duygusallaşarak Newt'ın çocukken annesinin lame çantasına büyük değer verdiğini anlatmaya başladı. Bahsi geçen şeyin ufak bir gece çantası olduğunu çıkardım o açıklamadan.

"Bana çok tuhaf gelirdi, çünkü dokunduğum hiçbir şey o hissi vermiyordu," dedi Newt, çantaya olan eski düşkünlüğünü yorumlarken. "O çantaya ne olduğunu merak ediyorum aslında."

"Ben, *bir sürü şeye* ne olduğunu merak ediyorum," dedi Angela. Bu soru, hazin ve yitik bir biçimde zamanın içinden geçmişe yankılandı.

Her neyse... Gece çantasını andıran bulaşık bezini eline alan Newt, bunu köpeğe uzatmış ve o zavallı da bezi yalamış. Sonra saniyesinde donup kalmış.

Newt köpeğin nasıl kaskatı kesildiğini anlatmak için babasının yanına gitmiş ve onun da aynı durumda olduğunu görmüş.

113
Tarih

Nihayet 'Baba'nın yatak odasındaki işimiz bitmişti.

Ama hâlâ cesetlerin cenaze ateşinin yanına taşınması gerekiyordu. Bunun usulüne uygun yapılması ve Yüz Demokrasi Şehidi törenleri bitene dek ertelenmesi gerektiğine karar verdik.

Son işimiz Von Koenigswald'ı ayağa dikip yattığı yeri temizlemek oldu. Sonra onu öylece dikilir vaziyette 'Baba'nın gardırobuna sakladık.

Onu neden sakladığımızı anlamamıştım aslında. Sanırım mekândaki manzarayı biraz daha normalleştirebilmek adınaydı.

Newt, Angela ve Frank'in dünyanın *buz-dokuz* stokunu nasıl paylaştığı hakkındaki hikâyeyse ancak suçun detaylarına indikleri zaman netleşti. Hoenikkerler, kimsenin *buz-dokuz*'a şahsi edinim olarak sahip çıkmalarını haklı gösterecek bir şey söylediğini hatırlamıyordu. İhtiyarın onların beynini zorlayışlarını anımsamaya çalışarak *buz-dokuz*'un ne olduğundan söz ediyor ama işin ahlaki boyutundan hiç dem vurmuyorlardı.

"Paylaşımı kim yaptı?" diye sordum.

Üç Hoenikker o güne ilişkin hatıralarını öylesine derinden kazıyıp atmıştı ki bu kadar önemli bir detayı bile bana aktarmakta zorlandı.

"Newt değildi," dedi Angela en sonunda. "Bundan eminim."

"Ya sendin ya da bendim öyleyse," diyerek akıl yürütmeyi sürdürdü Frank.

"Sen mutfak rafından üç kavanoz indirmiştin," dedi Angela. "Termosları ertesi gün almıştık çünkü."

"Haklısın," diyerek onayladı Frank. "Sonrasında sen buz kıracağını aldın ve tenceredeki *buz-dokuz*'u parçalara ayırdın."

"Doğru," dedi Angela. "Öyle yaptım. Sonra birimiz banyodan cımbız getirdi."

Newt minik başını kaldırdı. "Ben getirdim."

Minik Newt'ın bu girişkenliğini hatırlayan Angela ile Newt hayrete boğulmuştu.

"Parçaları toplayıp kavanozlara dolduran bendim," diye anlattı Newt. Bunu yapmış olmaktan ne kadar gurur duyduğunu gizlemeye gerek görmüyordu.

"Köpeği ne yaptınız?" diye sordum bezgin bir ses tonuyla.

"Fırına attık," dedi Frank. "Yapacak başka şey yoktu."

'Tarih!' der Bokonon, 'Tarihi okuyun ve ağlayın!'

114
Kurşunun kalbime saplandığını hissettiğimde...

Kulemin döner merdivenlerini bir kez daha tırmandım; kalemin en yüksek burcuna bir kez daha çıktım; konuklarıma, hizmetkarlarıma, uçurumuma ve ılık denizime bir kez daha baktım.

Hoenikkerler de yanımdaydı. 'Baba'nın kapısını kilitlemiş ve evin hizmetkârları arasında 'Baba'nın kendini çok daha iyi hissettiği söylentisini yaymıştık.

Askerlerse kancanın yanı başında cenaze ateşi için odun yığını hazırlıyordu. Bunun hangi amaca hizmet edeceğini bilmiyorlardı.

O gün ortalıkta ne çok sır dolanıyordu!

Vızır, vızır, vızır.

Törenlerin artık başlayabileceğine kanaat getirdim ve Frank'a Büyükelçi Horlick Minton'a konuşmasını yapabileceğini haber vermesini söyledim.

Büyükelçi Minton hâlâ çantasından çıkarmadığı çelengi alarak deniz tarafındaki mazgallara gitti. Sonra Yüz Demokrasi Şehidi'nin onuruna muhteşem bir konuşma yaptı;

'Yüz Demokrasi Şehidi' sözlerini adanın aksanıyla söyleyerek ölenleri, ülkelerini ve kaybettikleri hayatlarını yücelt- ti. Adanın aksanıyla sarf ettiği o sözler dudaklarından zarafet ve kolaylıkla döküldü.

Konuşmasının geri kalanını Amerikan İngilizcesi ile yaptı. Söyleyeceklerini bir kâğıda yazmıştı ve bu, ağdalı ve abartılı bir konuşmaydı büyük ihtimalle. Fakat o kadar az kişiye hitap edeceğini ve bunların çoğunluğunu Amerikalı vatandaşlarının oluşturduğunu görünce resmi söylevi bir kenara kaldırdı.

Denizden kopup gelen bir meltem, saçlarının incelen tellerini dalgalandırıyordu. "Bir büyükelçiye yaraşmayacak bir iş yapmak üzereyim," diye başladı söze. "Size gerçek hislerimi anlatacağım."

Minton ya aşırı aseton koklamıştı, ya da yakında benim dışımdaki herkesin başına gelecek olan şey içine doğmuştu. Her halükarda son derece Bokononcu bir nutuk çekti:

"Dostlarım, bugün burada *Yuzz Tamok-razzi Şak-hu-du*'ni onurlandırmak için toplandık. Hayatlarını kaybeden çocuklarımızı, tümü birden hayatını kaybeden, savaşta katledilen çocuklarımızı anmak için buradayız. Bu gibi günlerde o kaybedilen çocuklara *adamlar* demek adettendir. Tek bir sade nedenden ötürü ben onları 'adamlar' olarak anamıyorum: *Yuzz Tamok-razzi Şak-hu-du*'nun öldüğü bu savaşta benim öz oğlum da öldü.

Ruhum bir adamın değil, bir çocuğun yasını tutmam için dayatıyor.

Savaşta çocukların -eğer ölmek zorundaysalar- adam gibi ölmedikleri söylemek değil istediğim. Onların sonsuz onur ve bizlerin de sonsuz utanç duymamızı gerektirecek şekilde, *gerçekten de* adam gibi ölürler ve böylelikle vatanseverlik temelli bu milli bayramların adam gibi kutlanmasını mümkün kılarlar.

Ama yine de katledilmiş çocuklardır onlar.

Benim sizlere önerim şudur: San Lorenzo'nun yüz evladına gerçekten samimi saygılarımızı sunmak istiyorsak, bugün yapabileceğimiz en iyi şey onları öldürenden, yani tüm insanlığın aptallığından ve kötülüğünden nefret etmektir.

Belki de savaş aklımıza düştüğünde çırılçıplak soyunup tüm bedenimizi maviye boyamalı ve dört ayak üstüne çöküp gün boyu domuzlar gibi homurdanarak dolaşmalıyız. Böylesi, gösterişli nutuklar çekip bayraklarla ve taze yağlanmış toplarla gösteriler yapmaktan çok daha uygun olur.

Birazdan izleyeceğimiz görkemli ve hoş silahlı kuvvetler gösterisine saygısızlık etmek istemem; gerçekten muazzam bir şey olacak, bundan eminim..."

Duralayıp her birimizin gözüne tek tek baktı ve sonra gayet yumuşak bir sesle, "Muazzam gösteri karşısında 'Hurra!' diyorum," diye ekledi.

Minton'ın bundan sonra sözlerini işitebilmek için tamamen kulak kesilmek zorunda kaldık.

"Peki, ama madem bugün savaşta katledilen yüz çocuğun anısına düzenleniyor, muazzam bir gösteri tertip etme günü müdür?

"Sorunun cevabı evet; öyledir, ancak bir şartla. Biz kutlama yapanlar, kendimizin ve tüm insanlığın aptallığını ve zalimliğini ortadan kaldırmak için bilinç ve azimle çalışırsak."

Çelenk kutusunun kilitlerini açtı.

"Yanımda ne getirdiğimi görüyor musunuz?" diye sordu bize.

Kutuyu açıp kırmızı astarı ve altın renkli çelengi gösterdi. Çelenk tellerden ve suni defne yapraklarından oluşturulmuş, sonra da soba boyasıyla boyanmıştı.

Çelengin ön yüzünde krem rengi ipek bir kurdele göze çarpıyordu. Kurdelenin üstünde 'PRO PATRIA' yazıyordu.

Minton bu kez de Edgar Lee Masters'ın *The Spoon River Anthology* isimli kitabından aldığı bir şiiri okumaya başlamıştı. Dinleyiciler arasındaki San Lorenzoluların bu şiiri anlayabilmesine imkân yoktu; H. Lowe Crosby ile Hazel'in, hatta Angela ile Frank'in de öyle.

Missionary Ridge'de ilk vurulup düşenlerden biriydim.
Kurşunun kalbime girdiğini hissettiğimde,
Keşke dedim evde kalıp da hapse düşeydim,
Curl Trenary'nin domuzlarını çaldım diye.
Kanundan kaçıp orduya yazılmak niye?
Bin sefer razıydım mahpusta inlemeye,
Altında yatacağıma şu kanatlı mermer heykelin
Ve üstünde '*Pro Patria*' yazan granit kaidenin.
Ve bu sözlerin ne demek olduğunu bilenin...

"Ve bu sözlerin ne demek olduğunu bilenin..." diye tekrarladı Büyükelçi Horlick Minton. "*Pro Patria*, 'Vatan için' demek." Sonra ilave bir dize patlattı. "O toprağı vatan bilenin!"

"Getirdiğim bu çelenk, bir ülkenin insanları tarafından diğer bir ülkenin insanlarına gönderilmiştir. Bunların hangi ülkeler olduklarını boş verin. İnsanları düşünün.

Ve savaşta katledilen çocukları.

Ve herhangi bir ülkeyi.

Barışı düşünün.

Kardeşçe sevgiyi düşünün.

Bolluğu, bereketi düşünün.

İnsanlar iyi kalpli ve bilge olsa bu dünyanın nasıl bir cennete dönüşeceğini düşünün."

"İnsanlar ne kadar aptal ve zalim olsa da bugün güzel bir gün," dedi Büyükelçi Horlick Minton. "Ben, kendi adıma ve Amerika Birleşik Devletleri'nin barışa gönül vermiş halkı adına, böylesine güzel bir günde ölmüş oldukları için *Yuzz Tamok-razzi Şak-hu-du'*nun ardından üzülüyorum."

Sonra da çelengi duvarın üzerinden fırlattı.

Havada bir vınlama duyuldu. San Lorenzo Hava Kuvvetleri'nin altı uçağı, ılık denizimin üzerinde alçaktan uçarak yaklaşıyordu. H. Lowe Crosby'nin 'gelmiş geçmiş tüm özgürlük düşmanları' olarak nitelediği kişilerin kartondan heykellerini vuracaklardı.

115
Şöyle ki...

Gösteriyi izlemek üzere deniz tarafındaki sur boyuna gittik. Yaklaşan uçaklar bir karabiber tanesinden büyük görünmüyordu. Onları seçebilmemizin tek sebebi, birinin -tesadüf eseri- ardında duman izi bırakmasıydı.

Dumanın gösterinin parçası olduğunu düşündük.

Ben -tesadüf eseri- bir yandan albatros eti yiyen, bir

yandan da yerli romdan içen H. Lowe Crosby'nin yanında dikiliyordum. Albatros yağıyla ışıl ışıl parlayan dudaklarının arasından maket tutkalı kokuları yayıyordu. Önceki mide bulantım yine başlamıştı.

Güç bela nefes almaya çalışarak kara tarafındaki surların arkasına geçtim. Diğerleriyle aramızda eski taşlarla döşeli yirmi metrelik bir boşluk vardı.

Uçakların çok alçaktan, kalenin eteklerinin altından geleceğini ve gösteriyi kaçıracağımı farkettim. Ama mide bulantısı tüm merakımı öldürmüştü. Başımı uçakların giderek yaklaşan hırıltılarına doğru çevirmiştim. Tam makineli tüfekler takırdamaya başlamıştı ki arkasından duman salan uçak birdenbire alevler içinde ters dönmüş halde beliriverdi.

Sonra tekrar alçalarak görüş alanımın dışına çıkıp kalenin altındaki yara çakıldı. Bombaları ve yakıtı gümbürtüyle patladı.

Diğer uçaklar ateş etmeye devam ediyordu ama sesleri gittikçe alçalarak sivrisinek vızıltısına dönüşmüştü.

Sonra bir heyelanın sesi işitildi, 'Baba'nın kalesinin devasa burçlarından biri temelinin çökmesiyle birlikte denize yıkıldı.

Deniz tarafındaki sur boyunda dikilen insanlar az evvel burcun olduğu boşluğa hayretle bakıyordu. Ardından, irili ufaklı kayaların orkestra düzenini çağrıştıran tını alışverişleriyle yuvarlanışını dinledim.

Bu tını alışverişi gayet hızlı akıyordu ve şimdi araya yeni sesler katılmıştı. Bunlar, taşıdıkları yükün aşırı ağırlaşmasından yakınan kalenin ahşap kolonlarının sesleriydi.

Arkasından dehşetle kıvrılmış ayak parmaklarımın üç

metre ötesinden geçen bir çatlak, kaleyi yıldırım düşmüş gibi yardı.

Beni yoldaşlarımdan ayırmıştı.

Kale yüksek perdeden inleyerek ağlıyordu.

Diğerleri tehlikenin farkına vardı. Tonlarca taşla birlikte aşağıya yuvarlanmak üzereydiler. Sadece otuz santim genişliğinde olmasına karşın hepsi müthiş kahramanca sıçramalarla çatlağın üzerinden atlamaya başladı.

Çatlağı sadece benim dingin Mona'm ufak bir adımla aştı.

Sonra yarık gıcırtılarla kapandı, ardından şeytani bir sırıtışı andırarak daha da genişledi. Yan yatan o ölüm tuzağından kurtulamayanlar, H. Lowe Crosby ile Hazel ve Büyükelçi Horlick Minton ile Claire'di.

Philip Castle, Frank ve ben aradaki boşluğun üzerinden uzanarak Crosbyleri emniyetli tarafa çektik. Kollarımız şimdi de yalvarırcasına Mintonlara uzanmıştı.

Yüzlerindeki ifade pek sakindi. Akıllarından ne geçtiğini tahmin eder gibiydim. Her şeye rağmen duruşlarını bozmamayı, duygularına kapılmamayı düşünüyorlardı.

Panik onların tarzı değildi. İntiharın da tarzları olduğundan şüpheliyim. Ancak o dingin yaklaşım onları öldüren şey oldu, zira kalenin ölüme yelken açan parçası, limandan ayrılan bir yolcu gemisi gibi uzaklaşmıştı artık bizden.

Bir yolculuğa çıkma imgesi gezgin Mintonların zihninde de canlanmış olmalıydı ki huzurdan kaynaklanan derin bir sükunetle bize el salladılar.

El ele tutuştular.

Yüzlerini denize döndüler.

Öne doğru düştüler, korkunç bir hızla uçup gittiler!

116
Kulakları sağır çatır-rrrrr-tı

Yok oluşun tırtıklı kenarı, dehşetle kıvrılmış ayak parmaklarımın birkaç santim ötesindeydi. Aşağıya baktım. Ilık denizim her şeyi yutmuştu. Tembel bir toz perdesi yüzeye doğru ağır ağır alçalıyordu; aşağıya giden her şeyden geriye kalan tek iz buydu.

Deniz tarafındaki muazzam maskesi düşen saray, bir cüzamlının seyrek dişler ve kıllar arasından beliren gülümsemesi gibi karşılıyordu kuzey yönünü. Kıllar, duvarların içindeki kirişlerin kıymıklanmış uçlarıydı. Tam altımda kocaman bir oda ortaya çıkmıştı. Odanın ahşap döşemesi bir tramplen gibi boşluğa uzanıyordu.

Bir an için o tramplene atladığımı, sıçrayıp yaylanarak kollarımı kavuşturduğumu, nefes kesen bir dalışla ve tek bir damla su sıçratmadan o kan gibi sıcak sonsuzluğun içine bıçak misali dalıp yok olduğumu hayal ettim.

Tepemden hızla uçan bir kuşun bağırtısıyla bu hayalden uyandım. Sanki bana orada neler olduğunu sorar gibiydi: "Cik-cik-ciiikk?"

Hepimiz başımızı kaldırıp önce kuşa baktık, sonra birbirimize. Dehşetle uçurumun kıyısından çekildik. Altımdaki döşeme taşı, ayağımı kaldırınca sallanmaya başladı. Bir tahterevalliden daha dengeli değildi. Ve tramplene doğru kaykılmıştı.

Tramplenin üstüne gürültüyle düştü ve onu bir kaydırağa dönüştürdü. Hâlâ odada duran eşyalar kaydıraktan aşağıya gitmeye başladı.

İlk önce minik tekerleklerinin üstünde hızla ilerleyen bir ksilofon fırladı dışarıya. Onun arkasından hoplaya zıplaya gelen bir pürmüzle çılgınca yarışan bir komodin. Onların peşinden de sandalyeler.

Odanın derinlerinde bir yerde, gözlerden ırak bir köşede, kımıldamaya aslında hiç gönlü olmayan bir şey hareketlenmeye başlıyordu.

Kaydıraktan aşağıya doğru ilerleyişe geçti. Nihayet altın pruvası göründü. Bu, içinde 'Baba'nın cesedinin yattığı kayıktı.

Kaydırağın ucuna vardı. Burnu aşağıya eğildi. Aşağıya devrildi. Taklalar atarak uçtu.

'Baba' kayıktan fırlamış, tek başına gidiyordu.

Gözlerimi yumdum.

Gökyüzü kadar büyük bir kapı, cennetin muhteşem kapısı yavaşça kapanırmış gibi bir ses işitildi. Kulakları sağır eden bir *ÇATIRT*.

Gözlerimi açtım... Deniz *buz-dokuz*'a kesmişti. Nemli yeşil toprak mavi-beyaz bir inciye dönüşmüştü. Gökyüzü karardı. *Borasisi* yani Güneş, hastalıklı sarı, ufak ve zalim bir topa döndü.

Gökyüzü solucanlarla doluyordu. Solucanlar birer fırtınaydı.

117
Sığınak

Başımı kaldırıp gökyüzüne, az önce kuşun olduğu yere

baktım. Mor renkli ağzını açmış dev bir solucan tam üzerimizdeydi. Bir arı sürüsü gibi vızıldıyordu. Dönüp duruyordu. İğrenç bir bağırsak gibi havayı içine çekiyordu.

Herkes çil yavrusu gibi dağıldı; parçalanmış mazgallarımdan kaçtı; kara tarafındaki merdivenlerden aşağı tökezleyerek koşturdu.

Yalnızca H. Lowe Crosby ve Hazel bağırıyordu. "Amerikalı! Amerikalı!" diye haykırıyorlardı, sanki fırtınalar kurbanlarının dahil oldukları *granfalon*'larla ilgiliymiş gibi.

Crosbyleri göremiyordum. Başka bir merdivenden inmişlerdi. Çığlıkları ve diğerlerinin soluk soluğa kaçışma sesleri kalenin koridorlarından yankılanarak ulaşıyordu bana. Tek yoldaşım, sesini hiç çıkarmadan beni takip eden güzeller güzeli Mona'mdı.

Ben tereddüt edince yanımdan sıyrılıp 'Baba'nın dairesinin girişindeki bekleme odasının kapısını açtı. Odanın duvarları ve çatısı gitmişti ama taş zemin sağlamdı ve ortasında zindana açılan kapak vardı. Solucanlarla dolu göğün altında, bizi yutmaya çalışan hortumların ucundan yayılan titrek ve eflatun ışığın içinde kapağı kaldırdım.

Zindanın yemek borusunda demir basamaklar vardı. Kapağı içeriden kapattım. Demir basamaklardan indik.

Basamakların bitiminde bir devlet sırrı bulduk. 'Baba' Monzano orada konforlu bir bomba sığınağı inşa ettirmişti. Pervanesi yere sabitlenmiş bir bisikletle döndürülen havalandırma bacası vardı. Duvarlardan biri oyularak içine su deposu yerleştirilmişti. Su tatlı ve sıvıydı; henüz *buzdokuz* bulaşmamıştı. Ayrıca bir kimyasal tuvalet, kısa dalga telsiz ve Sears, Roebuck şirketinin postayla alışveriş katalogu vardı; bunların dışında kasa kasa yiyecek, içki ve mum bulunuyordu ve bir de *National Geographic*'in yirmi yıllık sayıları vardı.

Ve *Bokonon'un Kitapları*'nın bir seti vardı.

Ve iki yatak vardı.

Bir mum yaktım. Bir kutu tavuklu bamya çorbası açtım ve gaz ocağının üstüne koydum. Sonra iki kadeh Virgin Adaları romu doldurdum.

Mona yatağa oturmuştu. Ben de diğerine oturdum. "Erkekler tarafından daha önce defalarca kez kadınlara söylendiği kesin olan bir şey söyleyeceğim sana," diye söze girdim. "Ne var ki bu sözlerin hiçbir zaman şu anki ağırlığı taşıdığını sanmıyorum."

"Ya?"

Ellerimi iki yana açtım. "İşte baş başa kaldık."

118
Demir bakire ve zindan

Bokonun'un Kitapları'nın Altıncı Kitap'ı acıya adanmıştır, özellikle de insanın insana çektirdiği acılara. 'Bir gün kancayla idam edilecek olursam,' der Bokonon, 'son derece insanca bir performans bekleyin benden.'

Sonra da askılardan, gergilerden, demir bakireden, *veglia*'dan ve zindandan söz eder.

Her halükarda ziyadesiyle ağlayıp sızlarsın.

Fakat sadece zindanda ölürken düşünebilirsin.

Mona ve ben de o kaya rahmin içinde aynı durumda kalmıştık. En azından düşünebiliyorduk. Düşündüğüm tek şeyse, zindanın sahip olduğu tüm konforun bir zindana kapatılmış olduğumuz yönündeki basit gerçeği hiçbir şekilde hafifletmediğiydi.

Yeraltındaki ilk gündüzümüz ve gecemiz süresince hortumlar zindanın kapağını saatte birkaç defa sarsıp durdu. İçinde bulunduğumuz deliğin basıncı ne zaman aniden düşse, kulaklarımız tıkanıyor, beynimiz zonkluyordu.

Telsize gelince… Parazit ve cızırtıdan başka bir ses duyulmuyordu. Kısa dalga boyunda bir uçtan diğerine ne tek bir kelime duyabiliyordum, ne de tek bir telgraf tıkırtısı. Orada burada hayat hâlâ varsa bile yayda değildi.

Hayat bugün hâlâ yayın yapmıyor.

Benim tahminim şuydu: *Buz-dokuz*'un zehirli mavi-beyaz donukluğunu dört bir yana taşıyan hortumlar yeryüzündeki herkesi ve her şeyi telef etmişti. Hâlâ hayatta kalan her şey de yakında susuzluktan, açlıktan, öfkeden ya da soğuktan ölecekti.

Kendimi *Bokonon'un Kitapları*'na verdim. Manevi bir rahatlama sağlayacaklarını zannedecek kadar yabancıydım onlara. *Birinci Kitap*'ın başındaki uyarıyı hızla geçiverdim:

'Aptal olma! Hemen kapat bu kitabı! İçinde *foma*'dan başka bir şey yok!'

Foma dediği, yalanlardı.

Ardından şunu okudum:

'Başlangıçta Tanrı dünyayı yarattı ve kozmik yalnızlığı içinde onu seyre koyuldu.

Sonra Tanrı dedi: "Şimdi de çamurdan canlılar yaratalım ki yaptığımız işi görsünler." Ve Tanrı bugün var olan tüm canlıları yarattı. Bunlardan biri de insandı. Sadece insan biçimindeki çamur konuşabiliyordu. İnsan biçimindeki çamur, ayağa kalkıp etrafına bakındı ve konuştu. Tanrı onu duyabilmek için yakınına doğru eğildi. İnsan gözlerini kırptı. "Bütün bunların *amacı* nedir?" diye kibarca sordu.

"Her şeyin bir amacı olmak zorunda mıdır?" diye sordu Tanrı.

"Kesinlikle," dedi insan.

"Öyleyse bunların amacını düşünmeyi sana bırakıyorum," dedi Tanrı.

Sonra dönüp gitti.'

Bunun zırvalık olduğunu düşündüm.

'Tabii ki zırvalık!' diye yazmıştı Bokonon.

Sonra çok daha derin ve rahatlatıcı olan sırlarla ilgilenmek için cennetten çıkma Mona'ma döndüm.

Yatağımda oturmuş onu süzerken, muhteşem gözlerinin ardında Havva anamıza kadar uzanan eski sırların dolandığını hayal edebiliyordum.

Bunu izleyen nahoş cinsel münasebet faslına hiç girmeyeceğim. İtici olduğumu, karşılığında da itildiğimi söylemem kâfi.

Kız üremeyle hiç ilgilenmiyordu; bu düşünceden nefret ediyordu. Debelenmemiz sona ermeden evvel yeni insanlar üretmek için kullanılan bu tuhaf, hırıltılı, terlemeli eylemi benim icat ettiğime tam anlamıyla kanaat getirmişti; ben bile inanmıştım hatta buna.

Dişlerimi gıcırdatarak yatağıma döndüğümde, aşk yapmanın ne olduğu konusunda hiçbir fikri olmadığına inanmıştım. Ama sonra bana yumuşacık bir sesle, "Minik bir bebek sahibi olmak için çok nahoş zamanlar olduğunu düşünmüyor musun sen de?" dedi.

"Evet," diye onayladım kasvetli bir tonla.

"Minik bebekler böyle yapılır; hani bilmiyorsan diye söylüyorum."

119
Mona bana teşekkür ediyor

'Bugün Bulgaristan Eğitim Bakanı olacağım,' der Bokonon. 'Yarın Truvalı Helen olacağım.' Kastettiği şey çok açıktır: Her birimiz neysek o olmalıyız. Aşağıda, yani o zindanda düşündüğüm buydu işte. Tabii ki *Bokonon'un Kitapları* sayesinde.

Bokonon, beni kendisiyle birlikte şu şarkıyı söylemeye davet ediyordu:

Yaparız biz, parız biz, parız biz,

Ne yapmaya mecbursak, maya mecbur, maya mecbur;

Çamurca yaparız, murca yap, murca yap,

Çatlayana dek, laya dek, laya dek.

Bu sözlere bir melodi uydurup bize oksijen sağlayan bisikletin pedallarını çevirirken ıslık çalıyordum.

"İnsan oksijeni içine çeker ve dışarıya karbondioksit bırakır," diye seslendim Mona'ya.

"Ne?"

"Bilim."

"Haa."

"İnsanın uzun zamandır çözemediği hayata dair sırlardan biri budur: Hayvanlar diğer hayvanların verdiği nefesi solur ya da tersi."

"Bunu bilmiyordum."

"Artık biliyorsun."

"Teşekkür ederim."

"Bir şey değil."

Pedal basarak ortamımıza ferahlık ve tazelik sağladıktan sonra bisikletten indim ve havanın yukarıda nasıl olduğunu görmek için demir basamakları tırmandım. Bunu günde birkaç kez yapıyordum. O gün, yani dördüncü gün, zindan kapağını hafifçe kaldırarak dar aralıktan havanın az biraz durulduğunu gördüm.

Durulma dediğim, gayet hareketli ve vahşice bir durgunluktu. Bir sürü hortum vardı hâlâ ve bugün de bir sürü hortum var. Ancak ağızları artık dünyayı yalayıp yutmuyordu. Dört bir yana dönük ağızları yerden yaklaşık yedi-sekiz yüz metre yukarı çekilmişti. Yükseklikleri bir andan diğerine pek az farklılık gösteriyordu; öyle ki San Lorenzo hortumlara karşı camdan bir kalkanın koruması altındaydı sanki.

Hortumların gerçekten göründükleri kadar suskun olduklarından emin olmak için üç gün daha geçmesini bekledik. Sonra depomuzdan mataralarımızı doldurduk ve yukarıya çıktık.

Hava kuru, sıcak, ölümcül durgunluktaydı.

Bir defasında ılıman kuşaklarda mevsimlerin sayısının dört yerine altı olması gerektiğinin önerildiğini duymuştum: yaz, sonbahar, kilitlenme, kış, çözülme, ilkbahar. Zindanımızın kapağının başında dikilerek çevreye baktığımda ve etrafı dinleyip kokladığımda aklıma bu geldi.

Hiçbir koku almıyordum. Hiç hareket yoktu. Attığım her adım mavi-beyaz don tabakasında gıcırtılar çıkarıyordu. Ve her bir gıcırtı yüksek perdeden yankılanıyordu. Kilitlenme mevsimi sona ermişti. Dünya sıkıca kilitlenmişti.

Artık kış gelmişti, sonsuza dek.

Mona'mın delikten çıkmasına yardımcı oldum. Onu ellerini mavi-beyaz dondan ve ağzından uzak tutması konusunda uyardım. "Ölmek hiç bu kadar kolay olmamıştı," dedim ona. "Elini yere dokundurup dudaklarına değdirdin mi bittin."

Başını iki yana salladı ve iç geçirdi. "Çok kötü bir ana."

"Ne?"

"Tabiat Ana. Artık iyi bir ana değil."

"Kimse yok mu, kimse yok mu?" diye seslendim sarayın yıkıntıları arasında. Korkunç rüzgarlar dev taş binanın sağında solunda yarıklar açmıştı. Mona ile hayatta kalan olup olmadığını anlamak için gönülsüz bir araştırmaya koyulduk; gönülsüzdük, zira hiçbir hayat belirtisi sezmiyorduk. Kemirgen, parlak burunlu bir sıçan bile canlı kalmamıştı.

Saray kapısının kemeri, insan elinden çıkma tek zarar görmemiş yapıydı. Mona ile oraya doğru ilerledik. Kemerin ayağına beyaz boyayla Bokononcu bir 'Kalipso' yazılmıştı. Harfler gayet düzgündü. Yazı yeniydi. Bir kişinin daha rüzgarlardan sağ kurtulduğunun kanıtıydı.

'Kalipso' şöyleydi:

Gün gelecek bu çılgın dünya yok olacak,
Ve Tanrımız bize verdiklerini geri alacak.
Eğer o hazin günde azarlamak istersen Tanrı'nı,
Git azarla. Yalnızca gülümseyecek ve sallayacak başını.

120
İlgili kişiye

Çocuklar için hazırlanmış *Bilgiler Kitabı* isimli bir kitap setinin reklamı gelmişti aklıma. Reklamda bir kız ve bir oğlan başlarını kaldırıp babalarına güven dolu gözlerle bakıyordu. "Babacığım," diye soruyordu biri, "gökyüzü neden mavidir?" Sorunun cevabı, tahmin edersiniz ki, *Bilgiler Kitabı*'nda bulunabilir demek istiyordu reklam.

Mona ile birlikte saraydan aşağı doğru yürürken, de babacığım yanımda olsa eline yapışıp soracağım bir sürü sorum vardı. "Babacığım, neden bütün ağaçlar kırılmış? Babacığım, neden bütün kuşlar ölmüş? Babacığım, gökyüzünü bu kadar hastalıklı ve solucanlarla dolu hale getiren nedir? Babacığım, denizi bu kadar katı ve durgun yapan nedir?"

O an farkettim ki, bu soruların cevabını benden daha iyi verecek bir insan yoktu; tabii hayatta kalmış başka herhangi bir insan varsa. Biri çıkıp da ilgilenirse, ben neyin yolunda gitmediğini, bunun nerede ve nasıl başladığını biliyordum.

Eee, sonra?

Ölülerin nerede olabileceğini merak ediyordum. Mona ile zindandan çıktığımızdan beri neredeyse iki kilometrelik yolu tek bir ölü görmeden yürümüştük.

Dirileri o kadar merak etmiyordum, çünkü öncelikle çok sayıda ölü görmek zorunda olacağımı tahmin ediyordum. Haklı olarak. Bir ateşten yükselen duman falan göremiyordum; zaten solucanlarla dolu bir ufukta öyle bir şeyi görmek zor olurdu.

Dikkatimi çeken bir şey olmuştu ama. McCabe Dağı'nın kamburunun tepesindeki o garip tıpanın etrafını saran lavanta renkli hale. Beni çağırıyor gibiydi sanki ve benim de içimden saçma sapan bir şekilde Mona ile birlikte o zirveye tırmanma düşüncesi geçmeye başladı. İyi de, bu neye yarayacaktı?

McCabe Dağı'nın eteklerindeki engebelerde dolaşıyorduk. Mona düşünmeden hareket eder gibi bir edayla yanımdan ayrıldı, yoldan çıktı ve minik engebelerden birinin tepesine tırmandı. Ben de onu izledim.

Engebenin tepesinde yanına vardım. Kendinden geçmiş bir şekilde aşağıdaki geniş ve doğal çanağın içine bakıyordu. Ağlamıyordu.

Ağlasa yeriydi aslında.

Çanağın içinde binlerce ölü üst üste yığılmıştı. Her bir mevtanın dudaklarında *buz-dokuz*'un mavi-beyaz donu vardı.

Ölüler etrafa dağılmamış ya da rastgele yığılmış olmadığından, korkunç rüzgârların dinmesinden sonra toplanıp geldikleri açıkça anlaşılıyordu. Her bir cesedin parmağı ağzının içinde veya yakınında olduğundan ötürü, hepsinin bu hüzün dolu yere kendi ayağıyla geldiğini ve sonra da kendini *buz-dokuz*'la zehirlediğini anlamıştım.

Birçoğu *bokomaru* pozisyonunda duran adamlar, kadınlar, çocuklar vardı. Hepsi çanağın merkezine dönüktü; bir amfitiyatrodaki izleyiciler gibiydiler.

Mona ile tüm o donmuş gözlerin odaklandığı yere, çanağın ortasına baktık. Yuvarlak bir boşluk vardı orada; büyük ihtimalle onlara hitap eden bir hatibin dikildiği bir boşluk.

Ölümcül heykellere değmemeye özen göstererek bu açıklığa doğru ilerledik. Ortada bir kaya parçası bulduk. Kayanın altındaysa kurşunkalemle yazılmış bir not vardı:

İlgili kişiye: Etrafınızdaki bu insanlar, denizin donmasının ardından gelen rüzgârlardan sağ kurtulan San Lorenzoluların hemen hemen tümüdür. Bu insanlar Bokonon adındaki sahte din adamını yakalayıp tutsak etti. Onu buraya getirdiler, ortalarına diktiler ve Yüce Tanrı'nın ne yapmak istediğini, bu durumda kendilerine düşenin ne olduğunu anlatmasını buyurdular. O şarlatan da Tanrı'nın kendilerini öldürmeye çalıştığını, büyük ihtimalle onlarla işinin bittiğini ve efendi gibi ölmeleri gerektiğini söyledi. Gördüğünüz üzere, onlar da bunu yaptı.

Notun altında Bokonon'un imzası vardı.

121
Cevap vermekte ağır kalıyorum

"Nasıl bir kibirdir bu!" diyebildim zorlukla yutkunarak. Başımı nottan kaldırdım ve ölülerle dolu çanağın etrafına bakındım. "Buralarda bir yerde mi?"

"Etrafta görünmüyor," dedi Mona usulca. Üzgün ya da öfkeli değildi. Aslına bakılırsa, gülecek gibi bir hali vardı. "Asla kendi öğütlerini dinlemeyeceğini, çünkü hiçbirinin beş para etmediğini bildiğini söylerdi hep."

"Buralarda olsa iyi eder!" dedim kızgınlıkla. "Herifteki yüzsüzlüğe bak! Bütün bu insanlara kendilerini öldürmelerini tavsiye etmiş!"

Mona gülüyordu artık. Daha önce güldüğünü hiç duymamıştım. Kahkahası şaşırtıcı şekilde derin ve çiğdi.

"Sen bunu *komik* mi buluyorsun?"

Kollarını bezginlikle kaldırdı. "O kadar basit ki aslında. Ne çok insanı meşgul eden ne kadar fazla sorunu nasıl da basitçe çözüyor."

Ve binlerce taş kesilmiş ölünün arasında kahkahalar atarak gezinmeye başladı. Yukarıya çıkarken yolun yarısında durdu ve bana döndü. Seslendi. "Elinden gelse bunlardan herhangi birini yeniden canlı görmek ister miydin? Çabuk cevap ver bana."

Aradan yaklaşık otuz saniye geçtikten sonra "Yeterince çabuk cevap vermedin," diye bağırdı oyunbaz bir edayla. Hâlâ gülerken parmağını yere değdirdi, doğruldu ve dudaklarına dokunup öldü.

Ağladım mı? Ağladığımı söylüyorlar. Ben düşe kalka ilerlerken H. Lowe Crosby ve karısı Hazel ve minik Newton Hoenikker bana rastladı. Fırtınadan her nasılsa kurtulmuş, Bolivar'ın tek taksisine doluşmuşlardı. Ağlamakta olduğumu söylüyorlar. Hazel da ağlıyordu; benim hayatta olmam karşısında mutluluktan ağlıyordu.

Dil dökerek beni taksiye binmeye ikna ettiler.

Hazel kolunu boynuma doladı. "Annen artık yanında. Hiçbir şey için endişelenme sen."

Zihnimi koyuverdim gitti. Gözlerimi kapadım. Derin, salakça bir rahatlamayla başımı tombul ve terli köylü kadına dayadım.

122
İsviçreli Robinson ailesi

Beni Franklin Hoenikker'in çağlayanın başındaki evinden geri kalan yıkıntıya götürdüler. Yalnızca çağlayanın altındaki mağara kalmış, o da saydam, mavi-beyaz *buz-dokuz* kubbesinin altında bir nevi Eskimo evine dönmüştü.

Ev halkı artık Frank, minik Newt ve Crosbylerden oluşuyordu. Saraydaki bir zindana sığınarak hayatta kalmışlar; bizimkinden çok daha alçak tavanlı ve beter bir zindana. Onlar rüzgârların hafiflemesiyle birlikte kendilerini dışarıya atarken, Mona ve ben üç gün daha yeraltında beklemiştik.

Tesadüf eseri, mucizevi taksiyi saray kapısının kemeri altında kendilerini bekler halde bulmuşlar. Bir teneke beyaz boya da bulmuşlar ve Frank, taksinin ön kapılarına beyaz yıldızlar çizip tavanına da bir *granfalon*'un baş harflerini yazmış: ABD.

"Sonra da boyayı kemerin altında bıraktınız," dedim.

"Nereden bildin?" diye sordu Crosby.

"Sizden sonra başka biri gelip duvara bir dörtlük yazmış."

Angela Hoenikker Conners ile Philip ve Julian Castle'ın ecelleriyle nasıl buluştuklarını sormadım, zira bu durumda ben de Mona'yı anlatmak zorunda kalacaktım. Buna henüz hazır değildim.

Mona'nın ölümü üzerine henüz konuşmak istemememin özel bir nedeni de hep birlikte takside giderken Crosbylerin ve minik Newt'ın yersiz bir neşe içinde olmasıydı.

Hazel bu neşenin nereden kaynaklandığına dair bana bir ipucu sundu. "Nasıl yaşadığımızı görene dek bekle. Bir sürü güzel yiyeceğimiz var. Su gerektiğinde bir ateş yakıp ihtiyacımız kadar eritiyoruz. İsviçreli Robinson Ailesi. Kendimize bu adı taktık."

123
Fareler ve insanlar

Aradan tuhaf bir altı ay geçti, ben de o altı ay zarfında bu kitabı yazdım. Hazel ufak topluluğumuzu İsviçreli Robinson Ailesi olarak adlandırmakla doğru yapmıştı, zira bir fırtınadan sağ çıkıp ıssız bir adada kalmıştık ve sonrasında yaşamak gerçekten çok kolaylaşmıştı. Walt Disney tarzı bir büyüleyicilikten yoksun değildi öykü.

Hiçbir bitki ya da hayvan canlı kalmamıştı, doğru. Fakat *buz-dokuz*, inekleri, domuzları, geyikleri, her türlü kuşu ve meyveyi biz onları çözüp pişirene kadar muhafaza ediyordu. Üstelik Bolivar'ın yıkıntıları arasında tonlarca konserve vardı. Ve biz, San Lorenzo'da hayatta kalan yegâne insanlardık görünüşe göre.

Yiyecek sorun değildi; giysi ya da barınak da öyle, zira hava sabit şekilde kuru, ölü ve sıcaktı. Sağlığımız bir şekilde her daim iyiydi. Anlaşılan tüm mikroplar ölmüştü; ya da uykudaydılar.

Yeni koşullara öylesine memnuniyetle uyum sağlamış, rahata o kadar alışmıştık ki Hazel, "Bunun bir güzel yanı da hiç sivrisinek olmaması," dediğinde kimse ne şaşırmış, ne de karşı çıkmıştı bu sözlere.

Hazel, eskiden Frank'in evinin bulunduğu açıklıktaki üç ayaklı bir taburede oturuyordu. Kırmızı, beyaz ve mavi kumaş parçalarını birbirine dikiyordu. Tıpkı Betsy Ross gibi o da bir Amerikan bayrağı yapıyordu. Kimse bayrağının kırmızısının aslında turuncuya çaldığını, mavinin yeşile döndüğünü ve kestiği elli yıldızın beş köşeli Amerikan yıldızları değil de altı köşeli Musevi yıldızları olduğunu ona söyleme kabalığında bulunmamıştı.

Çok iyi bir aşçı olan kocası, odun ateşi üstüne yerleştirdiği demir bir tencerede yahni yapıyordu. Bütün yemeklerimizi o yapıyordu; pişirmeyi seviyordu.

"Güzel görünüyor, güzel kokuyor," diye yorumda bulundum.

Bana göz kırptı. "Aman aşçıyı vurmayın. Elinden geleni yapıyor."

Bu sıcak sohbetin gerisinde Frank'in yaptığı bir S.O.S. vericisinin sinir bozucu dıt-dıt, dat-dat sesleri duyuluyordu. Aygıt gece gündüz yardım çağrısı gönderiyordu.

Dikiş dikerken, "Canımızı kurtarıııınnn," diye eşlik ediyordu Hazel vericinin çıkardığı seslere. "Canımızı kurtarıııınnn."

"Kitap nasıl gidiyor?" diye sordu bana.

"İyi Anne, gayet iyi."

"Bize ne zaman okutacaksın?"

"Hazır olduğunda Anne, hazır olduğunda."

"Hooserler arasında birçok ünlü yazar vardır."

"Biliyorum."

"Sen de uzun, çok uzun bir geleneğin parçası olacaksın." Umut dolu bir gülümsemeyle baktı bana. "Komik bir kitap mı?"

"Umarım öyle olacak, Anne."

"Severim şöyle adamakıllı gülmeyi."

"Bilirim, seversin."

"Buradaki herkesin bir meziyeti var, diğerlerine sunacak bir şeyi var. Sen bizi güldürecek kitaplar yazıyorsun, Frank bilimsel şeylerle uğraşıyor, minik Newt ise... Hepimiz için resimler yapıyor, ben dikiş dikiyorum ve Lowie de yemek pişiriyor."

"Eski bir Çin atasözü, 'Bir işe ne kadar çok el atılırsa, iş o kadar azalır,' der."

"Pek çok konuda akıllı adamlarmış şu Çinliler."

"Evet. Biz de anılarını canlı tutalım."

"Keşke zamanında onları daha fazla incelemiş olsaydım."

"Bunu yapmak kolay değil, hatta ideal koşullar altında bile zor işti."

"Keşke zamanında her şeyi daha fazla incelemiş olsaydım."

"Hepimizin pişmanlıkları var, Anne."

"Kırılan kâsenin arkasından ağlamanın manası yok."

"Şairin de dediği gibi, anacığım, 'Farelerin ve insanların lisanında, en hüzünlü sözcük şudur: Keşke.'"

"Çok güzelmiş, çok da doğru."

124
Frank'in karınca çiftliği

Hazel'in bayrağını tamamlamaya yaklaştığını görmekten nefret ediyordum, çünkü saçma salak planlarına bir biçimde beni de bulaştırmıştı. Her nasılsa, o aptal şeyi McCabe Dağı'nın zirvesine dikmeye razı olduğum fikrine kapılmıştı.

"Lowe ile ben daha genç olsaydık, bunu kendimiz yapardık. Şimdi elimizden gelen yegâne şey, bayrağı sana teslim etmek ve arkandan en iyi dileklerimizi göndermek."

"Bayrak için burasının uygun bir yer olduğundan o kadar da emin değilim, Anne."

"Başka *neresi* var ki?"

"Ben bir düşüneyim." Müsaade istedim ve mağaraya inip Frank'in ne iş peşinde olduğuna bakmaya gittim.

Yeni bir şey peşinde değildi. İnşa ettiği karınca çiftliğini seyre dalmıştı. Bolivar'ın yıkıntılarının üç boyutlu dünyasını kazıp çıkardığı az sayıdaki canlı karıncayı, iki cam plaka arasında toprak ve karıncayla sandviç yaparak oluşturduğu iki boyutlu dünyaya aktarmıştı. Frank kendilerini yakalayıp hayatlarına anlam katmadan önce hiçbir şey yapmıyordu karıncalar.

Deney, karıncaların susuz bir dünyada nasıl olup da hayatta kalabildiğinin gizemini çözmüştü. Bildiğim kadarıyla, canlı kalabilen tek böcek türü karıncalardı ve bunu bedenleriyle *buz-dokuz* zerrelerinin etrafında sıkı toplar oluşturarak başarmışlardı. Topun merkezinde karınca nüfusunun yarısını öldürebilecek yükseklikte ısı oluşturuyor ve tek bir çiy damlası elde ediyorlardı. Bu damla, içilebilir suydu. Cesetlerse yenebiliyordu.

"Ye, iç, keyfine bak; yarına kim öle, kim kala," dedim Frank'e ve minik yamyamlarına.

Cevabı hep aynıydı. İnsanların karıncalardan öğrenebilecekleri şeyler hakkında huysuz bir söylev çekerdi Frank her seferinde.

Benim cevabım da klasikleşmişti. "Doğa harikadır, Frank. Doğa harikadır."

"Karıncaların neden bu kadar başarılı olduğunu biliyor musun?" diye sordu bana bininci kez. "*İş-bir-li-ği* yapıyorlar da ondan."

"Sıkı laf şu... İş-bir-liği."

"Onlara nasıl su elde edeceklerini kim öğretti?"

"Bana nasıl su elde edeceğimi kim öğrettiyse?"

"Saçma bir cevap verdin ve bunu sen de biliyorsun."

"Affedersin."

"Eskiden insanların saçma cevaplarını ciddiye alırdım. Artık bunu aştım."

"Bir dönüm noktası."

"Büyüdüm."

"Dünyaya büyük bir bedel ödeterek." Bu gibi şeyleri Frank'e hiç tınmayacağından gayet emin olarak gönül rahatlığıyla söyleyebiliyordum.

"Eskiden insanlar bana düşünmeksizin blöf yapabilirdi, çünkü kendime güvenim pek yoktu."

"Dünyadaki insan sayısını azaltarak kendi sosyal sorunlarını çözme yolunda epey mesafe kat etmiş olursun," şeklinde bir öneride bulundum. Yine duvara konuşuyordum.

"Söylesene bana, bu karıncalara nasıl su elde edeceklerini kim söylemiş olabilir?" diye iddialaştı yine.

Birçok defa bunu onlara Tanrı'nın öğrettiği yolundaki bariz görüşü ortaya sürmüştüm. Bu teoriyi ne reddettiğini, ne de kabul ettiğini ise acı bir şekilde öğrenmiştim. Yalnızca daha da deliriyor ve soruyu tekrar tekrar yöneltiyordu.

Bokonon'un Kitapları'nda öğütlendiği üzere Frank'in yanından uzaklaştım. 'Bir şey öğrenmek için çok çalışan, öğrendikten sonraysa eskisinden daha bilge olmadığını gören adamdan uzak durun,' der Bokonon. 'O adam, cahillikleriyle zorlu yoldan yüzleşmemiş cahil insanlara karşı canice bir öfke duyar.'

Ressamımız minik Newt'ı aramaya gittim.

125
Tazmanyalılar

Minik Newt'ı mağaranın üç-dört yüz metre uzağında bir felaket manzarası resmederken bulduğumda, boya aramak için kendisini otomobille Bolivar'a götürüp götüremeyeceğimi sordu. Ayakları pedallara yetişmediğinden otomobil kullanamıyordu.

Böylece yola düştük ve giderken ona içinde cinsel bir güdü kalıp kalmadığını sordum. Bende her şeyin bittiğinden yakındım; hayalini bile kurmaz olmuştum artık öyle şeylerin.

"Eskiden beş, on, on beş metre boyunda kadınlar düşlerdim," dedi. "Peki ya şimdi? Tanrım! Ukraynalı cücemin neye benzediğini bile hatırlayamıyorum."

Tazmanya'da yaşayan ilkel yerliler hakkında okuduğum bir şeyi hatırladım. Bu insanlar kıyafet kullanmazmış ve on yedinci yüzyılda beyaz adamla karşılaşana dek tarım, hayvancılık, mimarinin herhangi bir türü ve büyük ihtimal ateş onlara yabancıymış. Bütün bu cehaletleri nedeniyle beyaz adamların gözünde o kadar aşağılık varlıklarmış ki İngiltere'den gelen mahkumlardan oluşan beyaz adamlar onları spor niyetine avlamış. Yerliler de yaşamanın çekicilikten öylesine yoksun olduğunu düşünmeye başlamış ki üreme istekleri kalmamış.

Newt'a bizi erkeklikten çıkaranın buna benzer bir ümitsizlik olduğunu söyledim.

Newt zekice bir gözlemde bulundu. "Sanırım yataktaki tüm o heyecan, herkesin zannettiğinin aksine, aslında insan ırkının devamını sağlama heyecanıymış."

"Elbette. Aramızda çocuk doğurabilecek yaşta bir kadın olsa, durumu kökten değiştirirdi. Zavallı yaşlı Hazel'dan bu işler geçeli o kadar çok olmuş ki mongol bir bebek bile doğuramaz artık."

Newt mongollar hakkında epey şey biliyormuş meğer. Zamanında özürlü çocuk için açılmış özel bir okula gitmiş ve sınıf arkadaşlarından bazısı mongolmuş. "Aramızdaki en iyi yazar Myrna ismindeki bir mongoldu; yazar derken içerikten bahsetmiyorum, yazı yazma becerisini kast ediyorum. Tanrım! Yıllardır aklımdan geçmemişti o kız."

"İyi bir okul muydu?"

"Tek hatırladığım, müdürün sürekli söylediği bir laf. Yaptığımız bir yaramazlık nedeniyle bize hoparlörden saydırır ve sözlerine hep aynı şekilde başlardı. 'Bıktım artık, usandım...' "

"Çoğu zaman ben de kendimi tamı tamına öyle hissediyorum."

"Belki de öyle hissetmen gerekiyor."

"Tam bir Bokononcu gibi konuşuyorsun Newt."

"Neden konuşmayayım ki? Bildiğim kadarıyla, Bokononculuk cüceler hakkında bir laf eden tek din."

Yazmadığım zamanlarda *Bokonon'un Kitapları*'nı okuyordum ama cücelerden bahsedilen kısmı gözden kaçırmıştım. Dikkatimi bu hususa çektiği için Newt'a minnettardım, çünkü sözünü ettiği beyit Bokononcu düşüncenin zalim paradoksunu, gerçeklik hakkında yalan söylemenin yürek paralayıcı zorunluluğunu ve bu konuda yalan söylemenin yürek paralayıcı imkânsızlığını gözler önüne seriyordu.

Cüce, cüce, cücecik, nasıl da salınıp göz kırpar,

Bilir çünkü insanın boyu, düşünüp umut edebildiği kadar!

126
Çalsın borular

"Ne *ruh bunaltıcı* bir din!" diye bağırdım. Sohbetimizin konusunu ütopyalara çevirdim. Lafı dünya nasıl olabilirdiye, nasıl olmalıydıya, hatta bir gün buzlar çözülecek olursa nasıl olabilecektiye getirdim.

Ne var ki Bokonon bu konuya da el atmıştı. Ütopyalar hakkında koca bir kitap yazmıştı *Yedinci Kitap*'ın başlığı 'Bokonon'un Cumhuriyeti' idi. Bu kitapta dehşet verici aforizmalar vardı:

Bakkalları dolduran el, dünyayı yönetir.

Cumhuriyetimizi bakkallar zinciriyle, marketler zinciriyle, gaz odaları zinciriyle ve ulusal bir oyunla başlatalım. Sonra Anayasamız'ı yazabiliriz.

Bokonon'u zenci pislik olarak anan bir küfür savurup konuyu yeniden değiştirdim. Anlamlı, bireysel kahramanlık eylemlerinden söz açtım. Özellikle Julian Castle ile oğlunun seçtiği ölüm biçimini övdüm. Hortumlar şiddetle ortalığı kasıp kavururken, verebilecekleri tüm umut ve merhameti dağıtmak üzere Ormandaki Umut ve Merhamet Yuvası'na doğru yola düşmüşlerdi. Zavallı Angela'nın ölüm biçiminde de bir muhteşemlik görüyordum. Bolivar'ın kalıntıları arasında bulduğu bir klarneti eline almış ve ağızlığına *buz-dokuz* bulaşıp bulaşmadığını bir an bile düşünmeksizin çalmaya davranmış.

"Çalsın borular," diye mırıldandım boğuk bir tonla.

"Belki sen de kendine güzel bir ölüm şekli bulabilirsin," dedi Newt.

Bu da gayet Bokononcu bir sözdü.

McCabe Dağı'na muhteşem bir sembolle tırmanma ve onu oraya dikme hayalimi dile getirdim. Bir an için ellerimi direksiyondan çekip, semboller bakımından ne kadar fakir olduklarını gösterdim ona. "Peki ama doğru sembol ne *olabilir* Newt? Ne *olabilir*, ne?" Direksiyonu yeniden kavradım. "İşte şu an, dünyanın sonu ve işte ben, neredeyse yaşayan son insanım ve işte orası, görünürlerdeki en yüksek dağ. *Karass*'ımın neyin peşinde olduğunu biliyorum, Newt. Belki de yarım milyon yıldır beni o dağın tepesine çıkarabilmek için gece gündüz çalışıyor." Başımı salladım, neredeyse ağlayacaktım. "İyi de, ne götürmem gerek oraya, Tanrı aşkına söyle?"

Bunu sorarken görmeyen gözlerle bakıyordum otomobilin camından. Gözlerim algıdan o kadar uzaklaşmıştı ki yaşlı bir zencinin, yol kenarında oturan, canlı bir siyah adamın gözlerinin içine baktığımı farkettiğimde bir kilometreden fazla yol gitmiştim.

Sonra yavaşladım. Sonra durdum. Sonra ellerimle gözlerimi kapadım.

"Ne oldu?" diye sordu Newt.

"Bokonon'u gördüm geride bir yerde."

127
Son

Bir kayanın üstünde oturuyordu. Yalınayaktı. Ayaklarını *buz-dokuz* tabakası kaplamıştı. Üstündeki tek şey mavi işlemeli, beyaz bir yatak örtüsüydü. Casa Mona yazıyordu işlemede. Gelişimizle hiç ilgilenmedi. Bir elinde kurşunkalem tutuyordu. Diğerinde kağıt vardı.

"Bokonon?"

"Evet?"

"Ne düşündüğünü sorabilir miyim?"

"*Bokonon'un Kitapları*'nın son cümlesini düşünüyorum genç adam. Son cümleyi yazmanın vakti geldi."

"Bir şey bulabildin mi bari?"

Omuz silkti ve elindeki kâğıdı bana uzattı.

Kâğıtta şöyle yazıyordu:

'Daha genç bir adam olsaydım, insanın aptallığının tarihini yazardım; McCabe Dağı'nın zirvesine tırmanır, tarihçemi yastık yapıp sırtüstü uzanırdım; sonra da insanları heykele çeviren mavi-beyaz zehirden bir parça alırdım yerden; yüzünde korkunç bir sırıtmayla sırtüstü uzanmış bir heykele çevirirdim kendimi, yukarıya doğru nanik yaparken, İsmi Lazım Değil'e.'